I0599431

Jorge de Montemayor

Der schönen Diana

Dritter Teil

Jorge de Montemayor

Der schönen Diana
Dritter Teil

ISBN/EAN: 9783744721509

Hergestellt in Europa, USA, Kanada, Australien, Japan

Cover: Foto ©Andreas Hilbeck / pixelio.de

Weitere Bücher finden Sie auf **www.hansebooks.com**

Der schönen
DIANA
Dritter Theil /

In fünff Büchern begriffen.

Der schönen DIANA
dritter Theil.
Erstes Buch.

Ls sich nun der übelgeplag-
te Syreno/ vermittelst deß kräff-
tigen Wassers, welchs ihm die
Felicia gegeben/ aus der Gewalt Cupidinis losgewircket/
und auff freyen Fuß gestellet
worden/ verwandete der nacken-
de Bogenschütze das Hertz der mühseligen Diana
auffs Neue/ und blies in ihr die fasterloschenen Liebesflammen wieder auff; machte aus einer Freyge-
lassenen eine leibeigne Knechtin/ aus einer Frölichen/
die von keiner Bekümmerniß wuste/ ein kummerhaff-
tes und sorgg eplagtes Weibsbild.

Und damit sie desto mehr gequälet würde/ hulff
dieses viel darzu/ weilen Amor deß Syreni Hinläs-
sigkeit wuste/ massen er ihrer im meinsten nichts ach-
tete/ sondern vielmehr einen Eckel ob ihrer Gegenwart hatte.

Mit dieser Schmertzensfackel und anderem unzeh-
lichen vielen war sie dermassen angezündet/ daß sie
weder Zucht noch Ehestand abzuleiten vermochten;
dahero ward sie aus den gebührlichen Schrancken
der Erbarkeit gerissen/ weilen sie auff keine andere
Maß noch Weise ihre unsägliche Schmertzen zu
stillen wuste.

Sie weinete und winselte ohn Unterlaß/ daß auch
A ij   die

die rauhen Steinklippen / Wild und Wald mit ihrem Wehklagen zu erweichen gewesen.

Als es dermaleins sehr heiß war / kam sie gleich im Mittag zu einem Brunnen / der von dickbelaubten Ahornbäumen überschattet war / und gedachte an die holdselige Gesellschafft ihres Syreno; hielt die vergangene Freudenzeit und die gegenwärtige Unglückseligkeit gegeneinander / und weilen sie befande / daß ihre eigene Unvorsichtigkeit eine Haubtursache dieses Ubels wäre / gerieth sie in eine solche Hertzenstraurigkeit / schlug sich und ihre Seele mit dergleichen ängstigen Gedancken / daß sie auch gedachte / es könte nicht anderst seyn / es würde der langverlangte Tod / als so bitterer Schmertzen Nachtrab / ein gewünschtes Ende mit ihr schliessen.

Nachdem sie aber ein wenig wieder zu ihr selber kam / verursachte die Schmertzensmacht und die Gewaltsamkeit der Liebe / weilen die Pfeile Cupidinis in ihren Hertzen die Oberhand bekommen / daß sie den Verlauff ihrer Unglückseligkeit denen herumschwebenden Vögelein erzehlete / deren etliche nach ihrer Einfalt bald hinzuflogen / bald auff den grünen Zweigen unter dem dicken Lufftschatten sassen; welches ihr sehr annemlich und gewünschet war / weil es schiene / als wenn sie ihre Klage gerne anhöreten / ein Mitleiden mit ihr trügen / auch es eines dem andern wieder erzehlen wolte.

Hierzu war auch eines Theils behülfflich das abfallende Murmeln eines Silberbrünnleins / welches / wie die Verliebte meinete / ihrem aus dem untersten Hertzē herausgeholten Gesange mit Lispeln und Sauseln zustimmend / ihres Wehklagens Stelle verwalten könte.

Fieng derowegen an in ihre wolgestimmte Citharn Folgendes zu singen:

F. Uber-

1.

Ubermachte Sorgenplagen
Haben mir mein Hertz umringt /
Daß ich leider muß beklagen /
Wie die Liebe mich bezwingt /
Wie sie mich zu Grabe bringt.

2.

Meiner Liebe schwere Band
Haben mich so weit gebracht /
Daß ich keiner Schmach noch Schand /
Auch kein Bitten nichts geacht.
Nun ich sterbe / gute Nacht!

3.

Warumb hab ich den vernichtet /
Der mein Sinn und Seele war?
Der auff mich sein Hertz gerichtet.
Doppelt trifft mich die Gefahr /
Und der scharffen Straffen Schar.

4.

Glück / dir ist nichts zuzumessen /
Mein' / ach mein ist alle Schuld /
Daß ich dessen so vergessen /
Der mir doch vom Hertzen huld.
Nun ich sterbe mit Gedult!

5.

Ach ich habe nicht gekennet
Das boshaffte Liebes-Kind /
Noch die Glücks = Frau / welche rennet
Auff der Kugel / pfeilgeschwind /
Sich bald hier / bald dorten findt.

6.

Ach! das Glück und schnöde Lieben /
Ach! die felsenschwere Pein
Jetzund an mir Rach verüben /
Daß ich muß deß Todes seyn.
Mein Syreno scharr mich ein!

A iij

7. Komm

7.

Komm Syreno mich zu schauen,
Mit verliebten Augenpaar /
Durch die Matten / durch die Auen
Achtet ich ihn nicht ein Haar /
Weil er mir zugegen war.

8.

Nun ich hitze / nun ich brenne /
Sag Syreno / wo du bist /
Nun ich hitze / nun ich renne /
Gott weiß / wo Syreno ist /
Ach er fleucht mit Hinterlist.

9.

Die bekränzten Hirten sagen:
Wie sie kein Erbarmen rührt /
Wie sie dich in Wind geschlagen /
Wie sie dich herumbgeführt /
Hasse sie / wie sichs gebührt.

10.

Hasse mich / Syreno hasse /
Wende nur die Augen her /
Schaue / wie ich Zähren lasse /
Schaue doch das Threnenmeer
Ach! die Angst ist überschwer.

11.

Schaue / meine Augen brechen /
Es verbleichet die Gestalt /
Wilt du keine Trostwort sprechen?
Haubt und Hertze werden alt /
Hand und Beine werden kalt.

12.

Nun er lässt sich nicht erweichen,
Tod verkürtze mir mein Leid /
Mache mich nun gleich den Leichen /
Mitten in der Grausamkeit
Schließ' ich meine Lebenszeit.

Sie

Sie hätte diesen lieblichen Gesang nicht so bald geendet / wenn nicht aus dem nähsten Gesträuch eine ihrer unbewusten Nymphe hervorkommen / welche ihr nicht allein das Lied abgekürtzet / sondern auch eine zimliche Röte ausgejaget / weilen sie befahrete / es möchte ihr Unglück / wegen deß angehörten Jammergesanges / unter die Leute kommen / bevoraus weil sie an der Kleidung dieser Nymphe spührte / daß sie eine Fremde / und von ihr zuvor dieser Orte niemalen gesehen worden.

Aber sie / welche von fern diese süsse Music gehöret / hatte sich zu dem Ende genähert / damit sie den Inhalt desto besser fassen möchte.

Als sie aber solches Wehklagen vernommen / hat sie mit ihrer unverhofften Ankunft eine solche (zumalen weil sie / über alle Masse schön angekleidet / an Gestalt der Geberden und der Liebe keiner einländischen Nymphe etwas bevorgab) Klarheit erwecket / wie der Mond / der mit seinen silbernen Stralen die kohlschwartzbraunen Nachtschatten zertrennet / und mit seinem hellen Liecht den Erdkreis nächtlich anlachet.

Diese Nymphe / so bald sie gewar wurde / daß die Diana über deroselben unverhofften Gegenwart in etwas bestürtzet stunde / vereinigte sie mit den hurtigen Geberden ihre anmutige Stime / und sprach ihr also zu :

Schönste Hirtin / es gereichet meiner Freuden zu mercklichem Nachtheil / daß ich dich / als ich deine holdselige Stime vernommen / aus unhöflicher Kühnheit verstöret : Aber es ist nicht meiner Schuld / sondern dem hertzlichen Verlangen / dich zu sehen / beyzumessen; umb das Ubel / welches aus deinen Augen so viel Thränen und aus dem Hertzen so viel ächtzen und Senfftzen locket / zu unterbrechen.

Der machet der Warheit Feyertage / der bejahet / daß eine Bekümmernis / wie mächtig und graußam

A iiij   sie

sie immer seyn mag/durch frember und unparteyischer
Leute Zuspruch / nicht könte gemindert und gelindert
werden.

Kan ich / deine Dienstgeflissene/ bittselig seyn/ so
wollest du mir beydes deinen betrübten Zustand und
den Namen nicht verhelen/ massen dein hoher Ehren-
Schein / ob dir gleich in der Liebe alles zuwider ist/
imminsten dadurch nichts verkleinert wird.

Als Diana diese leutselige Begrüssung angehöret / schwieg sie in etwas stille ; ihre Augen verwunderten sich über die mehr als menschliche Schönheit
dieser fremden Nymphe : Ihr Gemüt gieng mit
zweiffelhafften Gedancken um/ mit was vor einer
Gegenantwort sie so hohe angeborne Dienstbezeugung erwiederen solte. Letzlich gebrauchete sie sich
folgender Rede :

Hochedle Nymphe / die der Himmel nicht allein
mit milder Schönheit/ sondern auch hohem Stande begabet / wolte Gott/ daß das hertzergetzliche
Wolgefallen / so ich aus deroselben beliebten Gegenwart geschöpffet/ und das treue Versprechen / sie
wolle mich meines übeln Trostes erfreulich entbürden/
daß nur ein wenig Zuversicht in meinem Hertzen hafft-
ten möchte / so wolte ich mich leicht bereden/ es würde
dein gegen mir geneigter Wille meinen höchstbe-
trübten Bewegungen eine heilsame Artzney vorschrei-
ben. Aber meine Kranckheit ist so beschaffen / daß
wann ich mich nur derselben erinnere / wird mir als
sobald / als mit einem vorgeschobenen Riegel / Thür
und Thor zu allen Hülffsmitteln verschlossen und
versperret. Tugendreiche Nymphe / du solt wissen/
daß mein Name Diana dieser Orte nicht unbekand/
und lasse dir an meinem Namen vergnügen/mit Bitte/
du wollest meiner/ dir mein unglückseligen Zustand zu
entdeck/bittlich verschonen: Massen du damit nichts
anders ausrichten wirst/als daß sich / wann du selben
erkundiget / dein Hertz mit unauffhörlichem Mitleiden

den tråncken soltest; wann du vernimmest/ daß das
meine mit so mancherley Marter gequälet und gefol=
tert wird.

Eben das ist/ antwortete die Nymphe/ der Be=
trug/ mit welchem sich alle die jenigen/ die der Liebe
dienstbar sind/ verächtlich machen. Sintemal so bald
sie in die Hand dieses unreinen Kindes gerahten/ so
bald werden sie leibeigene Knechte/ begehren auch
nicht wieder frey zu seyn/ ja es dåunchtet sie unmög=
lich/ einer so hartvertnüpfften Herrschafft zu entge=
hen. Ich weiß sehr wol/daß deine Krancktheit von der
Liebe herrühret/ welches ich aus deine Liebe erlernet/
und ich bin auch vor diesem in demselben Spital
tranck gelegen.

Viel Jahr lang bin ich der Liebe Gefangener ge=
wesen/ jetzo aber wieder tranck und frey: Ich tappete
in blinder Demmerung; jetzt sehe ich den Weg der
Warheit: Ich habe in dem Meer der Liebe die höchst=
gefürchteten Klippen vorübergesegelt; nun ich an
den sichern Port angeländet/ hab ich Ursach/ mich
höchlichen zu erfreuen. Wo dich der Schuch drucket/
hat er mich auch gedrucket; die Liebe kan mit dir nicht
grausamer umgehen/ als sie mit mir gespielet: Ich
hab eine Artzneygefunden; tritt du nur die Hoffnung
der Besserung nicht mit Füssen/ verschleuß deine Au=
gen nicht vor dem Liecht der Warheit/ und verstopf=
fe deine Ohren nicht vor meiner Rede.

Wort/sage ich/Wort sind es/ die in der Lufft ver=
schwinden. Mit diesen wird die Liebe nicht gehellet/
antwortete Diana: Aber vor allen Dinge möchte ich
deinen Namē wissen/was für ein Glück dich in hiesige
Länder getragē/welches wann du es erzehlen woltest/
däuchtete mich/ ich wolte/ als meiner Gebieterin zu
gehorsamen/ meinen Thrånen abdancken/ in denen
ich sonsten die Vergnügung meines Schmertzens
spühre.

A v   Wer=

Worauff die Nymphe: Mein Name ist Alcida/
was du ferner ansuchest/ leidet mein hertzliches Mit-
leiden/ welches ich mit deinem eigenwilligen Hertzeleid trage/ nicht zu vermeldē; und bin gantz nicht ge-
soñen etwas darvon zu sagen/ wo du nicht zuvor die
dir von mir angetragene Hülffsmittel beliebest.

Es sey dein Raht/ witer wolle/ antwortete Diana/
so kan er mir nicht mißfallen/ weil er von dir herrüh-
ret/ wiewolen ich vergewissert lebe/ daß er mir/ in meinem Elende/ wenig fruchten wird/ welches bey mir
nicht ehe wird gute Nacht geben/ biß mein Hertz in
tausend Stücken zersprungen. Und so ja etwas/
wie du versprichst/ ausgerichtet würde/ will ich doch
meinen Liebsten niemalen lassen/ und niemal auffhören den jenigen/ dem ich zuvor den Korb gegeben/ zu
begehrē/ der mich anjetzo mit gleicher Müntze zahlet.

Alcida sagte hingegen: Nun schöpffe ich eine bes-
sere Hoffnung/ dich wieder zu rechte zu bringen/ weil
du nicht läugnest/ daß du das jenige/ wornach du jetzo so ächzest und lächzest/ zuvor vernichtet und verachtet: Dañ unter diesen beyden/ Lieben und Hassen/
ist ein Drittes/ welches du dir vor allen Dingen erlie-
sen must.

Diana: Schönste Nymphe/ dein Raht beliebet
mir höchlich; aber so viel mich bedunckt/ scheinet er
mir nicht allerdings sicher; deñ wann mein Will/ der
zwischen Hassen und Lieben die Mittelstelle hat/ solte
von diesem ab- und jenem zuwendig gemachet wer-
den/ würde der mächtige Gott Cupido bald verloren spielen.

Alcida: Mein/ thue dem Cupido nicht so viel Ehre an/ weil er derselben unwürdig. Solte man dem
den Titel deß Mächtigsten zulegen/ der nicht unüber-
windlich; voraus denen/ die/ wie ich gesagt/ die Mittelstrasse geben. Denn an denselben allein beruhet die
Tugend: Die Menschen/ in welcher Hertz sie hau-
set/ geben auff die Liebe weniger als nichts/ würden

sich von derselben mit Macht los / und können mit
preiswirdiger Beständigkeit alle deroselben Pein aus
dem Felde schlagen.

Diana : Mein geschweige derer Leute Hertzhafs=
tigkeit und Beständigkeit ; grausame / wilde / felsen=
harte und unmenschliche Hertzen sind es : Massen sie
wider ihre eigene Natur streiten / und der unüber=
windlichen Macht Cupidinis entgegen ziehen. Aber
sie mögen seyn / wer sie wollen / am Ende werden sie es
mit ihrem höchsten Schaden erfahren / weilen sie sich
unterfangē / ihnen eines solchen Gottes Zorn auff den
Hals zu laden ; auch wird ihnen ihre Hartnäckigkeit
zuletzt weniger als wenig helffen. Denn einer solchen
Bewegung Durchbruch hält alle Vestungen vor
Spinnewebe / sie wird durch keine Verhinderniß zu=
ruck getrieben / sie habe dañ das jenige / was sie geson=
nen / zu Werck gerichtet. Ich gedencke auch noch der
lieben Zeit / wie von der Liebe wunderbare Krafft und
niemals untergekgener Macht mein liebster Syre=
no dieser Orte einen lieblichen Gesang verfertiget :
Damals zwar / da mir sein Andencken so annemlich
war / als schmertzlich und abhold es mir anjetzo ist.
Ermehntes Leid und viel anders / die er damals ge=
dichtet / sind mir noch im frischen Gedächtniß / weilen
ich mich äusserst befliessen / daß mir nichts von allem /
was er gesungen / ausfallen möchte.

Dieses Sonnet / das die Gewalt und Macht der
Liebe ausbildet / lautet also :

Ist unser Liebes=Gott an beyden Augen blind /
　So trifft er dennoch wol das Mittel in dem Hertzen
　Und fügt uns Wunden zu / die mehr als Feuer
　　　　schmertzen /
Und nichts nicht heilen kan. Er ist zwar nur ein Kind /
Doch Ursach / daß der Mars und seine Mutter sind
　Gerahten in die Pein / die kommt von seinem Hertz /
　Er hat mir mein Gemüt entzündt mit seiner Kertz /
Er herrschet auf der Erd / im Feuer / Meer uñ Wind.

Wann wir den schwartzen Tod gleich sehn vor Augen
stehen /
Und sollt in den Wust deß ärgsten Kerckers gehen /
Bringt doch die Gegenwart der Liebe Frölichkeit.
Wann sie uns Menschen wohnt in unsern zarten
Sinnen /
So macht sie / daß wir Noht und Pein und Angst ge-
winnen /
Und sind doch über ihr und ihrer Macht erfreut.

Warlich / sagte Alciba / der Dichter ist dem Liebes-
Kind mit trefflicher Wolgewogenheit beygethan gewesen: Aber ich wolte diesem Syreno mehr Glauben
zumessen / wann er nicht selber / nach solches Wunders-
gottes hochgepriesenen Tugenden / einen Weg getroffen / seiner Gefängniß zu entgehen / noch ein Mittel erdacht / vermittelst welches er seinem bewägig-
ten Gemüte die vorgezogene Freyheit nicht wieder
eingeräumet. Und muß ich warlich über deiner Einfalt erstaunen / daß du so leichtglaubig bist / und denen vorgebrachten Worten / die er doch in der That
widerleget / beygefallen.

Es ist weltkündig / daß sothane Lieder nach Gebrauch der Liebhabenden / als blosse Mährlein / erdichtet werden / darinnen sie / ich weiß nicht was / herausstreichen / und gleich als in einem Frenden= und Traur-
erspiel von ihrem Unglück Wunderdinge sagen und
klagen / da sie doch bald hernach ihnen diese harte Fessel sonder Müh wieder abschlagen / und sich in die alte Freyheit / welche sie mit vielen Zähren bethrenet /
einsetzen: Indem sich an Statt der brennenden Liebe
eine kalte Vergessenheit bey ihnen einstellet.

Und so ja die Verliebten einige Pein leiden / ziehen sie ihnen solche gutwillig über ihren eigne Hals /
und rühret dieselbige nicht her aus Kraft desselben
Bewegung. Deß die Liebe ist nichts als eine erdich-
tete Einbildung / welche sich in den Gemütern der
Men-

Menschen ereignet; ein Ding/ das weder im Himmel
noch auff Erdē noch irgends wo ist; ist ein Bildniß/ das
nur in dessen Hertzen/ der es begehret/ abgebildet ist.
Und so ja in der Liebe irgends eine Macht und Gewalt wäre/ entspringet sie von der gutwilligen Un-
terwerffung der jenigen/ welche sich von ihren eigenen Einbildungen gutwillig beherrschen lassen/ ihnen ihr Hertz und Gemüt darbieten/ die Freyheit
verspielet geben/ und die Liebe zum Herrn über ihre
Bewegungen setzen.

Damit aber der liebliche Gesang deines Syreno
ohne Gegenbericht nicht vorbeygehe/ so höre ein
Sonnet/ das demselben schnurstracks zuwider ist:
Welches ich zwar vorlängsten auff den Neapolitanischen Gefilden/ nechst dem Brunnen Gebetho von einem Schäfer/ Namens Aurelio/ gehört; und so ich
mich anders recht besinne/ lautet es also:

Ich selber bin stockblind/ ich bin es/ nicht die Liebe/
  Der ich mich stürtz in Pein/ ohn Urtheil und Ver-
    stand:
  Ich bin ein Kind/ nicht er; der ich diß harte Band
Voll Weinens/ Lachens/ Furcht und Hoffnung auff
    mich schiebe.
Ich selbst entzünde mich/ das sonst dem kleinen Diebe
  Cupido allezeit von mir wird zuerkant.
  Soll er geflügelt seyn? die Flügel sind der Tand/
Ein hochgefaster Wahn/ der dieses von sich triebe.
  Kein Waffen hat die Lieb/ auch keine Boltzen
    nicht/
  Als diesen/ der die Witz und unsern Sinn durch-
    bricht/   (vergehet/
Sich selber schlägt und heilt. Ein Traum/ der bald
  Der von Poeten kommt/ die voller Fabeln sind/
  Ein Schein/ der eilends wird und eilends auch zer-
    rinne.
Schau hier/ worinē doch diß Gottes Ruhm bestehet.
      X vij   Wie/

Wie/Diana/däuchtet dich/als eine kluggesinnte
Hirtin/daß dein Hoffnungsglaube auff einer solchen
Traum-Erfindung beruhen kan? Und warumb wilt
du das/was aus lauter Lügen zusammengesticket/
wie dieses Kind im Wercke ist/vor einen waaren
Gott anbeten? Er ist von eitelen Köpffen ausgedich-
tet/von üppigen Begierden geehret/von ungehirnten und nichtswirdigen Leuten/zum Andencken ihrer
schnöden Wollüste/beglaubet worden. Die sind es/
die diesem schönen Gott einen so herrlichen Namen
durch die gantze Welt zugeleget. Zumalen weil sie
gesehen/daß die menschlichen Sorgen/wenn sie etwas Gutes überkommen wollen/viel Ungemach ausstehen müssen/Verachtung/Schmertzen/Furcht/
Bekümmerniß/Argwohn/Veränderung und andere unzählige deß Gemütes und deß Leibes Bewe-
gungen/so haben sie einmütig die Brunnenquelle
sothanes Unglückes nachgeforschet/und vornemlichen solche Bewegungen in der Liebe angetroffen;
dén weil dieselbe über alle und jede Menschenhertzen
die Oberhand hat/haben sie ihr eine Göttliche Macht
zugeschrieben/weil sie nemlich von allen und jeden
gleich geehret und gefürchtet würde. Derohalben haben sie den Liebes-Gott in einer solchen Gestalt ge-
mahlet/daß alle die jenigen/die dessen Bildniß ansichtig würden/von seinen Wercken einen vernunfft-
mässigen Abscheu bekämen. Sie haben ihn wie ein
Kind gemahlet/damit ihm kein Verständiger glau-
bete. Blinde damit ihm niemand nachgienge. Sie
haben ihm Waffen angehangen/damit sich einjeder
vor seiner Gewaltsamkeit hütete. Flammen in die
Hand gegeben/damit ihm niemand zu nahe gienge;
Flügel angegürtet/als einem Flüchtigen und herum
schweiffenden Landstreicher.

Verstehest du noch nicht/holdselige Diana/daß
dich die Macht/so die verblendeten Liebhaber diesem
Götzen zuschreiben/nichts angehet. Das Erste muß

du ge-

zu gestehen/ daß jemehr einer desselbē Macht heraus=
streiche/ jemehr gibt er seine unbesonnene Thorheit
an den Tag. Der muß unter dem Hütlein nicht wol
verwahret seyn/ der bejahet/ die Liebe stärcke/ und sei=
ne gesunde Vernunfft einer solchen schändlichē Miß=
geburt untergibet. Der Liebe vergifftete und töd=
liche Pfeile rühmen ist nichts anders als eine wei=
bische Kleinmütigkeit dessen/ der sein Hertzenshaus
von den närrischen Bewegungen in Brand stecken
lässet/ und solchem ohnmächtigen Kinde solche
Kräffte zuschreibet/ als könte er unsere Seele ge=
fänglich in den wolverwahrtesten Kercker werffen :
Dieses ist nichts anders als eine verdambte Trägheit
eines verirreten und verwirreten Verstandes/ der im
ersten Angriff die Waffen niderleget/ und sich
dem Feind ergibet/ ja offt ausserhalb deß Treffens
in der Wiederpart Lager schelmischer Weise über=
laufft.

Mit einem Worte/ alle Wundersüsse Buhler=
lieder/ welche von Liebes=Thaten viel zu schwatzen
wissen/ sind ein allgemeiner Aufftruck deß verfinster=
ten Verstandes und nichts Gutes bringenden Müs=
sigganges. Aber gesetzt/ die Liebe vermöchte etwas ;
so sind doch seine Ritterthaten nimmermehr so hoch
zu halten/ daß sie einiges Lob verdienten. Was ist
das für eine Hertzhafftigkeit/ die jenigen anfallen/ die
überwunden geben? Was ist das für eine Mann=
heit/ die bestreiten/ die aus Zagheit das Gewehr
wegwerffen? Was ists Ruhmwirdiges/ auff den
losgehen/ der sich niemals zu widersetzen gedencket?
Was ist vor ein adelich Gemüt/ daß man die Erge=
bene und um Gnad bittende niderhauet? Was ist
das Löbliches/ die mit den Waffen spielenden zu
Boden werffen? Was ist das Tugendhafftes/ de=
nen ohne das Unglückseligen alles Hertzleid an=
legen?

Ju

In Warheit/ schönste Nymphe/die mit vermeinten ihren Lobsprüchen den Cupido in Himmel heben wollen/ und ihm um Sold dienen/ die solten anderwerts beflissen seyn/ sein Wort zu reden/ damit sie ihm seinen guten Namen und Ehre retteten. Massen der beste und meiste Theil seiner über die bißanhero erzehleten Thaten sind Zaghafftigkeit im Angriff/ Grausamkeit im Treffen/ Eitelkeit in Anschlägen/ Verschwendung in Unkosten/im Ende Thorheit.

Und ob sie wol auch seinem Ansehen nicht wenig zulegen/ so schänden ihn doch die Schmachwort viel ärger/welche ihm täglichen von seinen Sclaven vorgeworffen werden/ die ihn das Feuer/ einen Tyrannen/ einen Wüterich/ eine Unsälgkeit und den Tod selbsten nennen. Lieben ist ihnen so viel als hitzen/ brennen/verzehret/gemartert und gefoltert werden. Noch mehr/ zu Thieren und Thoren/ blind gebrechlich/ armselig/wahnwitzig/ja zu Pulver/Staub und Asche werden. Dahero niemand gefunden wird/ der über die Liebe nicht klage/ der ihn nicht ausschände/ der ihn nicht für einen Verrähter/ ein rasendes wildes Ungeheuer/und für das jenige/ das nicht wol beschrieben werden kan/ ausschreie.

Aller Liebhaber Reyse sind voller Schmertzen/ in Seufftzen auffgesetzt/ mit Thränen benetzet/und mit tödlichen Jammerwinseln abgesungen. In denselben ereignet sich Argwohn/ da Furcht/ da Verzweiffelung/ da Bekümmerniß und Angst/ und tausend abscheulicher Straffen. Da wir nichts erzehlet ohne Todschläge/ohne Ketten und Fessel/ Pfeile und Gifft/ und unsägliche Werckzeuge der Straffen und Plagen/ also daß du in der Liebe nichts anders antriffest als Hertzenschmertzen und solche Dinge/ die uns auch in der Erzehlung eine Furcht einjagen.

Von diesen Beschaffenheiten urtheilete sehr wol ein angesehener Schäfer Herbanio/ welcher in meiner Gegenwart in eine Erl mit einer scharffgespitzten Nadel ritzte:

Wer

Wer recht vernünfftig ist/ soll allzeit standhafft blei-
ben/
   Soll haben unverwandt ein Hertz und einen Sinn/
   In einem Augenblick ist Freud und Freyheit hin.
Die Tugend/ wo sie gantz ohn Anstoß soll bekleiben/
Die läßt sich nimmer nicht vom Mittelwege treiben/
   Die Flamme steige stäts/ die Zinnenklimmerin/
   Und unser Lieben ist der Art von Anbegin/
Das an die Hoffart sich pflegt allermeist zu reiben.
   Ohn ihn lebt niemand nicht. Er hat mir weggerafft
   Die freye Freudigkeit und alle Lebenskrafft.
Geh Amor wieder hin/ geh fort/ geh/ wie du kümmest/
Wirff weg die Brennerglut/ damit du mich entzün-
       dest/   (bindest/
   Wirff weg das Fesselband/ mit welchem du mich
   Den Köcher auch/ damit du mir das Leben nimmest.

Ja wol befriediget mich der Gesang deines Sy-
reno/ als wäre die Betrachtung der mächtigen Thaten deß Liebsgottes mächtig genug/ desselben Klagen
und Plagen zu bewältigen. Denn weil seine herrliche
Thaten sind/ ermorden/ verwunden/ verblenden/ ver-
brennen/ abmergeln/ zähren/ zum Sclaven machen/
tausenderley Marter anlegen/ wird er mich in Ewig-
keit nicht bereden/ daß die Betrachtung der Straffen eine Vergessenheit deß Leidens einführe: Vielmehr ist das Gegentheil war/ daß sie grössere Marter
verursachet; denn je tieffer sie in das Hertz gedrucket
wird/ie tieffer sie wurtzelt/ und je grösseres Nachtheil
sie anrichtet.

Aber so du ja die Verse deines Syreno vor war
hältst/ so ist mir diß ein seltzames Meerwunder/ daß
du durch diesen Gedancken gelobet wirst/ die er in eine grausame Vergessenheit verwandelt/ welche noch
in seinem Hertzen herberget; und nicht allein deß A-
mors sich gäntzlich entschlagen/ sondern auch die Ge-
dächtnüß deiner Schönheit misset/ in deren er niemal
seine Augen satsam weide/ sondern auch für den höch-
                                  sten

sten und besten Schatz auff dieser Welt lieben und loben sollen.

Alcida hatte diese Wort kaum zu Ende gebracht/ als Diana/ ihre stets nidergeschlagene Augen in etwas erhebend/ ihr Ehgemahl Delio erblicket/ welcher von dem nechstangelegenen Berghügel herabstiege/ und seinen Weg auff den Ahornbaum/ da diese beyde saffen/ richtete; dahero fiel Diana der Alcida in die Rede/ sagende: Stille/ stille/ meine Holdseelige/ mit dieser Unterredung/ vielleicht wird es anderweit Zeit seyn/ dich anzuhören/ und deine nichtige Schlußreden zu beantworten.

Da ist mein Ehmann Delio/ der sich uns von diesem Hügel nähert; es ist thunlich/ unser Gespräch verbergen/ wir wollen etwas auff unseren Geigen spielen und darein singen; vielleicht wird er sich ankommend darinnen erlustiren.

Also ergriff Alcida ihre Cither/ Diana ihre Geige/ spielten und sungen darein Wechselweise:

Alcida:

Indem zu Mittag jetzt die Sonne mit den Flammen
    Die höchste Bahn durchrennt/
Den mächtigstarcken Schein der Stralen bringt zu- (sammen/
    Und Wald und Hügel brennt;
Es geht das teusche Volck der Nymphen zu den (Wälder-
    Und Schattenbrunnen hin/
Die Feldheuschreckenschaar die singen auff den Fel- (dern/
    Sie kühlen Mut und Sinn.
Die Zier der schönen Kron/ die Amaryllis/ singet/
    In Lieb und Freud ergetzet/
Daß sie den Wolckengott zum Abendregen zwinget/
    Die Saat und Wiesen netze.

Diana:

Weil an dem Himelsbau der Hertzog der Planeten
    Gleich in der Mitten steht/

We-

Wo er zur Morgenzeit die Welt pflegt zu erröten
   Und wieder schlaffen geht /
Den müden Ackermann er in das Gras zu bretten
   Mit seiner Hitze zwingt /
Man hört / wie Thestylis spielt auff den süssen Säiten
   Und darzu lieblich singt.
Es legen sich zur Ruh die ungestümmen Winde /
   Zur angenemen Ruh
Der schönen Sängerin : Sehr lieblich und gelinde
   Die Lufft weht ab und zu.

Alcida:

Du silberhelle Quell der gläsernen Gewässer /
   So rieseln für und für /
Der du mit Safft und Krafft betreuffst die Reben
   Du bunte Blumenzier /   (fässer /
Schau / daß der klare Bach dir ja nicht durch die Her-
   Noch durch die Sonnenmacht /   (de
Noch fremder Ströme Schlam und Mengung ir-
   Verderbt und durchgebracht.   (gend werde
Auch keiner / welcher sich am Ufer hier beschweren
   Ob seiner Liebe maß /
Mit seinem Augenbach und scharffgesaltznen Zähren
   Betrübe deinen Fluß.

Diana:

Ihr Mahlwerck der Natur / ihr Blumen in den
   Ihr stiller Auffenthalt /   (Gründen /
Ihr strengen Fichten ihr / ihr dickbelaubte Linden /
   Du schattenreicher Wald /
Daß ja kein rauher Wind die Zier an deinen Zwei-
   Dein Blätter-Zelt versehr /   (gen
Und du in voller Lust dich mögest schön erzeigen /
   Und grünen mehr und mehr ;
Daß du ja für dem Frost / wann Reiff und Schnee
   Versichert mögest seyn ;   wird kommen /
Daß deine Blätter dir nicht werden hingenommen
   Durch langen Sonnenschein.

Alcida:

Alcida :

Indem ein weiser Sinn deß Hofes glatten Worten
　　　　Und Last entgangen ist/
So weichet er in sich/ und hat an solchen Orten
　　　　Ihm Muß und Ruh' erliest.
Hier mag ein Schäfermañ/ so lang er ist/ sich strecken
　　　　Bey einem kühlen Bach/
Der sänfftlich rauscht vorbey; kein Streit pflegt ihn
　　　　zu wecken :
　　　　Ihm laufft kein Kummer nach.
Die Blumen riechen wol/ das laute Lufftgeflügel
　　　　Stimmt ihm den süssen Chor :
Es freuet sich das Feld/ der frischbegrünte Hügel
　　　　Der springt für Lust empor.

Diana :

Der Westwind/ den man hier hört durch die Blätter
　　　　Und um die Bäume her/　　　　(rauschen
Ist weit nicht mit der Last der Höfe zu vertauschen
　　　　Und mit der Stadt Beschwer.
Des Pöbels Lobbegehrn das ist ein armes Leben/
　　　　Und nur geschmückter Schein :
Es ist der Siñen Pest/ nur stäts nach Ehren streben/
　　　　Und nie vergnüget seyn.
Wo sich Gemüt und Mund mit scheinbaren Begin
　　　　Und falschen Tücken hülle /　　　　(nen
Wo diß die Zunge sagt/ hergegen in den Sinnen
　　　　Ein anders ist gewillt.

Alcida :

Hier hat der Ehrgeitz nie gestellt/ mit seinen Netzen/
　　　　Kein Golddurst ist nicht hier ;
Hier dencket niemand nicht sich weit hinauff zu setz̄/
　　　　Und wegert sich herfür ;
Hier geht der Reichthumb nicht für armer Leute Fle
　　　　Gantz frembd und unbekand/　　　　(hen
Ist sonder böse List; was recht ist/ muß geschehen
　　　　Ohn allen Widerstand.

　　　　　　　　　　　　　Die

Die güldne Billichkeit pflegt alles zu erfüllen/
    Was sich zu thun gebührt/
Sie macht/ daß jederman nach einem freyen Willen
    Gewünschtes Leben führt.

Diana:

Ein Bauer kan das Feld mit seinen Händen bauen/
    Ohn Unruh und Beschwer/
Darff keine neue Stadt mit tausend Schädē schauen/
    Und wallen durch das Meer.
Deß armen Hoffnung reicht/ so weit sein Acker gehet/
    Er ist viel reicher noch
Als jener/ dessen Haus voll frembder Wahren stehet/
    Der kaufft das Sorgenjoch.
Ein Mann/ der wenig liebt/ kan sich für dem begnü=
    Der Vieh mit Hauffen hegt/   (gen/
Das alle Ställe füllt; und der sein Gut zu pflügen
    Mit tausend Ochsen pflegt.

Delio erkante seiner Ehevertrauten Stimme von
fern/ und als er vernam/ daß ihr eine andere Wechsel=
weise antwortete/ eilete er behendsam/ zu erfahren/ in
wz Gesellschafft sie wäre: Stellete sich derowegē un=
weit von dem Brunnen unter einem grossen Myrten=
baum/ unvermerkt anzuhören/ was sie Gutes sängē/
damit er seiner Gewohnheit nach eine Ursache seiner
Eiversucht von dem Zaune reissen möchte. Aber weil
er hörete/ daß das Lied von etwas anders handelte/
als ihm seine argwöhnische Gedancken beygebracht/
gab er sich zufrieden. Gieng derhalben gutes Mu=
tes fort/ die Nymphe/ die seiner Dianen vorspielete/
zu sehen/ und näherte sich ihnen unverzüglich. Sie
begrüsten ihn auff das Freundlichste/ bevoraus Dia=
na empfieng ihn mit unglaublicher Höflichkeit und
lächelde Schmutzeln. Als er sich nun nechst ihnen nie=
dergelassen/ sprach ihm Alcida zu: Ich bin/ mein De=
lio/ dem Glücke sehr verbunden/ daß es nicht allein
meinen Augen der Dianen unvergleichliche Schön=
                                heit

heit gegönnet / sondern auch zugelaffen/ mich mit dem
zu unterreden / welchen deß Himmels Gunst / ein so
hohes Gut zu besitzen / gewirdiget.

Dieweil sie von gar seltener Schönheit und Weiß
heit ist/kan es nicht anderst seyn/deñ daß der jenige/dē
sie ihr zu einem Ehemann erkoren/ mit allen Gütern
der Natur und höflichsten Sitten muß begabet seyn.

Ich kan mich nicht gnugsam verwundern / und er
starre gleich hierob / daß du die / die dich allen andern
vorgezogen/ so geringschätzig achtest / indem du dich
ertühnest/ ohne ihre Begleitung auszugehen / ja daß
du einen einigen Augenblick ohne ihre Gegenwart
leben kanst. Wiewol ich bester Massen weiß / daß du
sie allzeit unaussprechlich in dein Hertz eingeschlossen;
aber die Liebe / die du einer so überaus schönen Ehe
gattin schuldig/ gibt nicht zu/daß ihr Bildniß/deinem
Hertzen vest eingedrucket/dein Gemüt ersättige ; weil
es sich geziemete/ eine solche himlische Schönheit nie
mals aus den Augen zu laffen.

Diana (damit nicht etwan eine närrische Ant
wort gefiele/ welche seine Unbescheidenheit verrichte)
sagte an seiner Statt: Delio hat keine Ursache über
meiner Heyrat / wie du ob meiner Kundschafft zu
frolocē: So ist es auch nicht zuläßlich/meiner Gegen
wart allezeit geniessen / hingegen seine Heerde/ For
werck und Einkommen in die Schantze zu schlagen/
welche ihm mehr einbringē/ als wañ er zu Hause säs
se/und mich nur ansehe. Alcida: Meine Schöne/gib
von deiner Schönheit nicht einen so schlechten Aus
schlag/und wegere dich nicht/auszusagen und hochzu
halten das jenige/ was alle Welt an dir lobet. Der
Schönheit stehet es wolan/den Preis irer Hoheit er
leñen/und kan die für ein stoltz und hoffärtiges Wei
besbild nicht ausgeschrien werden / welche ihr selbst
mässiglich zurtheilt/ was ihr gebühret.

Alcida antwortet: Und du/ Delio/ bist der Glück
seligste unter allen Menschenkindern/ nim mit gutem
Mut deines Glückes war / welches dich mit keinem

geösserern Schatz bereichert/ noch bereichern können/
als daß es dir diese Hirtin ehlich vertrauet.

Desto nach fleissiger Auffmerckung überlegete der
Alcida Wort reiflich/ verwendete auch kein Aug von
ihr/ gab Wundersvoll auf ihr Hönigsüsses und mit
Verstand angefülltes Mündlein Achtung/ und zwar
so inbrünstig/ daß er sich von stundan hefftig verliebet
befand/ und als ein Erstaunter oder vom Donner Erschrecket er keine einige Antwort vorbringen konte/ sondern bezeugete mit tieff heraus gehalten Seufftzen die
grösse seiner Bewegunge/ und gab mit allen Geberdē
sattsam an Tag die neugeschlagene Wunde der Liebe.

Indem dieses vorgehet/ kömt diesen Unterredeten
von fern eine liebliche singende Stime vor Ohren ; sie
machen sich fertig anzuhören/ und mit herumbschlies-
senden Augen die Gegend dieser wolklingenden Mū-
sic zu bemercken. Unversehens werdē sie gewar eines
ermüdeten Schäfers/ welcher nach dem Brunnen eilte/
so viel er kunte/ er war von langwüriger Reise gantz
ausgemergelt/ und schleppete alle Glieder/ im Fortgehen sang er ein Sonnet/ folgenden Begriffs :

Wie könt mir doch mehr der Amor samt dem Glücke
    Entzünden meinen Sinne ? Kein Mensch ist weit
              und breit/
    Der minder krank als ich/ und minder sich erfreut/
Das ursacht mir die Lieb und ihre kluge Tücke.
Ich sterb' und lebe doch/ es sind ihr' alle Stücke/
    Bald gibet sie mir Trost/ bald Angst und Hertze-
    Ihr Augen können ihr so eine lange Zeit   (leid.
Noch dauren in der Qual ? Geht keinmal doch zurücke.
    Die Marter aber lässt mir auch das Leben nicht ?
    O Schmertzen/ es ist dañ Alcida/ Lieb' und Liecht !
Das Wort ist zu gering/ mein Lieb und mein Hassen
    Wie lange hält es mich in dieser grimmen Pein ?
    Wañ ich dañ soll von dir befreyt und ledig seyn/
Sag/ warumb will du mich der Bande nicht erlassen
Alcida hatte mit Fleiß diesem Gesang engel ö-

ret/ weilen ihr/ so balde sie dieses frembden Schäfers
ansichtig worden/ Arm und Beine gezittert; stehet
derwegen schleunigst auff / daß er sie bey seiner An=
kunfft nicht beleidigte/ bittet Delio und Diana/ um
aller Götter willē/ daß sie ihm ja nicht zu wissen mach=
ten/ daß sie dieser Orte verhanden. Dann es stünde
ihr Leib und Leben darauff/ im Fall sie den sehe/
welchen sie mehr als den Tod selbsten anfeindete.

Sie versprachen ihr solches zu halten/ ob sie wol/
wegen so eilenden Abschieds einer so lieben Person/
hefftig erschracken.   Alcida eilete über Hals / über
Kopff / in den nechstangelegenen Wald / und zwar
so schnellflüchtig/ als wann ihr ein grawsames Wild
oder Tigerthier auff der Ferse folgete.

Kurtz hernach gelangte der müde und biß auff
den Tod abgekräfftete Schäfer an/ mit so hinfälli=
gen Gliedern/ daß es schiene/ als hätte das Glück ein
Mitleiden mit ihm : Massen es ihm/ die gantz ver=
schwundenen Kräffte zu ergäntzen/ gleichsam mit der
rechten Hand an diesen Brunnen geführet/ und ihn
der Diana und deß Delio Gesellschafft/ als ein la=
bende Erquickung und Entbürdung deß Unglücks/
zubereitet.

Die Sonne gab einen unparteyischen Schiedmann
zwischen Tag und Nacht/ als er sich in die grössesten
Hitze/ nach so viel erlidtener Arbeit deß Himmels
und mühsamen Reise/ an diesem Lustreichen Ort be=
sande/ bey sich erwegend die schattichten Bäume/ die
begraseten Ruhebäncke/ das silbergläntzende Rie=
seln deß Brunnenwassers : Uber dieses alles die gött=
liche Schönheit der Diana/ setzte er sein Unglück/
als durch Anleuchtung eines neuen Liechts/ ein we=
nig beseit: Obwol den Werth seines Anligens/ wel=
chen er mit so viel Ungemach suchete/ uñ das schmertz=
liche Verlangen der Abwesenden ihm nicht wol ge=
stattcten/ ein wenig zu rasten.

Diana/ so bald sie seiner ansichtig ward/ empfieng
ihn

ihn mit so höflichen Geberden und huldreichen Ans
blicken/ soviel der Argwohn und die Eyversucht deß
gegenwärtigen und scharffachthabenden Delio zu
liessen ; und zwar so wartete sie dem fremden Gaste
mühsam auf/ weil ihr unverborgen/ daß er eben mit
dergleichen Schwachheit behafftet : Derowegen war
sie gewillet/ eine Aenderung und Minderung ihrer
Schmertzen sich bey ihm zu erholen. Er ingleichen was
sie eine so seltene Höflichkeit nicht hoch genug zu eh=
ren/ und gab/ so viel möglichen/ zu verstehen/ es hätte
ihn ausser dieser glücklichen Begebenheit nichts Er=
wünschters zu Händen kommen können/ als daß er uns
verhofft in die Gunstgewogenheit einer übertrefflis
chen Schönheit gerahten.

Indessen sahe sich Diana allenthalben umb / ob sie
ihren Delium antreffen möchte. Denn derselbe/ wie
wir bereit gemeldet/ ward so hefftig mit Liebe gegen
die Alcida entzündet/ daß / indem Diana den Gast
empfangen und sich niderzulassen gebeten/ hatte sich
Delio auf seine Beine gemacht/ der flüchtigen Alci=
da zu folgen/ lieff mit Fleiß ihrer Spur auf dem
Fußsteige nach/ standhafft entschlossen/ er wolle nicht
ehe nachlassen/ er hätte sie denn erellet/ und solt er auch
die neue Welt durchreisen. Diana/ nicht mehr bey
ihr selber/ weil Delio weder zu sehen noch zu hören/
fieng an zu schreyen/ was sie kunte/ ruffte und wiederss
holete zu vielen malen seinen Namen : Aber vers
gebens; denn obwol die Wälder auf der andern Seis
ten wiederschalleten/ achtete es doch Delio weniger
als nichts/ wolte auch nicht ehe innehallten/ biß er sei=
ne neue Buhlschafft erlauffen : Also gar/ daß die ar=
me Diana in neue Traurigkeit fiel/ und sich erbärm=
lich wegen der Abwesenheit ihres Hirti plagete. Der
fremde Schäfer/ durch Mitleiden bewogen/ fieng an
sie also zu trösten: Thue dir selber ohne Ursach nicht
Unrecht / und laß dir den falschgefassten Argwohn
einer Flucht nicht so zu Hertzen gehen. Da darffst
B   nicht

nicht wähnen noch dein Gemüt bereden / als wenn
dich dieser Schäfer gantz und gar aus den Augen
setze; vielleicht ist er / indem du der Haushaltung
abwartest / beflissen / einen dick von sich werffen-
den Schattenbaum / mit dessen krausen Blättern
der kühle Westwind spielet / auszugehen / weil er gesonnen / diese heisse Trifft zu ändern / und gewillet / uns
seinen Anschlag zu verhalten / argwöhnend / wir
möchten ihm zuvorkommen. So kan es auch wol
seyn / daß er sich über meiner Ankunfft entsetzet / und
mein unnütz Gespräch ihm verdrießlichen gewesen; dahero er sich anderswo hingewendet / damit
er diese hitzige Mittagszeit in angenemer Stille
verbrächte.

Worauf Diana: Vielgeehrter Schäfer / ich
habe dir bißanhero mit Lust zugehöret / damit ich
dessen / was dich ängstete / vergewissert würde. Allem Ansehen nach ist die Kranckheit / daran du zu
Bette ligest / von der Liebe; sintemal dieselbe gewohnet / den verliebten Argwohn mit vergeblichen
Einbildungen zu betriegen: Und die Buhler haben
im Gebrauch / ihren fünff Sinnen grundfalsche und
unmögliche Sachen vorzutragen; zu dem Ende /
damit sie warhaffte und gewißbeglaubte Dinge
verwerffen. Lieber Gast / solche und dergleichen Anschläge versichern mich / daß sie dich eben mit dergleichen Bewegungen durchtränckten / zumaln sie
auch mein Hertz verzehren / daß keine Artzney bey
mir verfangen will. Denn ich bin gewiß / daß mein
Ehmann Delio / wecher sich uns neulich heimlich
entzogen / der schönsten Nymphe auf dem Fusse folget / welche unlängsten von hier Abschied genommen.
Mit was vor Bewegungen blickete er sie nicht an?
eröffnete er nicht die Pforte seines Hertzens mit
tieffherausgepressten Seufftzern? Ich kenne ihn gar
zu wol / wie erpichet er ist auf das / was er ihm einmal in Augenschein genommen / so gar / daß er sich
auf

auf keinerley Wege noch Weise darvon abwendig
machen lässet; und gewiß/ gewiß er wird die Nym=
phe verfolgen/ und solte er mir auch mein Tage nicht
wieder unter die Augen kommen: Und was mich
noch mehr quälet. Ich weiß der Nymphe ihre Na=
tur gründig/ die so eisenhart und von aller Liebe
entfernet/ daß sie auch der schönsten Schönheit Ga=
ben so gering als Haberstro achtet/ und ihr Ge=
müt weder durch der Buhler altgestammtes Her=
kommen noch deroselben liebreitzende Tugenden
verleiten lässet.

Dem hertztraurigen Schäfer war nicht anderst/
als wann mit diesem Wort ein tödlicher Pfeil durch
sein Hertz geschossen würde/ daß er auffschrie: O
ich der aller Unglückhaffte aller Buhler! billich und
mehr als billich wäre es/ daß alle adamantine und
felsichte Hertzen ein Mitleiden mit mir trügen! ich
durchwandere die gantze weite Welt/ und suche un=
ter allen ein unbarmhertzigstes Weibsbild/ das je=
mals gelebt hat. Billich dauret dich dein Ehgatt;
dann wie er gegen dir/ also ist die gegen mich geson=
nen/ derer er nachlaufft; daher zu vermuten/ daß
er in äusserste Gefahr gerahte.

Diana nam diese Wort zu Ohren/ folgerte un=
zweiffelhafft daraus/ deß Gastes Kranckheit wäre
von nichts anders als von dieser Nimphe/ welche
ihm soviel Drangs anlegte und bey seiner Ankunfft
das Hasenpanir aufgeworffen/ die er doch durch
die gantze Welt gesuchet: Und es war auch nicht
anderst; dann Alcida meidete ihn/ und damit sie so
leicht nicht erkant würde/ hatte sie Hirtenkleider
angeleget.

Aber Diana stellete sich damals/ als wann sie nichts
darvon wüste/ wolte auch diesen Armen nichts dar=
von sagen/ damit sie Glauben hielte und/ was sie der
abwesenden Alcida versprochen/ treweiverigst bekräff=
tigte. Zu dem war Alcida schon eine geraume Zeit

B ij   weg/

weg / und flohe mit so eilfertiger Geschwindigkeit
durch das dicke Geströsse und finstere Wälder / daß
er sie nimmer erjagen können: Were er nun dieses verständiget worden / hätten sich Qual und Marter mit
neuer Angstpressung gehäuffet: Gestalt das Gemüt dieses am meisten zu durchträncken pfleget /
was es etlicher Massen hoffet / und doch auf keinerley
Weise und Weg erlangen mag. Wie nun beydes
Diana bester Massen wissend / begehrete sie den Anfang und Fortgang dieser Liebe zu erfahren / und
warumb die Nymphe diesen Fremdling also anfeindete? Derohalben redete sie ihm nach reiffer Beraht-
schlagung folgends an:

Liebwerther Gast / schöpffe bey gegenwärtiger Begebenheit einen Trost in diesem deinen Kümmerniß /
und wegere dich nicht / mir zu erzehlen / was die Ursache deiner Schmertzen sey; so kanst du auch die mei-
nigen in etwas stillen / denn ich bin begierig / zu wissen
wer du seyest. Vielleicht ist dein Glückslauf dem meinen nicht unähnlich: So wird dir auch die Erzehlung
der vergangenen Widerwertigkeit nicht unange-
nem seyn / sintemal du warhafftig liebest / und mit
Ehren den Namen eines Buhlers führest / welches
beydes ich gar gerne glaube.

Gnug war es / dieses anzuhören / und bedarffte es
keines weiteren Bittens / sondern als sie sich beyde
nechst dem Brunen nidergelassen / vermeldete der Gast:
Die Beschaffenheit meiner Schmertzen ist so bewand /
daß sie nicht jederman eröffnet werde; aber es bereden
mich deine ansehnliche Tugenden und der innerliche
Hertzensdienst / welchen mir deine übertreffliche
Schönheit zu verstehen gibt / daß ich frey herausbe-
kenne / und dir meinen gantzen Lebenslauff / gleich als
auf einem Schauplatze / vorstelle / wo es anderst ein
Leben zu nennen / welches ich diesen Augenblick mit
dem Tode vertauschen wolte. O Allerschönste / wisse / mein Name ist Marcellio; und mein Zustand ist
viel

viel anderst/ als du aus meiner Kleidung wähnen
möchtest. Ich bin zu Goldin/ einer Haubtstadt der
Provintz Vandalia/geboren/aus einem fürtrefflichen
und hochmögenden Geschlechte. Meine Kindheit
hab ich an dem Hofe deß Königs in Portugal zuge-
bracht/ daselbst bin ich erzogen/ und nicht allein von
den Hof-und Reichsoberen/ sondern auch von dem
Könige selbsten/mehr als kein anderer/ geliebet worden; und zwar dermassen/ daß ich niemals von seiner Seiten kommen/ biß er mich zum Feldherrn seines Kriegsheers gemacht/ welches zu der Zeit in den
Grentzen Africæ lage. Daselbsten bin ich viel Jahr
lang in Städten und Schlössern/deren im selben Kö-
nigreiche eine grosse Anzahl/ Ober-befehlichhaber
gewesen: Meinen Sitz aber hab ich gehabt zu Ceu-
ta/ einer vornemen Stadt/ welche ein Ursprung meines Ubels. In derselben Stadt wohnete/ zu meinem
Unglück/ ein von wolgebornen Ahnen hergestam-
ter und wegen eigener Tugenden hochangesehener
Ritter/ namens Eugerio/ welchem der König selbige
Stadt anvertrauet: Er hatte die höchste Gewalt/
neben Reichthumb/ adelichen Tugenden/ einem
mannhafften und tugendbegabten Sohn/ Namens
Polydoro/ und zwo Töchter/ Alcida und Clenar-
da/ Jungfern von unvergleichlicher Schönheit/ und
mit von denen Voreltern anererbten trefflichen Tugenden begabet.

Clenarda gab eine berühmte Jägerin/ Alcida/ die
ältere/ übertraff ihre Schwester an Schönheit. In
diese hatte ich mich dermassen verliebet/ daß sie mich
in sothanes Leben gebracht/ daß ich mir augenblick-
lichen/ aus Verzweiffelung/ den grausamsten Tod
gewünschet und erwartet. Ihr Vatter gab so scharffe Achtung auf sie/ daß sie wenig ausgehen durffte/
welches eine der grösten Verhindernissen war/ daß ich
ihr meine Liebe nicht entdecken können; ausgenom-
men/ daß sie mit dermaleines das günstige Glück vor

Gesichte gebracht; da ich ihr denn meine Hertzensangst und sehnliches Verlangen / mit den Augen
und / wider meinen Willen / tieffherausgeholten
Seufftzern/zu verstehen gegeben.

Einmal fügte sich es/ daß ich mich mit ihr in einem
Brieflein unterreden kunte/ welches also lautete:

(Der Brief Marcellio an
Alcida.)

Dein Ansehn/Scham/Verstand/dein Adel und Ge-
berden/
Dein hoher Tugendruhm/mit welchem du auf Erden/
Durch weitberühmtes Lob/wirst über alle gehn/
Die doch umb ihr Verdienst gleich jenen Sternen
Alcida meine Zier/du Fürstin aller Schönen/ (stehn.
Du machst/ daß mein Gemüt sich dir nicht kan ver-
söhnen/   (ich wol
Weil ich mein selbst nicht bin. Zwar reden mag
Mit dir/ wie mir geliebt; doch wann ich reden soll/
So bin ich gantz verstockt: Dann kan ein Mensch wol
leben/   (ben/
Im Fall er umb sich her den klaren Glantz siht schwe-
Der nur macht stumm und taub/ bestürtzt und unbe-
wegt/
Wann dieser Augen Zier die seinen niderschlägt?
Wer weiß/ was Schönheit ist/ der nicht wird müssen
sagen/
Daß zwey Ding in dir sind/ die selten sich vertragen/
Die Weisheit und Gestalt? Wer hat dich je be-
schaut/
Der ihm/ vor lieb/ hernach zu leben hat getraut/
Und sich vor Hertzensangst mit dir bereden können?
Ich schweige nun so sehr/daß alle meine Sinnen
Bereit ermüdet sind: Die Hoffnung ist umbsunst/
Ich frew' und ängste mich in dieser grossen Brunst;

Die

Die Seele fährt mir aus / in diesem strengen Orden
Räch ich mich an mir selbst / und bin mein Hencker
worden. 　　　　　　　　　　　　(mach /
　　Was ich begehre / fleucht / und mehrt mein Unge-
Hergegen was ich flieh / das eilt mir selber nach.
Ich will / was ich nicht soll; die Pein geliebt d' Hertze /
Es ist auch frölich noch ob diesen seinen Schmertzen /
　　Der täglich mich erwürgt. Ich leb und freue mich /
　　Biß ich d' Unterscheid der Schönheit / welche dich
Hoch über mich erhebt / recht bey mir tan erwegen:
Daher beginnet sich mein stoltzer Geist zu regen /
　　Daß ich dir lieb zu seyn in starcker Hoffnung bin.
　　Doch deine Trefflichteit stürtzt also meinen Sinn /
Daß ich mich geben muß. Wie aber diesem allen /
So ist tein Weg zu rauh / auf dem ich nicht zu wallen
　　Noch mehr als willig bin. Ich werde wol gewahr /
　　Daß diese schwere Pein und alle die Gefahr
Mein Wanckelmut erweckt. Ich suche noch mein
Leiden; 　　　　　　　　　　　　(den /
Doch tan sich mein Gemüt nicht in den ängsten weit-
　　Die Straff ist meine Lust / die Seufftzer sind mein
Spiel /
　　Der Tod das Leben selbst. Wohin ich schauen will /
Da tan ich nirgend nichts als Feuerflammen sehen /
Die meine Marter sind. Diß pflegt mir zu geschehen /
　　Umb dich / O schönes Bild! so leb ich jederzeit /
　　Und führe stets mit mir den Furcht- und Hoff-
nungs-Streit.

Erbarm dich meiner doch / der ich mein gantzes Leben /
Das tausend Plagen trägt / hab deiner Huld ergeben.
　　Ich suche Hülff und Raht; erwege nur allein /
　　In was für Nöhten ich muß deinetwegen seyn.

Diß war das Schreiben / das ich ihr zuschickte /
welches / wan es so wol wäre ausgemachet als glückselig gewesen / wolte ich dem tunstberühmten Home-
ro nichts bevorgeben haben: Als es nun der Alciba-

　　　　　B iiij 　　　　　　　　zu Häu-

zu Händen kommen/ ist sie zwar etwas über meinem
Zuspruch erschrocken/ und sich ob meiner verwegenen
Kühnheit beleidiget befunden/ nichts besto minder
mir in etwas / weil sie meines schmertzlichen Leidens
vergewissert/ gewogen worden/ wie ich hernach erfah-
ren/und zwar mehr/als ich verhoffet. Gab mich demnach für ihren Liebhaber aus / und wartete ihr nach
Vermögen auf ; in allen Ritterspielen/ Turniren/
Kriegsübungen/ Kleiderpracht bemühete ich mich/
Ihr mehr und mehr zu gefallen. Tausenderley Vers-
arten hab ich ihr zu Ehren/ durch Gunst der Musen-
jungfräulein / aufgesetzet/ damit die angeflammete
Liebesbrunst täglichen heller würde : Und diß etlia
che Jahre aneinander ; in Erwegung dieses/ wirdigte
mich endlichen Eugerio / als seinen Eidam/ mir seine Tochter beyzulegen.   Dieselbe ward mir/ vermittelst der Fürsten selbiger Proving/ ehlich versprochen/
mit dem Schluß/ daß die Verlöbniß solte zu Lisabona geschehen / damit der König von Portugal persönlich darbey seyn könte.   Hierauf fertigten wir
fleißigst einen Postillon ab/ umb den König unsere Heyrat kund zu thun/ demütigst/ durch hierzu
suchte ansehnliche Männer/ bittende/ damit wir in
seiner Hofstadt unser hochzeitliches Ehrenfest in
Freudenbegehen möchten.

   Alsobald ward diese Heyrat in der gantzen Stadt/
in nahen und weitentlegenen Orten/ruchtbar/welches
allen eine sonderbare Freude zu hören/ die uns beyden Glück wünschten/ daß ein so lieblöbliches Fräulein einen so standhafften und weisen Liebsten überkommen.

   Biß hieher wolte mir das Glück wol/ welches mich
zu dem Ende erhobe und groß gemacht/ damit es mich
in den tieffsten unerforschlichen Abgrund deß Elends
herabstürtzte. O deß flüchtigen Glücks! O der wan-
delbaren Freude! O der wanckelmütigen Ergetzung!
O der unbeständigen Standhafftigkeit in dem menschlichen

lichen Leben! Wer hätte mehr Glück bey dem Glücke zu hoffen gehabt als ich? Wer hätte grausame-
re Dinge leiden können/ als ich bißhero erlidten/ und
annoch leide? Schönste Diana/ ich will deine Ohren
nicht länger mit verdrießlichem Unmut anfüllen/ indem ich in Vermeldung meines ausgestandenen Unglücks abbreche. Biß vergnüget mit Anhörung meiner auf einen Tag blüenden und hinfälligen Vergnügung. Ich versichere mich gewiß/ solte ich nur
Anregung thun meines kummervollen Leidens/ du
würdest desselben bald satt werden/ und mit Eckel
mich heissen aufhören.

Diana antwortet: Mein Marcellio/ ich bitte/ verspare solche und dergleichen Entschuldigungen/ massen ich deine Wolfahrt nicht zu dem Ende anhören
wollen/ daß ich mich mit deinem Wolstand ergetze-
te/ sondern ich will auch deine darauf erfolgte Hertzensangst vernemen/ beyde Geschicht will ich meinem Hertzen einverleiben/ mich mit dir freuen/ und
mit dir trauren.

Allerschönste Schäferin/ sagte Marcellio/ wie
von Hertzen gern wolte ich hier meine Rede enden/
wann es nicht wider die Gunstgewogenheit/ darmit
ich dir/ in Ehren/ beygethan/ lieffe/ welche ich niemals
zu beleidigen gewillet. Und was mich noch mehr ab-
hält/ ist dieses/ daß es nicht ohne dein und mein hertz-
fressendes Kümmerniß abgehen kan. Mich belan-
gend/ achte ich die Traurigkeit nicht soviel; doch wolte ich lieber dir zu Gefallen diesen Tag mit freudigern
Unterredunge verbringen: Aber weil ich sehe/ daß du
so begierig zum Aufmercken bist/ muß ich dir/ wider
meinen Willen/ verdrießlich seyn: Wisse demnach
Folgendes. Als nun unsere/ Ach unglückselige Heu-
rat geschlossen/ und der König/ warumb wir bey ihm
angelanget/ verwilliget/ gehen wir/ der Brautvatter/
ein Wittber/ dessen Sohn Polydoro/ seine zwo
Töchter/ Alcida und Cleparda/ und dieser unglücksee-
lige

tige Marcellio / welcher dir jetzo seine Leidensregun-
gen erzehlet / nachdem wir die uns anvertraueten
königliche ämbter zuvor redlichen Biederleuten
befohlen / im Hafen der Stadt Centa zu Segel / in
willens / nach Lisabona zu schiffen / und in Gegenwart deß Königes unser hochzeitliches Freuden-
fest zu vollziehen.

Die Freude / die ein jeder wegen aller der Wolergehenheit bey sich hegete / verblendete uns deromassen / daß wir zur gefährlichsten Jahrszeit / sonder
Furcht deß stürmenden Ungewitters / das Sausen
und Brausen der Winde / welche umb diese Mona-
ten das Meer aufblehen / zu Schiffe gehen / und unser Leben einem daumendicken Brete und dem unbeständigen Glücke vertrauen / wir stossen ab / und begeben uns sorgenfrey auf die Höhe / daß die Ele-
mente / Lufft und Wasser / und die Göttin Fortuna
mit uns spielen möchten.

Nach wenig verflossener Zeit fieng das Glück
an / uns unsere Kühnheit zu verweisen und abzu-
straffen; denn noch selbigen Tag / als die Sonne wolte untergehen / weisete uns der Steuermann offen-
barliche Vorbedeutungen / daß ein gefährlicher
Sturm verhanden. Es brachen herfür eine grosse
Menge pechschwartzer Wolcken / die uns diß schöne
Gestirn vertunckelten und deß gantzen Himmels be-
raubeten / die grossen ungeheuren Wellen fiengen an
zu toben / die Winde bäumeten sich halsstarrig wi-
dereinander auf / und begunten ein erschreckliches
Getöß zumachen. Ach der traurigen und gefährlichen Post! Der erstaunete Steuermann ruffte aus
fast für Furcht erstorbenem Hertzen: O du unglückse-
liges Schiff / in was Gefahr schwebest du / wo dich
Gott nicht sonderlich zu Lande bringet. Alsobald gab
der unbarmhertzige Nord dem Schiff einen solchen
Stoß / daß es sich weder vest halten noch dieser gewaltsamen Erschütterung der Fluten entwischen konte; die

se; die Schiffer wurden gezwungen/ diesem grausamen Ungestümm nachzugeben / und sich ehe vom
Sturm nach seinem eigenen Belieben führen zu lassen / als demselben länger mit vergeblicher Gewalt
zu widerstehen. Es doppelten die Wellen und
Winde ihr grausames Wüten; die aufgerührten
Strudel zischeten und schäumeten; der Himmel
goß noch eine See von oben; ein liechter Blitz/ ein
erschrecklicher Donnerschlag jagete den andern/ daß
es schiene/ als wenn Wetter/ Wind und Donner in
die Wette stritten / welches den armen Schiffenden
die gröste Furcht einjagen könte. Man hörete ein
schreckliches Knarren und Schnarren der Schiffsei-
le/ ein erbärmliches Winseln und Wehklagen der
Bösgesellen. Die Winde bestürmeten das Schiff
auf allen Seiten/ die Macht der Wellen zertrüm-
merte mit schrecklichem Krachen die Seitenbretter
und zersplitterte den Kiel/ der mit Nägeln und Balcken vest zusammengefüget war. Sintemal das
treulose Element grosse und hohe Wasserberge
aufwarff/ welche das Schiff bißweilen mit sich biß
an die Wolcken führeten: Hernach dasselbige wiederumb plötzlich herab biß in den tieffsten Abgrund
der Fluten stürtzeten: Zuweilen sperrete es seinen
Rachen voneinander und weisete den untersten
Sandboden. Mannes = und Weibespersonen lieffen in dem Schiffe hin und wieder / massen ihnen
weiter nichts vor Augen schwebete / als ein Bildniß der Verzweifflung und eines abscheulichen Todes. Etliche seufftzeten/ andere beteten/ anderen
lieffen die Thrönen so häuffig von den Wangen her-
ab/ als wolten sie die Flut häuffen. Dem Steuermann brach der kalte Angstschweiß aus / und ver-
mochte/ in solcher Bestürtzung/ das Schiff nicht
weiter zu regiren/ unwissend/ was er thun oder lassen solte/ aus welchem Winckel die Winde bliesen/

B vj

wo

wo sie das Schiff hintrieben / wo sie schwebeten / dahero er in einem Huy bald tausenderley Befehliche
ertheilete. Die halbtoden Bootknechte kunten keinem
Geheiß folge leisten / ja den Steurmann nicht mehr
verstehen / was er redete / so donnerte und hagelte / so
rasselte und brasselte es / wie sehr auch jener donnerte
und hagelte / schalt und lästerte. Die liessen die Segel nider / die verdreheten den Mast / andere knüpff-
ten die zersprungenen Schiffseile zusammen / andere wolten mit Balcken und Bretteren das durchlö-
cherte Schiff ergäntzen / ein Theil pumpten das in
Schiffboden eingelauffene Meer ins Meer / und war
jederman beflissen / den unvermeidlichen Schiffbruch zu verhüten. Aber hie erliget aller Fleiß und
Schweiß / alles Flehen / alle Thränen können den er-
zürneten Meer = Gott im Minsten nicht sänfftigen:
Und obgleich die stockfinstere Nacht hereinbrache /
so hatte doch das Ungewitter sein Spiel noch nicht
vollendet / die Finsterniß bedeckte vollends die wenige Klarheit / welche der liebe Tag / sich noch sehen zu
lassen / äusserst bemühet hatte / und schiene / als wolte
solche Tunckelheit der Nacht selbsten zuvorkommen;
je finsterer es war / jemehr es donnerte und wetter-
leuchtete / jemehr es stürmete und brausete: Als der
Vatter Eugerio mit weinenden Augen sein veränder-
tes Gemüt blicken liesse / weil ihm sein / seines Ei-
dams und seiner Kinder äusserste Gefahr zu Hertzen
gienge / daß uns nicht minder sein Hertzenleid als die
Grösse unserer eigenen Gefahr jammerte.

Der alte Herr mit Ungemach umb uns und be-
lastet / redete uns mit kläglicher Stimme also an:
Ach wandelbares Glück! Du abgesagter Feind der
menschlichen Freuden / hast du mich ein solches
Hauscreutze in meinen alten Tagen erleben lassen!
O selig und überselig sind die jenigen / die im Lentzen
ihre Jahre / bey Treffen und Schlachten / Gut und
Blut wagen / und vor das Vatterland Leib und Leben

ßen anfetzen; die/ müffen fie gleich in das Gras-beif-
fen/find folcher erfchrecklichen Furcht entübriget/und
dürffen ihrer wolgezogenen Kinder Untergang nicht
bethrenen/weil fie allbereit felber zum groffen Hauffen gelanget. O deß unglücklichen Unglücks! O
deß traurigen Falls! Wer hat jemals eines folchen
angftvollen Todes fterben müffen als ich? Ich/ der
ich verhoffet/ich wolte in meinem hohen Alter an den
Meinen alle Freude erleben/ meinen Stamm und
Gefchlechte erfetzen/ muß dahin gehen/ wo nimmer
her zu langen; mitten unter denen/ die ich ver-
meint/ fie folten mir die Augen zudrucken und mich
ehrlichen zur Erde beftatten! Ach hertzige Kinder/
nimmermehr hätt ich das geglaubet/wenn mir es einer
zuvor gefaget/ daß wir alle in einem Augenblick eines Todes fterben und zugleich mit einem Unglück ü-
berfallen werden folten. Aber was kan euch ener
kummervoller Vatter fagen/ deffen Gemüt ein
Wohnhaus aller Schmertzen/ ein Sitz der Trübfal
und ein Aufenthalt troftlofer Sorgen? Wie dem
allen/fo tröftet euch/ liebe Kinder/waffnet eure Hertzen mit Gedult/ hinterlaffet mir ingefamt euer Be-
trübniß/ weil ein jedes unter euch nur einen Tod ftir-
bet/ ich fterbe vielmal; fo offt unter euch eines vor
meinen Augen ftirbet/fo fterbe ich auch. Diß waren
deß hertzbetrübten Vatters Reden/ welche er mit fo
vielen Zähren/ Seufftzen und Jammer herauswei-
nete/ daß die Zunge nährlich ihr Ambt verrichten
kunte; darnach hertzete er uns alle nach der Reye/
und zwar eilfertig/ damit nicht irgend eines ohne den
letzten Vatterkuß vom Tode hingeriffen würde.

　　Schwer und mühfam würde es mir fallen/ wenn
ich dir die Threnen und die Seelenangft meiner Al-
cida/ die fie vor mich und vor fie/ auffer mir felb-
ften erbullet. Nur eines hiervon zu gedencken; das
fchmertzete mich am Allermeiften/daß ich mein Leben/
welches ich ihr zu Dienften ergeben/ mit ihrem Leben/

so mir tausendmal lieber / aufgeben solte. Unterdessen ward das zerschlagene und zerschmetterte Schiff von den Ostwinden / aus dem Seebusen Gibraltar / deromassen geschlagen und gestossen / daß es die gantze Nacht und den folgenden Tag ohne Steuermann / Bosknecht und Ruder / viel tausend Schrit / durch das Mittelmeer lieffe / weil es / gezwungen und übermeistert / den Wirbel- und Sturmwinden gehorsamen muste. Deß andern Tages schien es / als wenn das Ungewitter ein wenig nachlassen wolte: Aber alsbald doppelten die Winde ihre hefftige Gewalt und die wilden Wellen ihr grausames Wüten / daß uns nichts mehr übrig blieb denn die blosse Hoffnung / in diesem Jammer zu sterben. Letzlichen traffen die obersten Wellen mit solchen Püffen auf das Schiff / es schlugen die erzörneten rasenden Winde deromassen auf die lincke Seite / daß das Wasser über die überen Schiffgänge hineinlieff. Und weil es nunmehr am alletnechsten / daß das Schiff jetzt solte von den Wellen verschlungen werden / warff ich meinen Degen und Wehrgehenge / damit mir nichts beschwerlich / hinweg / umbfasste / was ich kunte / meine Alcida / und sprung mit ihr in den hintenangehangenen Nachen.

Clenarda / welche eine hurtige und bereitwillige Nymphe / folgete uns mit ihren gewöhnlichen Waffen / Pfeilen und Bogen / welche sie schätzbarer hielte als alles Gut und Geld. Polydoro / welcher seinen Vatter mit beyden Händen umbfangen / wolte ebenmessig in selbigen Kahn springen / weil ihm nicht der Steuermann mit einem andern Bosknechte wäre zuvorkommen; indem er nun mit dem alten Vatter im Sprunge / erhebt sich unversehens ein Wirbelwind / welcher den Kahn weit von dem Schiff wegtriebe / daß sie wider Willen darinnen verbleiben musten; von dem Augenblick an sind wir getrenet / einander aus den Augen kommen / und bißhero nicht das Geringste

von

von dem oder dem erfahren können; so viel mutmaß=
te ich/ daß das Schiff entweder zu Scheitern gangen/
oder wunderlich auf der lincken Hand in die Spani=
sche Meerküsten verschlagen und ersäuffet worden.

Wir aber/ Alcida/ Clenarda und ich saßen in die=
sem Kähnlein/ und wurden/ durch Hülffe deß Steu=
ermanns und Bootknechts/ diesen Tag und folgende
Nacht erhalten/ wiewol wir augenblicklichen deß
Todes musten gewärtig seyn; keiner unter uns wu=
ste/ in welcher Gegend wir schwebeten: Den andern
Tag hernach/ bey anbrechender Morgenröte sahen
wir Land/ und eileten/ durch die aufgeblasenen Wel=
len daselbsten anzulenden. Die zween Schiffleute/
welche gute Schwimmer gaben/ kamen nicht allein selber
hinaus/ sondern brachten auch uns auf vestes Land.

Als wir nun der Wassergefahr entgangen/ bun=
den die Schiffer den Kahn an das Ufer/ und er=
kanten/ daß das Land/ darauf wir stunden/ die In=
sel Formentera wäre; wir kunten uns nicht gnugsam
verwundern/ daß wir in so kurzer Zeit einen so wei=
ten Weg hinter uns gebracht: Sie aber der Sachen
gewohnet/ maßen es in Sturmwettern nicht anderst
pfleget herzugehen/ achteten die überwundene Le=
bensgefahr weniger alsnichts. Wir nun/ in Sicher=
heit angelendet/ kunten uns inniglich freuen/ wenn es
ohne des Eugerio und Polydoro Verhängniß ge=
wesen/ welches uns schmerzete; so plagete und nagete
uns auch der Hunger/ daß wir der Freude wol ver=
gaßen. Ich übergehe mit Stillschweigen das abscheu=
liche und jamerangefüllte Heulen Alcida und Clenar=
da wegen deß vermißeten Vatters und Bruders.

Nun ist es an dem/ und fordert es die Nohtwen=
digkeit/ daß ich dir das drangsälige Ubelergehen/
mit dem uns in dieser einsamen Insel das Glück
beläftiget/ erzehle. Was sage ich Glück? Die feinds
gönnte Liebe hat mich höhern und übergrössern
Marterplagen vorbehalten; sie mißgönnete mir/ daß

C₅

ich dem Schiffbruch entgangen/ und befliſſe ſich/ zu
der Zeit/ da ich gutes Mutes ſeyn ſollen/ mich mit
tauſend und uber tauſenderley hertzſchmertzenden
Beängſtungen zu überladen.   Der Meiſter aller
Schützen hatte mit ſeinen argliſtigen Liebespfeilen
das Hertz deß Steurmanns mit Namen Bartofano
durchſchoſſen/ daß er in unbillicher Lieb gegen die
Clenarda/ meiner liebſten Alcida leibliche Schwe-
ſter/ entbrante/ überſchritte in einem Nu alle Ge-
ſetze der Treue und der Freundſchafft/ damit er nur
ſeines Wunſches theilhafftig würde/ nñ das mehr als
barbariſche Bubenſtuck gewaltthätiger Weiſe zu
Werck richtete. Diß trug ſich alſo zu:

Als dieſe beyde Schweſtern/ Alcida und Clenarda/
über das unerträgliche Abſeyn ihres Vatters und
Bruders ſich dermaſſen übelgehabt/ daß ihnen auch
die Zähren in den Mund gleichſam geregnet/ begab
es ſich/ daß Alcida/ von einem jehen Schlaffüberfal-
len/ ſich auf den nachgeſeſſenen Sandbühel ſetzete/
da ihr denn die Ruhe beyde Liechter deß Lebens ver-
ſchloſſe. Nach Erſehung dieſes wendete ich mich zum
Bartofano/ ſagende: Mein Freund/ ihr ſehet/ wie
weit es leider kommen/ daß wir uns mit Lebensmit-
teln verſorgen müſſen; dann ſonſten iſt es umbſonſt/
denen geſaltzenen Meerwellen entwerden/ und auf
dem veſten Lande/ für Hunger/ Erde kämen. Deros
halben wann ihr wie ich geſonnen/ ſchiene es das
Beſte ſeyn/ daß ihr mit euern Spießgeſellen aufs
Schleunigſte weiter hinein in die Inſel gienget/ etwas zu verſchaffen/ das den murrenden Bauch und
bellenden Magen zufrieden ſtellen möchte.

Der Schiffer antwortete: Das Glück/ Herr
Marcellio/ hat mehr als zuviel an uns gethan/ weil
es uns mit vollſtändiger Geſundheit an dieſes Land
geworffen/ ob es wol öde und gantz unbewohnet. Be-
ſinnet euch eines Beſſern/ dieſe Inſel iſt unfruchtbar/
wohlbewohnt/ es wächſet nichts hierinnen/ das menſch-

licher

licher Nahrung nützete. Aber was ich gedacht/ den
Hunger zu stillen/ ist dieses: Sehet ihr die kleine Insel unfern gegenüber ligen? in derselben gibt es gut
Weidwerck/ Kaninigen/ Hasen und ander Wild-
bret/ welches in den Wildlägern heget.

Daselbst hauset auch ein Einsiedel/ in dessen Hüt-
te offtmals Mehl und Brod anzutreffen.   Ich hielte
vor thulich/ daß Clenarda/ weil sie eine geübte Bo-
genschützin/ wie euch besser wissend/ in diesem Kähnlein hinübersetzete/ und/ weil sie mit Pfeil und Bogen
ausgerüstet/ zu unser aller Besten etwas fällete. Ich
und mein Geselle wollen sie wieder zur Stelle bringen: Ihr aber Marcellio könnet bey der Alcida unserer Zurückkunfft erwarten/ eh sie vom süssen Schlaff
erwachet/ wollen wir/ mit einer reichen Beute/ wieder bey euch seyn.

Ich hielt darvor/ es wäre mir und der Clenarda
wolgerahten/ und hätte mich ehe eines Himmelfalls
als eines solchen ehrenrauberischen Kunstfündleins
versehen: Doch kunte Clenarda im Minsten nicht be-
schwatzet werden/ daß sie ohne meine Gesertschafft
in die Insel hinüberschiffete/ weil sie Bedencken trug/
sich alleine den Schiffern zu vertrauen: Wieviel
ich auch Entschuldigung hervor suchete/ es wäre nicht
rahtsam/ daß wir Alcida so gantz alleine an den Us-
fer schlaffend ligen liessen/ so war sie doch stäts mit
der Antwort fertig/ es wäre die Insel nicht weit ent-
legen/ voller Wild/ das wässerige Gebiete ruhig und
stille/ (denn nachdem wir zu Lande kommen/ hatten
sich Wind und Wellen zur Ruhe begeben) wir könten auf die Jagt ziehen und wiederkommen/ ehe sich
Alcida/ welche etliche Nächte aneinander keinen
Schlaff in ihre Augen gebracht/ ermunterte. Letzlichen zwange sie mit so vielen gegründeten Schlüssen
meine angemaste Halsstarrigkeit/ daß ich die jenigen
Gedancken in den Fluß der Vergessenheit ersäuffe-
te/ welche ich mir nimmer aus dem Sinn hätte lassen

kommen

kommen solten/und sagte/ohne Argwohn der Schmeicherin Fortuna: Mein Sinn dein Sinn. Welches zwar dem Bartofano nicht allerdings einginge/ der ihm/ daß er seinen unbilligen Begierden besser hätte können nachhengen/ keinen andern Geferten/ als die Clenarda/erwünschet.

Aber es gebrach dem schlauen Vogel noch keine List/ auf diesen neuen Vorschlag erdachte er ein neu Schelmstück/ seine Büberey zu vollziehen. Wir lassen die Alcida schlaffen/ tratten in den Kahn und führen auf die Tieffe; aber eh wir an die Insel/ dahin wir gedachten/ gelanget; sprengen mich über Verhoffen und ohne Verzug die beyde Schiffer an/ mich/ der ich mich keiner Verräthereh befahret/ viel weniger daran gedachte; ich/ der ich Gott danckte/ daß ich nur das Leben darvongebracht/will geschweigen umb Wehr und Waffen bekümmerte/ wurde leichtlich von ihnen gefangen und gebunden.

Clenarda/ als sie dieses Bubenstück sihet/ hätte sich vor Schmertzen und Ungedult in das Meer gestürtzet/ wann sie der Steuermann nicht mit Macht abgehalten/ in den andern Theil deß Kahns gebracht und ihr heimlich zugesprochen: Schönste Nymphe/ entsetze dich nicht/ laß dich dieses/ was jetzt fürgangen/ nicht wundernemen/ tröste und befriedige dein Hertz/ besänfftige dich und dencke/ daß dieses alles von deinen Ehrgeflissenen dir zum Besten geschehen. Wisse demnach/ schönstes Fraulein/ daß dieser Marcellio/ als wir an die wüste Insel angelendet/ in Abwesenheit aller anderer/ mir in die Ohren gesaget/ ich solte dich überreden/ daß du dich mit uns auf die Jagt in diese Insel wagetest/ wenn wir auf der Höhe wären/ solten wir das Vortertheil deß Schiffs gegen Osten wenden/ zu dem Ende wolte er deine leibliche Schwester in der öden Insel verlassen/ damit er dir/ nach seinem üppigbegierigen Wunsch/ ohne einige Hinderniß deine unwieder-

wiederbringliche Jungferschafft rauben möchte? Das
hero / als er sich wegerte / uns zu begleiten / trieb er es
mit einer angemasten Scheinheiligkeit / seiner verrachten Bosheit ein Färblein anzustreichen. Ich a-
ber / der deine ungefälschte Schönheit höher wirdi-
ge / habe mich in dem Augenblick / als er mir diesen Anschlag offenhertzig mitgetheilet / entschlossen / deine
Ehre zu retten / zu dem Ende ihn gefangen und gebunden / und bin gesinnet / ihm in der nechsten Insel
zu verlassen / und mich mit dir zu deiner in der andern Insel schlaffenden Schwester zu wenden. Dieses
ist es / warumb ich diese That vorgenommen / erwege es reifflicher / was mehr zu thun / und wem zu glauben sey.

Als die Elenarba dieses verzweiffelt bösen Menschens Wort vernommen / hat sie / als ein unnach-
denckliches und leichtglaubiges Frauenbild die feiste
Land lügen für ein Evangelium gehalten / einen un-
versöhnlichen Zorn wider mich gefasset / und darein
verwilliget / daß sie mich / wo Bartofano gewillet /
hinführeten.

Sie blickete mich mit einem zornwütenden Angesicht an / sie hatte rachmütig alle menschliche Freundlichkeit abgeleget / ja / sie mißgönnete mir ihre Rede:
Doch lachete sie es heimlich in die Faust / liebkosete
und schmeichelte ihr / daß sie die Rache / die an mir
außgeübet würde / mit Augen sehen solte / und gedachte nicht einmal an den Betrug / welchen ihr der
Schiffer bereitet. Ich vermerckte aus der gerunzel-
ten Stirn und allen Geberden deß Fräuleins / daß
sie meine Gefängniß und Bande im Mindsten nichts
achtete; derowegen sagt ich zu ihr: Schwester / was
ist das vor ein Handel / gehet dir mein und dein
Unglück so zu Hertzen? hat dein Heulen so bald ein
Endschafft erreichet? sind deine Zähren so bald ver-
trocknet? Darffst du ungezweiffelt hoffen / du werdest mich entlediget wieder zu Gesichte bekommen /

darffst

darffft du zu solchen verwichten Seeräubern umb
Rache schreyen.

Sie/als eine raubhungerige Löwin/ antwortete
mir mit greulicher Stimme/ es geschehe mir recht/
und würde nach meinem Verdienst belohnet/ weil ich
ihre Schwester verlassen/ sie nohtzüchtigen wollen/
und was ihr der Trügewicht mehr schändlich vorge-
logen. Meine Tage hat mich nichts sehrer als die
Vernemung dieser Worte geschmertzet/ und weil ich
mich mit der Hand an diesem heillosen Buben nicht
vergreiffen können/ gosse ich meinen Zorn mit Worten über ihn aus: Der Jungfer aber brachte ich mit
vielen unfehlbaren Schlüssen bey/ daß dieses unmenschliche Beginnen aus keinem andern Brunnen/
als aus der unbändigen Liebe deß Bartofano/ her-
quelle. Als sie diese Arglistigkeit bedachtsam einge-
nommen/ fienge sie dergestalt an zu heulen und zu
weinen/ daß es einen Stein/ in der Erde/ erbarmen
mögen; sie aber die Unmenschen liessen sich es nichts
oder gar wenig anfechten.

Diana/ wende nun deine Gedancken mit mir zu
die unbewohnete Insel/ unser Nache war einen star-
ken Weg in die See gelauffen/ als die unselige Alcida von ihrem Schlaff erwachet/ sich in wüster Einsamkeit und einsamer Wüsteney befande/ aller Menschen und menschlichen Hülffe beraubet: Ihre äuge-
lein/ wie ich meine/ vermisseten an dem Gestade ihren Führer und Lebensretter das Kähnlein; sie lieff
das Ufer auf und nider/ und sahe keinen Menschen.
Arbeitselige und trostlose Alcida/ wer kunte dir in solcher Bangsamkeit mit Hülffe beyspringen? Bilde
dir ein/ die Zähren/ welche sie vergossen und häuffig
wieder in sich getruncken: Gedenck an das Wim-
mern/ an das Wehelagen/ mit welchem sie die Wüsten und die ohne das von den zuruckprellenden Wellen erschallenden Ufer wird angefüllet haben! Mer-
ck doch/ wie vielmal wird sie Willens gewesen seyn/

sich

sich in das Meer zu stürtzen! Erinnere dich/ wie vielmal wird sie mich mit Namen geruffen haben! Wir
aber waren so weit gefahren/ daß wir die Stimme
meiner Alcida nicht mehr hören kunten; doch sahen
wir/ wie sie ihren weissen Haupeschleyer hin und wieder schwunge/ anzudeuten/ wir solten sie doch auch in
Sicherheit bringen.

Der Bartofano wolte dieses in keine Wege einge-
hen. Hingegen kamen wir mit eilender Wegfertig-
keit in die Insel Ivica an/ da die Schiffer aus Land
sprungen/ mich aus dem Kahn schleppeten/ und an
einen Ancker/ welcher ohngefähr am selbigen Ufer
ligen blieben/ anbunden. In dieser Insel traffen sie
andere zween Schiffer an/ welche eben dergleichen
Haare und dem Bartofano bekand waren/ obwol die
Elenarda diesen den gantzen Handel erzehlete/ sie
umb Gottes willen bitend/ sie wolten ihre verrähtens
Ehre wieder diese treulose Seeräuber schützen/ richtete sie doch nicht alleine nichts darmit aus/ sondern
sie versorgten auch noch darzu den Jungferentführer
mit nohtwendigen Unterhaltungen. Bartofano truge die Elenarda/ wie sehr sie sich auch wegerte und
wiederspänstig erzeigete/ alle Götter und Menschen
umb Hülffe anlangete/ als eine schwache Jungfer
in das Schifflein/ und segelte darvon/ wo sie weiter
hinkommen/ ist mir verborgen/ weil nach dieser Von-
sammenscheidung ich nichts mehr von ihr weder
gesehen noch gehöret. Ich stund nun da mit Händen
und Füssen angebunden/ und hungerte mich/ daß mir
der Magen blatzete. Dieses Ubelergehen/ als leicht
zu erachten/ wie sehr es mir zu Hertzen gieng/ achtete ich es doch geringschätzig gegen dem/ daß die Alci-
da/ in der Insel Formentera/ gantz alleine/ aller
Dürfftigkeit mangelte. Und zwar so erreichete mein
widriges Glück bald seine Endschafft: Sintemal
auf mein Schreyen und Heulen eine grosse Menge
der Meeranwohner und Schiffer zulieffen/ welche

mich

mehr Barmhertzigkeit als der grausame Seeräuber Bartofano an mir übeten: Massen sie mich ab-
löseten/ mit Speis und Tranck/ was ihren Gott be-
scheret/ labeten: Und weil ich ihnen mit Bitten und
Flehen ohn Auffhören in den Ohren lag/also/ daß sie
mir es nicht wol abschlagen kunten/ bereiteten sie ein
Jagtschiff/ versahen das mit Speis und anderen
Nohtwendigkeiten/ und lieffen auf mein Gutachten
nebenst mir nach der Insel Formentera zu. Die Winde wolte uns ausdermassen wol/ also daß wir in wenig Stunden da absteureten/ und zwar an dem Ort/
wo die entschlaffene Alcida rückständig verblieben.

   Wie emsig wir nun daselbsten die Alcida suche-
ten/ hatte sie doch unser Zuschreyen und Zeichen gewisser Dahinkunfft vernichtet/also/daß wir keine Anzeigung deß Fußpfades gewar wurden. Ich vermeinete gänzlich/ sie hätte sich/ deß Lebens überdrüssig/
in das Meer gestürtzet/ oder wäre von wilden Thie-
ten zerrissen worden. Letzlichen/ als ich alle vermö-
gende Leibeskräffte anspanne/ alles durchsuche/ alles in der gantzen Insel durchkrieche/ finde ich endlichen an der Seite eines Felsen/ gleichwie man ein
Grabschrifft auffzurichten pfleget/ diese Verse mit
einer Messerspitze eingegraben:

Wilde Gefilde/ sandtieslichte Matten
   Schweiget/ verschweiget mein plagendes Kla-
gen:
Wallende Wellen/ ihr Eolus Gatten/
   Mehret/ vermehret mein klagendes Plagen;
Felsichte Grüffte/ vieldüstere Schatten/
   Zeiget/ bezeiget mein schmertzliches Nagen.
Segel und Segelbaum/ Balcken und Latten
   Haben mir meinen Schatz übergetragen.
Keiner soll meiner Ergetzung geniessen.
Wellen und Wogen ergrimmeter Flüssen!
   Klippen! die meine Liebstreue bezeugen/

                                          Lasset

Lasset Marcellio immerhin leben/
Meine Gunst umb die Clevarda hingeben/
Redet ihr Felsen/ Alcida muß schweigen!

Ich kan nicht sagen/ was mir die verlesene Wort
vor eine Wunde in mein Hertz geschlagen/ ver-
nemende/ daß ich unverdienter Weise/ als hätt ich
mich mit fremder Liebe beflecket/ vermittels so ge-
hässiger Schickung/ umb meine Buhlschafft kommen. Dieses zu behertzigen/ stelle ich deiner männiglichen bewusten Weisheit anheim. Das kan ich
bejahen/ daß ich meines Lebens/ welches voller drang-
seliger Bangsamkeit und bangsamer Drangsal über-
satt war/ und vielmal willens gewesen/ den nechsten Degen/ der mir zu Händen käme/ durch das
Hertze zu jagen/ und also mein Betrübniß zu verkür-
tzen; und ich hätte es auch warlich zu Werck ge-
richtet/ wann die Schiffer sowol meinen Worten
als diesen Händen nicht Einhalt gethan! Sie trugen mich für tod in das Rennschiff / darinn man
mich mit inständigem Bitten und grossen Verheissungen genöthiget/ nach schweren Reisefahrten/
in Welschland überbracht/ und bey dem Anfurt
Cajeta in dem Königreich Neapolis ausgesetzet.
Daselbsten / als ich männiglich mit Deutungen
und Worten wegen meiner Alcida befraget/ ward
ich von etlichen Schäfern vergewissert/ sie wäre
auch daselbsten auf einem Spanischen Schiffe an-
geländet/ welche sie in der Insel Formentera allein angetroffen und aufgenommen: Wie daß sie
auch Hirtenkleider angeleget/ zu dem Ende / damit ich heut oder morgen nichts von ihr erfahren
möchte. Ich alsobald/ damit ich sie/ umb soviel desto ehe/ erfragen möchte/ bekleide mich mit ebenmässiger Tracht/ durchwandere und durchforsche selbiges gantzes Königreich/ und habe weder Rast noch
Ruhe/ biß ich in Erfahrung kommen/ daß diese
Flüch-

Flüchtige/ als sie verständiget worden / ich hätte etwas von ihr gehöret/ auf einem Genueser Schiffe in Spanien gesegelt. Ich schiffe ebenmessig dahin / und folge ihrer Flucht: Nun bin ich in diese Gegend kommen / und ein grosses Theil solcher durchfraget; aber keinen einigen Menschen antreffen können / der mir einige Nachricht von der jenigen gegeben/die mich so grimmig fleucht / und die ich so arbeitsam und mühselig suche.

Diß ist/ allerschönste Schäferin/ das schöne Trauerspiel meines gantzen Lebens: Diß ist die Ursache meines Absterbens / diß ist die angerexete Unglücksordnung. Und so du irgend ob so eckelhaffter und langweiliger Vermeldung einen Verdruß geschöpffet/ magst du dir selber die Schuld beymessen/ die du nicht eh geruhen wollen/biß ich dieses alles vom Anfang biß zu Ende erzehlet. Nun aber ist noch dieses Einige / daß ich von dir bitte/ du wollest unbemühet seyn/ mir mit einigem Hülffsmittel in dieser meiner Drangseligkeit zu begegnen/noch in einem so hertzdurchschneidenden Ubel mich zu trösten / viel weniger mich in meinen klagmütigen Zährengiessen verstören; angesehen / daß ich solches alles mit Recht und aus einem unwiderieglichen Schluß/ohne Ende und Aufhören / zu einer immerwärenden und ewigwolverdieneten Straffe dulte und ausstehe.

Marcellio / als er seine Rede geendet/ fieng von Neuem an zu heulen und zu weinen/ daß ihm die bitteren Zähren sein Angesicht übernebelten / und man von aussen sehen kunte / wie die offtwiederholeten Seufftzer ihm einen Hertzenstoß nach dem andern gaben/daß man auch vom Zuhören ein Mitleiden mit ihm tragen muste.

Diana wolte ihm zu verstehen geben / wie Alcida unlängsten der Orten gewesen: Aber ihre belobte Verschwiegenheit wolte solches nicht zulassen: Unter diß gedachte sie/ sie würde nichts mehr ausrichten/

ten / als daß sie seine Seelenmarter häuffete / weil
ihr wissend / daß Alcida diesen Schäfer auf das
äusserste anfeindete und flohe. Derowegen sagte sie
ihm nichts von den andern / ohne daß sie ihn / so gut
sie vermochte / tröstete / hieß ihn gutes Muts seyn /
der tröstlichen Hoffnung/ er würde seiner hertzviel-
geliebten Alcida bald ansichtig werden. Denn weilen
sie sich / wie vermutlich / unter den Spanischen
Schäfern aufhielt / so konte sie nicht lange verschwiegen bleiben / sie wolte auch ihres Theils keine
Müh sparen / umb sie in den weitentlegensten und
geheimesten Oertern deß Königreichs zu erforschen.

Marcellio bedanckte sich höchlich wegen so annemlich angebotener Dienstbezeugungen / demütigst
bittende / sie wolte ihr seine Wolfahrt treueive-
rigst lassen befohlen seyn:

Als er nun dieses / was die Diana von ihm be-
gehret/ geendet/ versprach er/ nach genommener Ent-
urlaubung / innerhalb wenig Tagen / sich wieder zu
ihr zu verfügen/ umb sich zu erkunden / ob Diana ihrem Versprechen nachgelebet / und von der Alcida
Nachricht bekommen. Diana aber verwegerte seinen Abschied und sagte: Ich mag meiner Freude
keine solche Schmach anthun / und dich aus meiner
Gesellschafft weglassen / sondern will vielmehr/
weilen du von deiner Alcida nicht anderst als ich
von meinem Ehmann Delio verlassen / daß du etwas
von Speise zu dir nemest / weil es dein leerer Magen erheischet; dann / weilen sich die Bäumschätten
allbereit verdoppeln/ mit mir nach meinem Dörffe
gehen / daselbst wollen wir diese Nacht über / so viel
unsere Schmertzen zulassen / rasten und/ so bald
es taget / zu dem Tempel Diana / der Göttin der
Keuschheit/ reisen / wo die weise Felicia hauset / deren Wissenschafft und Gottesfurcht vielleicht ein
Mittel unserer Drangsalen an die Hand geben wird.
Und damit du dich umb so vielmehr erlustiren / das

C   Feld

Feldleben und die offenhertzige Einfalt der Land=
schäfer erlernen mögest / wird es das Beste seyn / daß
du diese Kleidung nicht änderst / sondern wie wir
einhergehest / und niemand verständigest / wer da
seyst / sondern / so viel möglichen / den Namen / Ha=
bit und Geberden eines Schäfers führest.

Marcellio pflichtete der Diana bey / und nach=
dem er etwas von Speise / welche sie ihm aus ihrer
Hirtentasche gelanget / zu sich genommen / eilete er
an das crystalline Brunnenwasser und leschete sei=
nen Durst / welches beydes er trefflich benöthiget
war ; massen er den gantzen Tag keinen bissen Bröd
noch Tropffen Wasser in seinen Mund gebracht :
Sie säumeten sich nicht lange / und giengen nach
dem Dorffe / darinnen Diana wohnete.

Nachdem sie aber in etwas fortgangen / werden
sie unfern von dem Wege in einem dicken Geträuch
etlicher singenden Schäferstimmen gewar / welche
ihre verliebte Hirtenlieder mit hertzbeweglichen
Pfeiffen und ihren wolgestimmten Geigen versüs=
seten.

Diana / eine Liebhaberin der Musie / bat den
Marcellio / daß er sich mit ihr dem Gehöltze näher=
te. Nachdem sie nun etwas tieffer in das Gesträu=
tich kommen / und ihre verzärtelte Ohren auf die
Schildwach stelleten / erkennet Diana die Stim=
me Tauriso und Berardo / zweyer Hirten / welche
ihrer Liebe halben viel erlidten. Diese zween Schä=
fer waren gewohnet / einander zu begleiten / und mit
Reimen einer dem andern zu widersprechen. Diana
und Marcellio giengen nicht gantz auf sie zu / son=
dern blieben in einem anmutigen Eichwäldlein ste=
hen / damit sie unvermerckter Weise die süsse Lieb=
lichkeit und liebliche Süssigkeit der Schäfer Lieder
abhöreten. Die beyden Schäfer aber / ob ihnen wol
unwissend / daß die jenige / welche sie besungen / ver=
handen / ie dennoch sagte es ihnen gleichsam das
Hertze /

Hertze / daß ihre Anfeinderin gegenwärtig. Dahero
wusten sie ihre Lieder so meisterlich zu verdrehen / die
woleintreffende Stimme mit den Säiten kunstfü-
gig zu vermengen / und Gesetzweise abzuwechseln /
daß sie männiglich verzücketen / so sie hörte. Sihe
da die Reimen / die sie spieleten:

✳

Tauriso:

Es weicht von uns der helle Sonnenschein /
   Du / meine Heerd / verlaß die grünen Helden;
Hör / hör mir zu: was ich vor schwere Pein /
   Hör / was ich muß / vor Brunst und Flammen
      leiden!
Wo du dich nähest / schmeltz' ich verschmachtet ein /
   Und muß für Angst mit Phöbus stralen scheiden /
Mich hält die Lieb Dianen so gefangen /
Daß ich den Tod muß ohne sie verlangen.

Berardo:

Jetzt steigt von uns der güldne Tagesschein /
   Ihr meine Schaf hört auf den fetten Heiden /
Hört / höret zu der unerhörten Pein /
   Hört / was für Frost und Schmertzen ich muß
      leiden!
Wo ihr euch labt / muß ich geträncket seyn;
Da / wo er brennt / gefrier ich gleichsam ein:
   Er kan die Brunst noch ich das Eis vermeiden.
Mich hält die Furcht Dianen so gefangen /
Daß ich den Tod muß ohne sie verlangen.

Tauriso:

Wann ich betracht' und führe meine Klag' /
   Hält ihre Zier entzündet meine Sinne;
Wann ich ein Wort von ihrer Schönheit sag /
   Und ein Gedicht von meiner Treu beginne /
So mehret sich in mir die Liebesplag /
   Daß ich entflammt stets neue Glut gewinne.

C ij   Mich

Mich hat die Qual beharrlich außgemattet/
Daß sie mir nun kein Stündlein Ruh verstattet.

Verardo:

Wann ich beginn ein Lied von meiner Klag'
  Und meines Stands Unwirdigkeit besinne;
Wann ich ein Wort von ihrer Hoheit sag'/
  Und ein Gesang von ihr und mir beginne/
So mehret sich deß kalten Schweisses Plag/
  Daß ich erstarrt im Hertzen Eis gewinne.
Mich hat die Qual beharrlich außgemattet/
Daß sie mir nun kein Stündlein Ruh verstattet.

Tauriso:

Mein Ungelück weist ihrer Augen Stern/
  Und mich verblendt. Wer kan die Sonne sehen/
Die unsre Welt erleucht und brennt von fern?
  Es ist umb mich und mein Gesicht geschehen.
Die Königin der Schönen siht nicht gern/
  Daß man sie siht/ und hasset Liebesflehen.
Der Augenglantz/ der jederman verletzet/
Hat niemand noch mit Freundlichkeit ergetzet.

Verardo:

Mein Ungelück bezeiget mir von fern
  Die schönste Hand/ die irgend wo zu sehen/
Ihr Augenstral gläntzt als der Morgenstern/
  Es ist gar leicht umb unsren Mut geschehen.
Ich bin zu schwach/ ja ich bekenn' es gern;
  Die/ so mich schlägt/ muß ich umb Hülffe flehen.
Mich hat die Hand in solche Furcht gesetzet/
Die niemand heilt und jederman verletzet.

✳

Tauriso:

Wem soll ich doch der Augen Macht vergleichen?
  Gleichwie der Blitz stralt von dem Wolckendach/
In einem Nu zerspaltend hohe Eichen/
  So muß das Hertz zerwirschet schreyen: Ach!
                  Ach!

Ach! daß ich möcht' in Todesgefahr entweichen!
　Nein/ meinen Brand lescht nicht der Threnen-
　　Die Demut/ sagt man sunst/　　(bach.
　　Findt aller Orten Gunst;
　Diana Stoltz fällt auch zu seiner Zeit.
　　Sie hält für Dampff und Dunst
　　Treu und Beständigkeit.

Berardo:

Wem soll ich doch die beyden Sonnen gleichen/
　Gleichwie der Schnee flockt von dem Sternen-
　　　bach/
Und muß behend den Brennerstralen weichen;
　So schmeltz' ich hier/ in Kumer/ Weh und Ach!
Ach! daß ich nicht kan ihrem Grimm entweichen!
　So solt mein Aug nicht fliessen gleich dem Bach.
　　Die Hoffnung/ sagt man sunst/
　　Findt endlich Huld und Gunst.
　Ich bin verzagt und kühn zu rechter Zeit.
　　Es mehret meine Brunst
　　Treu und Beständigkeit.

Tauriso:

Berardo hör: der meinen Schmertzen kennet/
Sagt/ daß noch nie kein Buhler so gebrennet/
　Noch hab ich nicht erlanget ihre Huld/
　Die ich erheisch' als eine böse Schuld.
Was Schuld? sie pflegt uns allen so zu lohnen
An Statt deß Solds/ mit Schmertzen nicht zu
　　　schonen/
　Weil sie ertheilt der Liebe gleiche Frucht/
　So hafftet nicht bey mir die Eiversucht.

Berardo:

Es muß die Erd das Himmelklar erkennen/
Der Schönheit Zier/ die andre pflegt zu brennen/
　Umbschattend mich/ auch ohne meine Schuld/
　Mit düstrem Haß an Statt der Gegenhuld.
　　　E iij　　　　　　　　Sie

Sie pfleget uns mit Blindheit abzulohnen/
Und wie du sagst/ der Hirten/nie zu schonen;
So fürcht ich fast die süsse Liebesfrucht/
Und fühle doch in mir die Eiversucht.

✻

Tauriso:

Niemals will sie mich erhören
Meine wilde Schäferin:
Sie beharret allezeit
ungeschent
Ihren klippenharten Sinn/
Wann ich komme/ sie zu ehren.
Wie die Felsen in dem Meer
unbeweget/
unerreget
Stehen in dem Fintenheer:
So bestehet meine Treu
hier Unfalls frey.

Berardo:

Niemals hat das Schaf geschenet
Einer alten Wölffin Grimm;
Wie ich jetzt und allezeit
bin bereit/
Zu entfliehen ihrer Stimm'/
Ob sie mich gleich sehr erfrenet.
Wie die Welt durch stäten Streit
unbeweget
wird geheget:
Also find ich auch bereit
So ungleich vereinte Schmertzen
in dem Hertzen.

Tauriso:

Ich gedencke / daß vor Jahren
Sie nechst dem Syreno saß/
Und ich lag davon nicht weit
zu selber Zeit/

Seims

Heimlich in dem langen Gras.
Ach / was muſt ich da erfahren!
　Ihre wunderzarte Hand
　　　hat geſchencket
　　　eingeſchräncket
　Ein bewerthes Liebespfand /
　Es hat ihn bey mir verflucht
　　　die Eiverſucht.

Berardo:

Ich gedencke / daſ geſchehen
Jüngſt an einem heiſſen Tag /
Und daſ ich auch ſelber Zeit
　　　nicht gar weit
In deſ Buſches Schatten lag ;
Ich hab manches Spiel geſehen:
　Sie crönt' ob der Räthzelfrag
　　　ihren Hirten
　　　mit den Myrten.
Es iſt waar / was ich dir ſag' /
Ach / die Furcht iſt eine Frucht
　　　der Eiverſucht!

Als die Hirten dieſe Lieder geendet / ſtunden ſie
auf / die Herden zu ſamlen / welche / ſich verabweget /
ihnen die Weide in den Luſtwäldern wol bekommen
lieſſen. Hierinnen / indem ſie keiner Mühe ſpare-
ten / näherten ſie ſich der Diana und Marcello ſo
gar ſehr / daſ es nicht anderſt ſeyn können / ſie mu-
ſten ſie erwittern / wie bemühet auch dieſe waren /
ſich zu verbergen ; ſolcher unverhoffte und höchſt-
gewünſchte Fund erfreuete die Schäfer über die
Maſſen ; und obwol der furchtſame Berardo / nach
Erſehung der Diana / erſtaunete / ſo bearbeitete ſich
doch der brünſtige Tauriſo / zu ſeinem flammenden
Liebesfeuer mehr Holtz zuzuſchütten.
　　Nach gewechſelter höflicher Begrüſſung baten
ſie einander / weil ſie das gute Glück über Verhof-
　　　　　　C iii　　　　　　　　　　ſen

sen zusammengestellet / daß sie insgesamt nach den
Dorffe/welches sie bewohneten/ giengen. Diana/ ob
sie wol von so viel Mannspersonen begleitet zu reisen
ungewohnet / verwegerte sie doch diese Reisefahrt/
aus angeborner Leutseligkeit/ nicht.

Nach Erlangung dieses befahlen Tauriso und
Berards andern Ihrer Schäfergesellschafft / die
Herde zu samlen / und gemach hernach einzutrei-
ben / sie aber folgeten dem Marcellio und der Dia-
nen/welche ihren Weg mit zimlicher Eilfertigkeit
fortsetzeten.

Tauriso erlangete bey der Diana blülich so viel /
daß sie unterwegens mit ihm etwas in die Wette
singen wolte ; worauff sie sich also hören liessen:

Tauriso:

Hirtin / höre doch mein Flehen /
Warumb wilt du mich nicht sehen?

Diana:

Weil dem Aug nicht soll belieben/
Was kan Sinn und Geist betrüben?

Tauriso:

Wer und was ist auff der Erden /
Das vom Schauen wird getränckt?

Diana:

Hier Diana / die gedenckt /
Niemals nicht geliebt zu werden.

Tauriso:

Aber keinen wird sie finden /
Der hegt gleiche Liebestren.

Diana:

Ach/ wer wolte sich verbinden
In der blinden Fantasey?

Tauriso:

Hirtin / deine Härtigkeit
Wird das Venus-Kind bestraffen.

Diana:

Diana:

Seine strenge Strengigkeit
Hat den Willen nichts zu schaffen.

Tauriso:

Meine Liebe / dein Verstand
Räht dir / daß du mich solst lieben.

Diana:

Soll ich mich und dich betrüben /
Das verwehrt mein Ehrenstand.

Tauriso:

Unterlaß nur / schön zu seyn /
So verlassen mich die Schmertzen.

Diana:

Stell du deine Grillen ein /
Die dich nagen in dem Hertzen.

Tauriso:

Sag doch / wie muß man dir dienen /
Zu erlangen deine Huld?

Diana:

Der zu meinem Dienst erschienen /
Dient umb eine böse Schuld.

Tauriso:

Ich bin nicht so ungestalt /
Wie dich wol dein Wahn bethöret.

Diana:

Sey zufrieden / daß ich bald
Deine Reden angehöret.

Tauriso:

Meine Feindin / deine Plage
Lesche mir doch meinen Brand.

Diana.

Wilt du / daß ich noch mehr sage /
So erheischst du deine Schand.

Der Diana und deß Schäfers abgewechselter
Liebsreiben vergnügte die Hirten mit hertzer-
freun-

C v

freulicher Aufmerckung : Und obwol Tauriſo wi-
derwertige und abſchlägliche Gegenbezeugungen
einnemen muſte / welche ſeinen Liebes = und Leidens-
regungen mehr ſchädlich als zuträglich waren / ſtellete ihm doch der Dianen wolſtändige Artlichkeit zufrieden ; alſo gar / daß die gunſtbewegliche Stimme ſich ſeines Gehörs bemeiſtert / und den grauſamen Marter = einfällen den Weg zum Hertzen
unterbrochen.

Damals raffte und rufte der haſenfeige Berardo alle Verwegen = und Kühnheit zuſammen / ſeine ſtarcke Augenblicke ermanneten ſich / Dianen
liebreitzenden Äugelein / mit verbuhleten Augen =
fechten / Kampff anzubieten ; und wie ein verleb-
ter Schwan / wenn ſein unvermeidliches Geſchicke
vor der Thür / an den cryſtallinen Waſſerflüſſen
ſein inſtehendes Abſterben / mit wolanhörlicher
Stimme / verkündet und betrauret : Alſo vermochte Berardo kaum ſeine Stimme erheben / weil ihm
die Furcht obſtat hielte / und an ſein Hertz mit ſtar-
cken Stöſſen ohn Unterlaß anklopffete. Wie dem
allen / preſſete er mit Marter und Rohr noch dieſes
heraus :

1.

Nun will ich mein Leben enden
    Und der Zähren mich berauben /
Weil ſie meine Liebe ſchänden /
    Und ſie mir nicht gibet Glauben.

2.

Ich bin im betrübten Stand /
    Weil ich hab vor meinen Lohn
    Undanck / Haß und Neid darvon /
Nechſt Berachtung Spott und Schand.

3.

Dieſes alles abzuwenden
    Und mein Elend zu berauben /

Weil

Will ich nun das Leben enden /
Weil sie mir nicht gibet Glauben.

Nach dem Berardo abgesungē / richtete der gantze Hirten = Chor seine Augen auf den Marcellio /
welchen sich niemand / weil er fremd und unbekand /
zum Singen anzustrengen / unterwinden wolte.
Letzlich erkühnete sich Tauriso / redete ihn an / bittend / ob ihm nicht zuwider / seinen Namen von sich
zu geben / und in dieser Beysammenheit eines / nach
seiner wolanständigen Beliebung / wolte hören lassen / dieses würde die gantze Schäfergesellschafft
danckgebührlich erkennen / und in allen Begeben-
heiten zu bedienen wissen.

Er wendete sich ohne gegebene Antwort zu der
Diana / begehret mit stillschweigender Bedeutung
ihre Cither / damit er die Anwesenden befriedigen
und etwas spielen möchte / begunte demnach mit einem tieffen Seufftzer anzustimmen / und hiesigen
Inhalt zu singen :

1.

Seit daß ich sie häb gesehen /
Und ihr' Härtigkeit verspürt /
Weiß ich nicht / was aus dem Flehen
Und mir selbsten werden wird ?

2.

Könt' ich wie ein ändrer seyn /
Würde mich der Tod erlösen /
Weinen solte mich zerflösen /
Wer ich härter als ein Stein.

3.

Die mich vormals frey gesehen /
Nennten mich Marcellio /
Jetzt werd' ich in Banden stehen
Und deß Lebens nimmer fro.

Es wolte nunmehr das guldene Sonnenliecht
der sauselbraunen Nachtschatten ihr Recht ab-

C vj   treten /

tretten/ man sahe alle Meyerhöfe/ Forwerge und
Schäfereyen/ weil die Bäurinnen anfeuerten/ rau-
chen/ als sich die Schäfer unfern von ihren Stäl-
len befanden/ und mit dem müden Tag ihre Mühwaltungen und Feldgesänge zu Bette legeten. Ein
jeder verfügete sich in sein Hüttlein/ und war mit
der abgewichenen Tageslust wol vergnüget: Dia-
na/ weil ihr vor Ohren kommen/ daß ihr einig viel-
geliebter Syreno umb diese Gegend nicht anges
langet/ kunte sich nicht zufrieden geben. Dem Mar-
sellio befahle sie Meltbæo/ ihres Ehmanns Bluts-
verwandten/ welcher ihn/ nach vielen Höflichkei-
ten/ bey der Abendmahlzeit bewirthete: Sie aber/
als sie wieder zu sich selbsten kommen/ nach Zusam-
menforderung der Ihrigen und ihres Delio Be-
freundten/ erzehlet ihnen nach der Länge/ wie sie ihr
flüchtiger Mann/ bey dem Ahornbrunnen/ verlas-
sen/ und einer außländischen Nymphen nachgelauffen.

Bey Abhandlung bethreneten sie mit vielem Wehklagen ihr unauffhörliches Unglück/ daß ein Zähren den andern jagte/ nachmals gab sie ihnen zu
verstehen/ wie sie/ bey einbrechendem Tage/ nach
dem Tempel der Göttin Diana zu reisen/ umb/ was
ihrem Delio begegnet/ von der weisen Felicia zu
erfahren/ gesonnen wäre. Ihnen allerseits gefiel
dieser Vorschlag wol/ und ließ ein jedweder seines
Theils nichts ermangeln/ allen Vorschub zu thun/
damit Diana ihre Reise zu Wercke richten könte.
Sie/ welche vergewissert/ sie würde ihren vollmäch-
tigen Hertzensbeherrscher Syreno in benamter Kir-
chen antreffen/ gerieth über verwilligten Außschlag
der Sachen in eine besondere Freudigkeit; rastete
wegen der Hoffnung herbeynahendes Wolergehens
diese Nacht über auf ihrem Lager wol/ ihre Betrübniß klärete sich auf/ und verursachte in ihrem

                                            Her-

Hertzen einen sanfftruhigen Stilleſtand aller Sorgen.

Ende deß erſten Buchs.

✶❀✶❀✶❀✶❀✶❀✶❀✶

Das zweyte Buch.

CUpido / der Vernichter und Verrähter aller
Rechten und Gerechtigkeit / hauſet an dem
menſchlichen Leben ſo grob und unverſchämt /
daß faſt nichts in der gantzen Welt befindlichen /
daß er nicht bey begebender Gelegenheit / zu Stei-
gerung und Fortſetzung ſeiner Grauſamkeit / miß-
brauchen könte : Je anſehnlicher / je koſtbarer in
dieſer untern Welt etwas iſt / jemehr pflegt es
ſeiner ohnmächtigen Macht und abgeführtem
Mutwillen zu ſchmeicheln : Vornemlichen aber
und mehr als alle andere iſt ihm das Glück mit ihrer nimmerſtätigen Beſtändigkeit dermaſſen dienſt-
bar / daß es ihm zu allen Stunden und allen Orten
aufhupffet / nur daß er die Menſchen umb ſo viel
deſto mehr peinigen und foltern möge. Ein leben-
diges Exempel dieſes ſind die unglücklichwieder-
wertigen Zufälle unſers arbeitſeligen Marcellio /
deſſen Verhängniß die Fortun alſo verordnet / daß
ſeine Brant / ſeine über alles vielgeliebte Alcida /
einen irrigen und falſchgefaſten Argwohn Glauben gibt / welcher / ob er wol im Grunde der Warheit nicht befindlich / doch mit dem Färblein der
Scheinbarkeit deromaſſen angeſtrichẽ war / daß er
die ungefälſchte purlautere Warheit ſelber ſchiene.

Alcida flohe den jenigen / mit unaufhörlicher
Todfeindſchafft / ärger als (wie man zu reden pfleget) der Teuffel den Weyrauch / der ſie doch nie-

mals beleidiget / sondern mehr liebete als sein eigen
Leben. Woraus man unwidertreiblich folgern kan /
was im menschlichen Leben auch auf den geringsten
Argwohn zu halten / welcher Gestalt ihm ein Ehr-
liebender Mann beglauben können / allermassen/weil
dieser eine geträumte Vollmacht der Warheit dar-
zeigete/und doch ein Trüger in der Haut war. Uñ obwol der Lieb und das Glück den Marcellio feindlich
angriffen und verfolgeten / haben sie es ihm doch alles zum Besten gethan / und seinetwegen verschaffet/
daß das Hertz der Diana mit Liebespfeil verwundet
worden / und das Glück den Marcellio zu seinem
Glück an den Ahornbrunnen geführet; damit sie
beyde/in vereinigter Gesellschafft/ nach dem Tempel
Diana und desselben Priesterin Felicia reiseten / und
er diese seine Traurigkeit/bey so erwünschter Kundschafft / in etwas enturlaubete. Umb anbrechende
Zeit/ zu welcher die rosenfarbene Morgenröte / mit
ihren goldgefärbten Stralen / die nachtgestirnten
Lampē versagete/und die Vögelein/mit ihren hellzit-
schernden Zünglein und lieblich zwitschernden Stim-
lein/ den annahenden Tag der Schläferwelt vermel-
deten/ erhub sich die sehr verliebte Diana / als welche deß beschwerlichen Langliegens überdrüssig/ von
ihrem Lager/ damit sie sich zur angenemen Reise schi-
ckete. Die Obacht der Schäflein hatte sie der Po-
lyntia empfohlen/ sie verfügete sich von dem Baäers-
gute / und hatte ihren Dorffschalmeyen angehangen/
ihrē Dorffschalmeyen sag ich/welche ihr waren Stat
einer Vergessenheit in Drangsal/ein Trost im Kummer und Belustigung im Ubelergängniß/ nichts minder hatte sie auch ihre Hirtentasche mit nohtwendiger
Lebensunterhaltung versehen.

Stieg derowegen Seitenwerts ihrer Schäferey
hinab / da sie ein dickes Gehöltze von zusammen ver-
wachsenen Bäumen durchspatzirete; als sie diß vorbey / satzte sie sich unter die schattigten damalig blü-
henden

henden Ahornbäume / ihres getrewen Reisegefer=
tens nach gestriggenomener Abrede Marcellio er=
wartend. Unterdessen / weil es sich mit seiner Dahin=
kunfft verzögerte / stimmete sie ihr Schäferspiel und
sang mit lauter Stimme darein ::

※

Der helle Tag erleucht die Demmernacht /
   Wirfft aus dem Meer die purpurholde Strahlen;
Er hat die Welt aus ihrem Schlaff gebracht /
   Beginnend nun die Erden bund zu malen.
Der Sonnenglantz / der alle Freude macht /
   Der Laub und Gras hat Sein und Schein gegeben /
   Wilt / daß ich soll in Wälderschatten leben :
     Weil meiner hat vergessen /
     Der vormals hier gesessen /
     Ihr Threnen sonder Zahl.
     Vermehret meine Qual :
     Die Qual in meinem Hertzen
     Entzündet neue Schmertzen.
Der / der deß Trugs beschuldigt meine Trew /
     Vergißt mein ohne Schew :
Der / der die Lieb in Haß und Neid verkehrt /
Entfleucht dem Wort / mit dem ich ihn geehrt.

※

1.

Das wilde Wild wird zahm von meiner Plag /
   Es möcht ein Stein vor meiner Pein entweichen:
Das Tigerthier beklaget meine Klag /
   Der junge Löw erstaunt ob meinem Kettchen.
Und du / und du verachtest / was ich sag ?
   Es lassen sich die wilden Thier gewinnen /
   Ach Angst ! ach Weh ! ich kome fast von Sinnen.
     Wie kanst du dann verachten
     Mein Sehnen und Verschmachten ?
Gleichwie der Wind verspottet in dem Meer
     Deß Schiffers Zährenheer /

Wann

Wann er das Klagen mehret/
Wird er doch nicht erhöret.

2.

Ach! deine Lieb ist nicht/ wie sichs gebührt/
Die vor der Zeit du hast so hoch gepriesen.
Nein/ weil die Zeit ein anders (falscher Hirt)
Und deinen Trug mit meiner Schmach erwiesen.
Gedenckest du/ was du für Werck geführet/
Als du hierbey bist an dem Strand gesessen?
Syrena sag/ hast du mein gar vergessen?
Hör doch/ wie es ist beschaffen/
Und ermilde deine Straffen.
Gib lieber dich nach meiner Buß zur Ruh:
Weil ich dich liebe nu.
Kan ich nicht Gnad' erwerben/
Muß ich im Kummer sterben.

3.

Ach nein: ich leb'/ und zwar in grosser Pein/
Dergleichen nie verliebtes Hertz empfanden:
Weil meine Rohl dir pflegt ein Spott zu seyn/
Und dein Gesicht mein Hoffen überwunden.
Als mich bedunckt/ winckt deiner Augenschein.
Wann ich mich nicht wie mehrmals hab betrogen/
Daß falscher Wahn mein' Einfalt hingewogen/
Laß /daß die Bitt gewinne/
Dein' überstoltze Sinne.
Schau wiederumb Dianen Demut an/
Die vor hat wider dich gethan!
Sie ward die Endschaffe dieser Plagen
Von deinem Nein=und Jawort sagen.

4.

Besänfftig dich/ und denck/ wie meine Gunst
War vor der Zeit dir hoch und werth geachtet/
Als sie in dir entflammet=hohe Brunst
Und mancher Hirt für Eyersucht verschmachtet)
Nun aber/ nun sind alle Wort umbsunst.

Ach

Ach Zeit! Ach Zeit! wie hast du mir beliebet,
  Ach Zeit! Ach Zeit! die du mich jetzt betrübet,
    Die hochbelaubten Eichen
    Mir als die Zeugen zeigen:
  Es mahnet mich der schöne Wiesen-Thal /
    Der Bäumen waares Mahl /
    Der Krantz / den ich gewunden /
    Das Band / das ich gebunden.

5.

Jetzt hassest du / die du zuvor geliebt /
  Die wegen dir viel Kummer hat erlidten.
Der Liebesgott hat seine Macht geübt /
  Weil ich und du von rechter Bahn geschritten /
Und hat dich doch nicht gleich wie mich betrübt.
Ach daß du solst nur meine Pein empfinden
Und eine Stund dich in die Fessel binden!
    Das Mittel steht mir offen /
    Kein Mittel nicht zu hoffen:
  Das / was ich kan begehren an dem Ort /
    Das wegert fort und fort
    Die Lieb' in falschen Lücken /
    Das Glück mit falschen Stricken.
Ich will mein Lieb' / ach nein / mein Hertzeleid
  In keines Baums hartzarte Rinde graben.
Verschwiegnes Feld / dich Aue / meine Freud /
  Dich stillen Wald will ich hiermit begaben.
Mir ist das Grab an diesem Ort bereit.

Der überschönen Diana versüssete Stimme und
unvergleichliche Höflichkeit vermochten so viel / daß
sie allen andern Schäferinnen zu der Zeit vorgezogen
wurde / voraus machte sie verwunderlich ihr hold-
reiches Getön / welches dem wolklingendem Schä-
ferspiele lieblich einspielete / dergestalt / daß ihre leb-
hafte Geister alle Worte belebeten / und alle menschliche Hertzen verzuckten / als wäre sie in einem fürst-
lichen Frauenzimmer aufferzogen worden. Welches
                          keinem

keine so ungereimt und unglaublich vorkomen darff /
weil unlaugbar / daß die Liebe vermöglich gnug / die
witzlosen Dorffmägdlein mit solcher Weisheit zu
unterrichten / daß sie es auch dem Tugendgezierten
und kluggesinnten Hoffrauenzimer in vielen bevor-
thun ; sonderlich wann sie die Natur mit angebor-
nem Verstand / scharffen Urtheil und andern Gaben
reichlich begütert / so leben auch in den Waldhütten
aufgeweckte Gemüter / die voller sinnreicher Erfins-
dungen sind.

Als unsere hochverliebte Diana ihr Morgenlied
zu Ende gebracht / und der Printz der Sternen mit
seinem goldgestralten Haubte die Spitzen der Berge
gleichsam verguldete / richtete sich der mit Liebesan-
fechtungen-bemühseligte Marcellio von seinem Hir-
tenlager auf / und eilete nach dem ihm von der Diana beschriebenen Ort / gieng eben dasselbe Seiten-
häglein hinab / an welches Abhange die Nymphe saß-
se ; und als sie ihn von weitem erwitert / that sie ihrer Stimme Inhalt / damit nicht irgend Marcellio
die Ursach ihres Schmertzens verständiget würde.

Als er nun dahin gelanget / sprach er ihr also zu:
Hochgezierte Nymphe / der anbrechende Tag / welcher wegen deiner Göttlichen Schönheit und schönen
Göttlichkeit schöner einherstraken / der sey dir so frölich und glücklich / so traurig und unglücklich als er
mir ist / und wäre er mir noch umb so viel desto mehr
unglücklicher und trauriger / wenn ich ihn nicht in
deiner Geselschafft zu verschliessen verhoffete. Ich
habe gelauffen / was ich gekont / weilen ich verspühre
daß meine Zauberhafftigkeit der jenigen / so meiner
Dahinkunfft erwartet / verdrieslichen : Aber ich
weiß / daß noch viel gröbere Fehler bey mir mitun-
terlauffen / welche deine gewöhnliche Holdseligkeit
meiner Unachtsamkeit beymessen wird / damit ich
nochmal anderer und deiner gnadenreichen Gegenwart geniessen möge. Weil kein Verbrechen / antwortet

wortete Diana / da / so findet auch keine Vergebung
Statt; die Schulde ist nicht deiner Saumung / sondern meiner allzusorgfältigen Bekümmerniß zuzuschreiben / alldieweil ich vor der Zeit ausgangen / und
mich anhero verfüget / da ich mich biß zur Sonnen
Aufgang niedergelassen / und mir die Zeit mit Singen verkürtzet / wiewol mein Geist nicht von hohen
und subtilen Einfällen ist.

Aber hier ist keine Zeit zur Saumniß mehr übrig;
dann ob es wol ein kleiner Weg nach dem Tempel
der Dianen / so ist doch unsere Begierde / dahin zu gelangen / umb so viel desto grösser.

Uber dieses schätzte ich vor thunlich / daß wir den
meisten Theil deß Weges verrichteten / ehe die Sonne warm schiene / und mit ihren Stralen brennete /
damit / wann sie nun am Mittelpunct deß Himmels /
wir an einem kühlen und schattichten Orte der angenemen Mittagsruhe geniessen könten.

Nach diesem machten sie sich beede auf den Weg /
welcher sie durch einen dickerwachsenen und zimlich-
langen Lustwald truge; immittelst fiengen sie an / die
Zeit zu vertreiben / eines umb das ander also zu singen:

❁

Marcellio:

Die wandelbare Lieb hat mein Glück
erhaben Himmelan /
Da niemand würdig ist / hinzu gelangen:
Nun weiß es wiederumb sein alte That /
Und wie es trügen kan
Den / der aus Unbedacht sich lässet fangen.
Mich hat es hintergangen:
Die vorgehabte Freud
Hegt doppelt Hertzenleid /
Ach wie viel besser war das stäte Traurklagen
Als solcher Wols behagen.

Diana:

Diana :

Verwandre nimmer nicht das blinde Glück /
Es machts wie ein Tyrann /
Der seine Ruderknecht hält streng gefangen /
Er nimmt mit Unbestand sein Wort zurück'
Und weiset / was er kan.
Den er zuvor mit Stoltz hat lassen prangen
Und freyen Stand erlangen /
Ja dem er scheint gewogen /
Den hat er bald betrogen.   (tragen /
Es kan der Libjer Strand nicht so viel Sand es
Als lieben Mißbehagen.

Marcellio :

Ich hab zuvor gewust deß Glückes Tück' /
Und wie es sich verhält /
Hab ich aus vieler Mund längst hören sagen :
Das aber wußt ich nicht / daß seine Strick'
Auch mir mit List gestellt /
Zu hemmen den Verstand mit tausend Plagen.
Hertz / Sinn und Geist zu nagen /
Send es von allen Straffen
Die Schmertzen ohne Massen /
Mir ist zu dieser Zeit für kurtzes Freudenlieben
Viellanges Leid geblieben.

Diana :

Dem / der zuvor erkant den falschen Strick /
Der ihm zum Fall gestellt /
Der kan ja niemand nicht als sich beklagen /
Wann er sich nicht verwahrt für böser Tück /
Daß er dadurch gefälle.
Hat er dann den Verstand bey sich getragen /
So meid' er Liebesplagen.
Er muß sich straffen lassen /
Mit Reu / auff allen Straffen ;
Wo er gestrauchelt hat im tollen Frevellieben
Mit seinem Selbst-betrüben.

Ehe

Ehe sie den gedachten Lustwald durchwandert/ha=
ben sie dieses und andere mehr Lieder gesungen: Als
sie nun hindurch/ kommen sie auf eine blumreiche und
begrünte Wiesen/ die allerfürübergehenden Augen
gefangen hielte. Damals sagte Diana: Billich ver=
wundert man sich in volckreichen und weitberühm=
ten Städten/ wann einem allerley von sinnenreicher
Meisterhand künstlich außgearbeitete Sachen ge=
wiesen werden: Aber viel wundersamer koimt meiner
Wenigkeit vor/ daß die Natur diese Einöde und ab=
gelegene Felder so herauß geputzet. Wer wolte sich
nicht verwundern über die hertzerquickende Kühlung
dieses beliebten Lustwaldes? Wer wolte nicht ande=
re Gedancken schöpffen über die Anschauung dieser
grossen beblumten Wiesen. Betrachten wir die an=
mutige Grüne/ wie darinnen tausenderley liebliche
und holdselige Blümlein mit ihren natürlichen Far=
ben prangen/ daß immer eines das ander mit seinem
scheinbaren hohen Glantz schamrot machet/ kommt
uns das Zwittern und Kittern der zusammenstimmen=
den Gesangvögelein/ vorauß der Königin deß flie=
genden Geschlechtes der Nachtigal/ zu Ohren/ so
bedüncket mich/ daß ich mein Hertz freudig befrie=
digen/ alle Hofpracht und Schauspiele in den
Städten gegen hiesige Wälderlust wenig achten
wolte.

Gewiß ist es/ antwortete Marcellio/ daß in die=
sem lustreichen Abwege eine ansehnliche Anzahl zu=
läßlicher Ergetzlichkeiten angetroffen wird/ in derer
Gebrauchung sich das menschliche Gemüt seiner
Sorgenlast entladen kan; doch haben die mehr Zu=
friedenheit zu gewarten/ die ohne einige Sorgfäl=
tigkeit hiehero gelangen. Massen diesen nichts im
Wege/ das nicht ihren Willen und Augen ob Be=
schauung so annemlich versetzeter Blumenreihen
nach Belieben weidete. Und dieses kan ich auch nicht
abständig seyn: Dann wann die Liebe/ so mich in so

annem=

anmutiger Einsamkeit mit solcher Marter Grausamkeit beleget / mich in meiner Heymat nur ein
halbes Stündlein so quälen solte / müste ich vergehen /
weil keine dergleichen Belüsttigung der Orten zu finden / mit welcher ich mir je zu Zeiten mein Ubelgehaben im Hertzen und Sinnen ermüderte.

Hierauf antwortete Diana nicht ein Wörtlein /
sondern hielt ihre schneeweisse Hand vor die Augen /
steurete darauf ihr mit Golde gefärbtem Haarlocken beziertes Jammerhaubt / schwiege eine lange
Weile stille / und gabe mit offt wiederholten Hertzens-
seufftzern ihre Gemütsbangigkeit gnugsam zu verstehen. Nachmals fieng sie also an: Ach mir Müh-
seligsten unter allen Schäfer-Nymphen / was für
Hülffsmittel einiges Trostes sind mir rückständig /
indem andern / wie ich vernommen / ein gutes Theil
ihrer Beschwerniß erleichtert wird / so wird dem meinen eine Centnerlast zugeleget. Meine Ungedult /
Marcelli / verstärcket mich / daß ich dir meine Hertzens schmertzen eröffnen muß. Dieses einige besänff-
tiget mich / daß / indem ich meine Straffhandlungen
zu erzehlen beginne / niemand mehr als du gegenwärtig.

Deine Bescheidenheit und adeliche Hoheit frischen mich darzu auf / daß ich dir meinen Zustand
nicht länger bergen kan. Meines Theils erfreuet
mich / daß wir dieser Zeit und dieses Orts in Gesellschafft gerathen; massen du eben an dieser Kranckheit kranckest / verhoffende / du werdest meine Thorheit nicht für übermässig halten / bevoraus / wann du
die Ursache derselben gäntzlichen eingenommen. Ich
bin eben mit dem Ubel behafftet / welches dir deros-
massen zusetzet ; mich hat mein Syreno / wie dich
deine Alcida / in Vergessenheit gestellet. Syreno /
welcher mich vor als sein eigen Hertze liebete / der ist
setzo mein ärgster Feind. Aber die Göttin Fortuna /
so der Menschen Anschläge und Rahtschläge verbes-

Hat /

het/wie sie will/ hat versehen / daß ich meinem Vater mehr/als ich gewillet/ gehorsamet/ indem ich mir
meine wolanständige Heyrat verschlagen / und mich
ungern in Dienstbarkeit eines Ehgatten verstricket/
der (wann gantz kein anderes Hauscreutze verhanden) der unendlichen Eiversucht und widersinnischen
Argwohn in allen ergeben / daß es besser gewesen/
meine Mutter hätte mich im ersten Bade ersäuffet.
Doch wolt ich gern bey so unerträglichem Ehbeding
zufrieden seyn/ wann ich nur meinen Syreno sehen
solte: Aber er (wie ich gäntzlich darvorhalte) ist
mir abgünstig / spinnefeind /und dancket Gott/ daß
er durch die gezwungene Ehstifftung meiner los worden; zu dem sihet er unser Dorff mit dem Rucken an/
und hat sich in den Tempel Diana/ wo wir hinge-
dencken/ begeben.

Nach Vernemung meines gegenwärtigē Zustan-
des Beschaffenheit/ wie erbärmlich der sey / kanst du
dir leicht die Rechnung machen / wie mich der unzei-
tige Argwohn meines Ehmanns und dann die Abwesenheit meines Hertzgeliebten durchkräncken.

Hierauf sagte Marcello : Holdreiche Nymphe/
der Verlauff deiner angeregten Schmertzen erregen
in mir ein hertzliches Mitleiden / und muß ich mich
meiner Alberkeit schämen / daß ich solches längsten
nicht an dir verspühret. Ich wünsche/daß ich meines
Wunsches niemals theilhafftig werde / wann dir
nicht zugleich wie mir wircklichen geholffen wird. A-
ber weil dir wolwissend / wie die Liebespfeile keines
einigen Menschens schonen / auch im münsten nichts
auf die allerstärcksten / aufrichtigsten und ehrlie-
bensten Gemüter geben; so zweiffele nicht / laß dich
auch keine Schamröte abhalten/ daß du mir offen-
barest / wie dich die Liebe mit seine Marck und Bein
durchdringenden Liebespfeilen getroffen ; massen dir
an deinen Ehren hierdurch nichts abgehet / du hast
dich auch keiner Schändlichkeit zu befahren/ dadurch
dein

dein guter Leimund verkleinert würde; Sondern es
wird dir vielmehr wol als übel geſprochen werden.
Doch iſt hierinnen nicht ein ſchlechter Troſt zu erwarten / weil ich verſichert / daß die Pein wegen der Eiverſucht deines Ehmannes (welche zuweilen mit hefftigern Anſtöſſen das Hertze als die Abweſenheit
der Liebſten ſelbſt beſtürmet /) umb ein Zimliches
gelindert und gemindert werden wird : Maſſen dein
Delio / die flüchtige Nymphe / nach deiner Ausſage /
zu verfolgen / darvongelauffen / und zu deinem Beſten
dich nicht mehr in ſolche Beobachtung nemen kan.

Gebrauche dich derowegen der zuträglichen Gelegenheit / welche dir das günſtige Glück anbeut /
angeſehen / daß dir das Abſeyn deines liebſten Syreno nicht wenig Troſt zuſprechen kan / indem du / wie
geſagt / von dem ungeſtümmen Poltern deines Arg-
wöhniſchen Ehmanns befreyet. Der Argwohn und
die unverträgliche Eiverſucht / ſprach Diana / ſolte mir
nicht halb ſo ſchmertzlichen vorkommen / wann er
wie ietzt von dem Delio / alſo nachmals von dem Syreno herrührete; dergeſtalt wolt ich es willig und
gerne tragen / weil ich wüſte und in meinem Hertzen
verſichert wäre / er hätte ſeinen Urſprung aus der
tieffeingewurtzelten Liebe. Deñ das iſt ſonder Zweiffel waar / Wer liebet / der will auch geliebet
ſeyn : Alſo folget nohtwendiger Weiſe / daß ein Ei-
verſichtiger das / deſſen Gegenliebe er begehret / liebet /
und indem er ſo liebet / iſt er mit ſolchem Verdacht behafftet; dann ſelbiger iſt gleichſam der Liebe ſicher-
ſte Verbriefung / mit welcher die ſchuldige Liebs-
gebühr alle Zeit kan erwieſen werden. Dieſes kan ich
dir mit meinem eigenen Exempel bekräfftigen / daß
ich mich niemals mehr in der Liebe vertieffet / noch
iemals eiveriger geliebet / als wann ich mir mit dergleichen Liebsneigungen etwan einen Verdacht gefaſſet.

Mars

Marcellio antwortete : Ich hätte niemals ver=
meinet / daß in der Hirteneinfalt dergleichen Klug=
heit stecke / in Abfassung und Vorbringung so
weislichausgedachter Spitzfündigkeiten / wie da=
durch milde Gunst der Huldgöttinnen / neulich auf
die Bahn gebracht/und zwar in einer/ wie männig=
lichen bekand / wichtigen Streitfrage : Und fortan
will ich alle die jenigen Lügen straffen / welche in dem
gemeinen Wahn stehen / als wann nur in grossen
Städten und Potentatenhöfen scharffsinnige und
verschmitzte Köpffe gefunden würden / weil ich in
der That ein anders erfahren / daß in den ströhern
Dorff=und in den niederen Waldhütten / wie auch in
den schattenreichen Wildnissen / am abgeführten und
sinnreichen Weibervolck kein Mangel erscheinet.

Doch bin ich dieser deiner Meinung in allen ent=
gegen / und will sie mit unwidertreiblichen Schlüs=
sen übern Hauffen werffen / darinnen du die Bey=
sammenheit der Eiversucht und der Liebe behauptest/
gleich als könte die Liebe in keinem Hertzen herrschen/
sie hätte dann den Argwohn zum Gesellen.

Ob ich wol nicht im Absprechen seyn kan/ daß die
Liebhaber / welche ohne Verdacht lieben / zwar dick
gesäet / aber dünn aufgangen sind ; doch folget noch
lange nicht daraus : Wer ein Liebhaber und kein
Eiverer nicht / der ist kein vollkommener Liebhaber/
ja dieses Titels gantz unwürdig : Denn darinnen be=
weiset vielmehr die reine ungefärbte Liebe ihr hohes
Vermögen/ angesehene Wirde und deß Verlan=
gens vollkommenste Vollkommenheit / wenn sie von
den Hefen und Schlacken deß verstandlosen Arg=
wohns unbeflecket ist. So war ich gesinnet in mei=
ner höchsten Glückseligkeit/ und hielt derowegen die=
se meine Bewegungen so hoch / daß ich dieselbe öf=
fentlich mit vielen Versen herausstriche : Eins=
mals verwunderte sich mein Alcida höchlichen / daß
ich eine solche Liebe / die von aller Eiversucht entfer=

D net/

net / zu ihr trüge ; da ich denn aber ihr Urtheil dieses
Sonnet verfertiget :

Man sagt / die Lieb' hab einen Eid geschworen /
   Die Eyersucht / samt dem erblaßten Neid /
    In ihrer Zunffte zu gleiten jederzeit.
Gleichwie der Stoltz die Schönheit auserkoren /
Der Höllen Brut quält die verliebten Thoren /
   Die erste plagt mit Unbarmhertzigkeit /
   Die zweyte lehrt der Buhlen Freud in Leid.
Weh dem / der so zu lieben ist geboren.
   Hier ist die Lieb und Schönheit brüchig worden /
   Sie unterläßt ihr sonstgewohntes Morden /
Beglückend nun den eur=und meinen Stand.
   Euch Schöne hab ich sonder Stoltz gesehen ;
   Ihr sehet mich auch sonder Eiver flehen /
So jauchzt die Lieb im glückverknüpften Band.

Dieses Lied hat meine Aleida mit solcher süssen
Lieblichkeit eingenommen / weil sie darinnen meiner
reinen und offenhertzigen Liebe verständiget worden /
also / daß ich es ihr wol tausendmal vorgesungen /
weil mir kund/daß sie sich in Anhörung desselben nicht
wenig ergetzete. Und/schönste Diana/ die Warheit
zu sagen/ halte ich das vor der größten Fehltritt einen / ein ungeheures und ungereimtes Abentheuer
hochschätzen und hochrühmen wollen / nemlich es sey
die Eyersucht eine Versigelung der Liebe /
und were nirgends zu finden als in den Hertzen der
Liebhabenden. Dergestalt könt ich auch sagen / das
Fieber were gut/ warumb? je weil es eine Anzeigung
ist / daß der Mensch noch lebet / sintemal das Fieber
nur lebendige Leute schüttelt. Aber beydes ist umb
einen gantzen Bawrenschuch gefehlet/ weil die Eyersucht denen Sterblichen nicht weniger zu schaffen
machet / auch nicht weniger Schwachheit und Unmut als das ärgste Fieber mit sich bringen mag.
Denn

Denn Eiversucht ist eine Pest der Seelen/eine Taub-
sucht der Sinne/ eine Unsinnigkeit / die alle Glie-
der entkräfftet/ ein jeglicher Zorn/ ein Dieb der lebhafften Geister / eine Zaghafftigkeit / so die edelsten
Gemüter auf die faule Seite leget/ ein Plaggeist /
welcher die Begierden und Willen der Menschen bethöret. Ferner / damit du augenscheinlich sehen mögest / wie greulich dieses Ubel sey/ so bedencke derselben Herkommen/ da wirst du bekennen müssen/es sey
nichts anders als eine schändliche und närrische
Furcht eines Dinges / das weder ist noch seyn wird /
eine blösliche Hindansetzung eigenthümlicher Tugenden / ein tödlicher und gifftiger Verdacht /wel-
cher deß jenigen Treu und Glaube in Zweiffel stellet /
das wir über alles lieben und begehren. Die Straffen der Eiversucht können nicht mit Worten ausgesprochen / viel weniger mit meiner schwachen Feder
abgerissen werden / angesehen / daß sie alle andere
unertsinnliche Marter und Pein / mit welchen die
Liebe die Menschen plaget / weit überwegen. Denn
diese werden letzlichen (wie gemeiniglich zu geschehen pfleget) mit verwunderlicher Holdseligkeit und
zuckersüssen Wollüsten verwechselt / nicht anderst /
als wie der beschwerliche Durst im heissen Mittag
das Wasser schmackhafftiger machet / und wie nach
geendetem Krieg und Blutvergiessen die geruhige
Friedensstille sie lieb- und lobwürdiger einstellet;
gleicher Gestalt verursachen die Liebesschmertzen/
daß uns die Geniessung der Wollust desto lieblicher
schmecket / auch die geringste Liebsbezeugung unsers Buhlen / weil sie aus einem reinen und unver-
fälschten Hertzen auffsteiget / so erwiedern wir dieselbe mit gebührender Danckschuldigkeit. Aber der
nagende Verdacht der vergifftet das gantze Hertz und
stecket es dermassen an/ daß alle Lieblichkeiten/wel-
che die Liebe seinen Untersassen Stat deß Trinckgel-
des zu schencken pfleget / gantz und gar in den Brun-

D ij   nen

nen fallen. Ich entsinne mich / daß zu Lisabona in
Portugal ein vortrefflicher Sangmeister vor dem
Könige selbiges Königreichs diß Lied/ welches/ was
ich bißhero gesaget/ in sich hält/ gesungen:

Sonnet:

Wann Absern hat deß Buhlers Hertz verletzt/
   Und seinen Sinn vor Sorgen machet beben/
   So kan er doch in vollen Freuden schweben/
Weil Wiederkunfft den Angstverlust ersetzt.
Der Hoffnungstrost ihn offtermals ergetzt/
   Und kan der Lieb ein Prob- und Grundstein
       geben;
   Dann er wird nicht im steten Schmertzen leben/
Der Thränenbach verschusst/ der ihn benetzt.
   So bald man nur die Liebste kan empfangen/
   Muß alle Pein/ das Trauren und Verlangen
Dahin/ und gibt den Freuden Raum und Ort.
   Die Eiverqual hingegen pflegt zu bleiben/
   Die keine Zeit vermag zurücke treiben/
Sie raset/ tobt und wütet fort und fort.

O wie eine ungezweiffelte Einbildung und waare Meinung ist dieses! Sintemal diese wütende Pest
deß Eivers in dem gantzen Gemüt nichts Gesundes
lässt / also gar/ daß auch nicht die geringste Frölichkeit und Erquickung darinnen wohnen kan. So lange keine Hoffnung/ so lange ist kein Friede in der Liebe ; jmer aber kan keiner theilhafftig werden/ dessen
Gemüt obgedachte Greuelsucht beherrschet. Vor
ihr ist keine Wollust/ keine Ergetzlichkeit versichert/
alles wird von ihr hingerichtet und mit Füssen ge-
tretten. Es ist ihr nichts zu viel/ keine Sorgfältig-
keit/ keine Grausamkeit ist so übermacht/ die nicht
auf Zulaß der Eiversucht sich in das menschliche
Hertz einschliesset. Ja es komme dieser Aberwitz und
Tolleren so weit/ daß der Mensch aus sich selbsten gehet und das jenige/ was ihn für allen andern belu-
                           stiget/

ftiget / was er selber liebet und lobet / das tan er von
andern nicht lieben und loben hören / auch die jenigen
lobwirdigen Tugenden / so er liebt / tan er nicht leis
den / daß sie von andern auch hochgehalten würden /
und verkleinert also die Wirde und Ansehen der jes
nigen / die ihn mit Liebesbanden gefänglich hält.

Es sind auch die Eiversüchtigen nicht alleine mit
dergleichen Schmertzenswunden behafftet / sondern
auch dem senigen / welchen sie sonsten hefftig lieben /
verursachen sie unsäglichen Kummer mit ihren unaufhörlichen und unnachläßlichen Argwöhnen / welche sie mit dergleichen Verdacht / wañ es auch gleich
ihre ärgsten Feinde weren / nicht belästigen solten.
Das erhellet daraus / daß ein jeder / der mit dergleichen Ubel behafftet / in derer Gesellschafft auch der
Ehmann ist / der wolte lieber / daß seine Gemahlin
die allerhäßlichste und schändlichste von der Welt
were / als daß sich jemand über deroselben Schöne
verwundern / dieselbe nach Wirden herausgestrichen / und von ehrliebenden und bescheidenen Leuten
höchlich belobet würde. Wie schmertzlich muß es einer tugendreichen Frauen vorkommen / wann sie
vermercket / daß ihre Ehre und Zucht mit immerwä-
rendē mißträulichen Argwöhnen beschmützet wird?
Was muß das vor eine Straffe seyn / daß sie unver-
schuldet eingeschlossen und in den heimlichsten Win-
ckeln und Zimmern deß Hauses sich bewahren und
vermachen lassen muß? Was vor Ubelgehaben
muß sich bey einem Weibe finden / die täglich nicht
alleine mit unnützen Worten / sondern auch wol gar
mit Prügeln und derben Maulschellen abgespeiset
wird? Stellet sie sich frölich und ist guter Dinge /
vermeinet alsobald der Ehmann / als were sie ihm
aus dem Gehege gegangen und hätte mit einem andern zu schaffen gehabt : Sihet sie sauer und traurig aus / bildet er ihm ein / als runtzelte sie ihre Stirn
aus Abscheu / die sie gegen ihm trüge : Wenn sie ei-

D iij   nes

nes oder das ander überleget und reifflich berahtschlaget / beschuldiget er sie / sie gedächte auf einen
Fund / wie sie ihn möchte über den Dölpel werffen:
gibt sie ihm einen freundlichen Anblick / versichert er
sich / sie wolte ihm unter der Larve deß Liebkosens eine Nase drehen: Wendet sie ihr Gesichte von ihm /
so hält er sie vor einen wilden Holzbock und sauren
Essigkrug: Im Fall sie ihn mit buhlerischen Küs-
seln und Schmeicheln nur anrühret / so dencket er
von Stund an / sie wolle ihm mit diesen erdichteten
und verfänglichen Schmutzeln betrüglich herumb-
führen: Hält sie sich erbar und ehrlich/weiß ich nicht;
was er ihr anfracten soll: Lachet sie / so wird er sie
als eine leichte nichtsgültige Dirne ausschreyen.
Seufftzet sie/wird sie als eine meineidige/zuchtvergesse-
ne Ehbrecherin verdammet.

Summa / wo sich dieses Laster anspinnet und ein-
mischet / da wird alles zu gallenbittern Schmertzen /
ob es gleich von Natur nimmermehr darzu geartet.
Kan also allen Unparteyischen und Rechtverstän-
digen nicht unverborgen seyn / daß unter der Sonnen nichts gefunden werde / daß mit diesem Ubel deß
Argwohns könte verglichen werden: Es sind keine gifftigere und schändlichverstellerte Raubvögel
jemaln aus dem Abgrund der Höllen hervorgegan-
gen / welche die wolgeschmacken und herzersättlichen
Speisen der liebhabenden Gemüter mit ihrem gifft-
angefülleten Unflat scheußlicher beschmützen und
mit Todbringenden Eiterflüssen ärger anstecken
können.

Derohalben / liebste Diana / hast du die angeneh-
me Abwesenheit deines Delio nicht vor ein geringes
Stück deiner Glückseligkeit zu schätzen / welche in
Warheit die Straffen / so dir aus deiner abhässigen
Buhlschafft herrühren / nicht wenig verkleinern und
erleichtern.

Hierauf antwortete Diana: Jetzo leuchten mir
die

die Beschaffenheiten solhaner Leebsregungen / so du
mit lebendigen Farben abgemahlet / unter die An=
gen / welche so gräßlich / feindselig / abscheulich und
so bewand seyn / daß sie im Minsten nicht verdienen/
in die verliebten Gemüter eingelassen zu werden /
und däuchtet mich / daß mein Delio eben mit derglei=
chen Unpäßlichkeit beladen : Aber du solst wissen /
daß ich in dergleichem Wehmut / welchen ich un=
längsten zu vertheidigen gesonnen / nicht gewesen ;
und wolte Gott nicht/ daß er jemals in meinem Her=
tzen gewohnet hätte. Denn ich zu keiner Zeit von
der Wirde und Hoheit meines Syreno übele Ge=
dancken geschöpffet / noch mir jemals solche lä=
disch=oder vielmehr närrischgesinnte / von dir anse=
tzo nach der Länge erzehlete Liebsreitzungen einge=
bildet ; nur diß hab ich mir höchst angelegen seyn las=
sen / welches einige ich mich allezeit befahret/ daß er
mich nicht hindansetze und eine andere liebgewinne.
So ist auch diese meine Befürchtniß nicht verge=
bens gewesen / massen er mich in der That verlassen/
und ich weiß am Besten / was ich von daran bißher
erlidten und annoch erleide.

Solche Furcht / antwortete Marcellio / darffst
du noch lang nicht mit einem so ungeheuren Na=
men tauffen ; angesehen / daß solche die beständig=
sten Liebhaber / als ein ordentlicher Trabant/als Ge=
ferten begleitet. Die Sache selbsten gibt der War=
heit einen Beyfall ; alles das jenige / was ich liebe /
das pflege ich sehr hoch und werth zu halten/ alldie=
weil es dergleichen Wirde/ mit welcher ich es gleich=
sam anbete/ verdienet oder zu verdienen scheinet :
Weil meine Liebste nun so beschaffen / muß ich mich
nothwendiger Weise befürchten / daß nicht auch ein
anderer deroselben mit Liebserweisungen aufwarte /
deroselben Tugenden ehre / und ebenmässig/ wie auch
ich / derselben Gunstgewogenheit leiste. Und also
schwebet un lebet ein standhaffter und treugesinnter

D iiij   Buhler

Buhler stetig zwischen Furcht und Hoffnung; was
ihm die Furcht scheinet zu versagen / das verspricht
ihm die Hoffnung; wenn ihm jene kleinmütig ma=
chet / richtet ihn diese auf und bestärcket sein Ver=
langen. Letzlichen was ihm die Furcht für Wun=
den schläget / die heilet die gegenwärtige Hoffnung:
Und diese beyde hin = und wieder abgewechselte
Liebsregungen kriege oder schlagen sich so lange mit=
einander / biß eine / unter diesen überwanden / das Feld
raumen muß: Wann es sich zuträgt / daß die Hoff=
nung von der Furcht erleget wird / erwächset aus
dem erhaltenen Sieg eine abscheuliche Eyersucht;
wird aber jene von der Hoffnung aus dem Feld ge=
schlagen / so glücket es dem Buhler nach nur erdenck=
lichem Hertzenswunsch / und kan er seine Lebensrei=
se in glückgewogener Zufriedenheit verschliessen.
Also hab ich mich je und je / Zeit meines Wolerge=
hens / auf die Hoffnung mit starckem und zuversicht=
lichem Vertrawen gegründet / welche nicht allein die
Furcht niemals übermannet / sondern sich auch kei=
nesweges / dieselbe auszufordern oder in ihrem Vor=
theil anzugreiffen / unterwunden: Also schöpffete ich
in dem wolverwahrten Hoffnungslager erfreuliche
Liebsvergnügungen / daß ich mich nicht beschwerte /
alle Schmertzenstürme und unaufhörliche Anren=
nungen deß Hertzens mit geneigtem Willen zu er=
warten und auszustehen.

Sie aber wirckete mit den hunderttausenderley
unendlichen Liebsblicken / die aus ihren gunstreitzen=
den äugelein hervorstraleten / so viel / daß ich mich
ihr je mehr und mehr verpflichtet befande / welches
auch meine Hoffnung dergestalt bevestiget / daß ich
alle Widerwertigkeiten / die mir von ihr hätten zu
Händen kommen mögen / mit freudigem Hertzen an=
genommen und ertragen : Ihre Verachtung war
mir Statt einer gnadenreichen Liebsbedeutung / ihr
Unwillen Statt einer Gunstberührung / ihre zornige

Wider=

Widerlegungen Statt hoffnungsvoller Verheiß=
sungen.

Derogestalt sprachen diese Verliebte miteinan=
der und kürtzten sich den Weg/ biß sie mit Entdeckung
beyderseits der allerverborgenstē Heimlichkeiten ih=
res Hertzens diese blumenbunte Wiese hinter sich
gebracht / in ein lieblich abhängenden Thal und
kleines überallemassen lustiges Höltzlein spatziret/
darinnen viel ästige und krausblätterichte Bäume/
die sich gleichsam wegen der belieblichen Grüne umb=
fiengen/ einen anmutigen Rahschatten verursache=
ten. Als sie dahin gelanget/ erwittern sie eine hold=
reiche Stimme/ welche in eine wolgestimmte Leyer
sunge und mit einer ausländischen Weise der Zuhörer
Ohren an sich lockete; diese/ als sie sich zum Auffmer=
cken fertig gemacht/ vernamen/ daß es eine Hirten=
Nymphe/ welche dieses spielete:

Sonnet.

So manche Silberstern' am hohen Himel scheinen/
   So manchem Unglück muß ich ergeben seyn;
   So manche Blumenzier/ so mancher Kieselstein/
Hier auf der Erden ligt / so vielmal muß ich weinen.
Die überhitzte Brunst vermag nicht aufzuleinen
   Die eisenkalte Furcht/ in meinem Hertzensschrein.
   Das falsche Widerglück häufft meine Qual und
      Pein/
Die Rach der Eiversucht findt mich in allen Heynen.
Ich muß/ Montano/ dir die Schuld alleine geben/
   Der da dir meine Klag nicht lässt zu Hertzen drin=
      gen: (blick.
Wend doch einmal zu mir dein' Huld= und Gnaden=
Ach daß ich eine Stund an deiner Statt soll leben;
   Ich wolt in einem Nu auf meine Seite bringen
Den Himmel und die Erd/ die Liebe samt dem
      Glück.
            D 9   Als

Als sie dieses Lied vollendet / lässet diese trost
und hoffnungsübrige Hirtin / weil der Schmertz der
Stimme den Weg verlegete / denen überhäufften
Threnen allen Zaum und Ziegel / welche theils mit
diglich aus ihren Augen herabregneten / theils ihren Weg wieder zuruck namen / als wolten sie das
Hertz ersäuffen. Aus deroselben Jammergeberden
und zerstimmelten Angstklagen verstunden Marcellio und Diana so viel / daß die Eiversucht ihres
Mannes / damit er sie belästigte / eine Ursach ihrer
Kümmernis were. Und damit sie den Handel umb
so viel desto besser erlerneten / die Nymphe erkenne-
ten / auch die Ursach von ihr erforscheten / haben sie
sich ihr genähert.

Sie funden die Nymphe damals in einer Schat-
tenhütte / n etliche von grünen ineinandergestochtenen
ästen dermassen bedecket war / daß es der Sonnen
schwer fiel durchzubrechen / diese / welche auff denen
kräutichten und von der Natur ausgefertigten Wa-
senbäncken sasse / zu beleuchten / und was diesen Ort
noch lobwürdiger machte / waren etliche kleine Brün-
lein / welche bey dem angelegenen Gesträuch hervor
quollen / mit selbgesuchten Krümmen ihr crystalli-
nes Wässerlein durch den gantzen Lustwald hin und
wieder flösseten und die frischbegrünete Gegend an-
feuchteten.

Als Marcellio und Diana diese mit erheischen-
der Höflichkeit begrüsset / gedachte sie : Ob es mir wol
verdrießlichen / daß ich in meinem Kummerwinkeln
verstöret werde ; jedennoch kan ich aus ihrem Ansehen so viel abnehmen / daß sie nicht geringerer Ehre
wirdig ; doch ward sie über die Dahinkunfft der Gäste nicht so sehr geängstiget / daß sie nicht vielmehr
dienstfertig umb deroselben Gesellschafft sich bewar-
be ; fieng derhalben also an:

Nachdem ich / ohn alle mein Verschulden / von
meinem grausamen Ehrmann verlassen / vermeine

ich nicht/liebe Ankommende/daß mir etwas Anmu=
tigers als euere Anwesenheit an diesem Ort seyn
könne : Und zwar dergestalt / daß ob mich wol die
Widerwertigkeit (welches ich nicht in Abrede seyn
kan) meines Glücks zu immerfliessenden Thränen
verurtheilet/werde ich doch selbige / damit ich euer
erwünschten Unterredung auf ein Kleines genies=
sen möge/ auf die Seite setzen.

Worauf Marcellio : Wo mir nicht dein wie=
driges Begegniß/ wie du in der That erfahren solst/
recht zu Hertzen gehet/so wolte Gott/ daß ich in mei=
ner Marterpein nimer getröstet würde. Eben auch
dieses bilde dir sicherlich von meiner Begleiterin/
der schönen Dianen / ein.

Diese fremde Nymphe / als sie/ daß dieses Diana
were/ gehöret/ lieff mit ausgestreckten Armen auf sie
zu und umbfieng sie/ gab auf tausenderley Art mit
Geberden und Worten ihre Neigung/ die sie gegen
ihr trüge/ genugsam zu verstehen/ angesehen/daß ei=
ne geraume Zeit verlauffen/ daß sie gewünschet/ mit
der in Kundschafft zu gelangen/ deren Lob männig=
lich im Mund führte/ weil nemlichen weit und breit
kein himlischere Schönheit noch rühmlichere Weis=
heit gefunden werden könte.

Diana/ welche sich über die ihr / von einer aus=
ländischen/ angethanenen Ehrbezeigungen bestürtzet
befande / erwiederte empfangene Aufdienung mit
Gegenbezeugung freundlicher Bedanckung/ und
weil sie gesonnen ihren Zustand und Namen zu er=
forschen/sprach sie ihr folgends zu :

Deine hohe Höflichkeit/ die mir so viel Ehr und
Lieb erwiesen/ wie auch das hertzliche Mitleiden/
welches über deiner Mühseligkeit tieff in mein Hertz
eingewurtzelt/ erheischen von mir/ beydes nach dei=
nem Namen und Ubelergehen zu fragen: Wie wir
es nun dir vor zuträglich erachten/wann du uns bey=
des verständigen wirst/ also sind wir willig / einen

D vj   groß=

grossen Theil deines Drangsals auf uns zu nemen.
Unsere Augen sollen dir helffen weinen / damit dir
auf solche Weise deine bleyschwere Centnerlast erleichtert werde. Jene entschuldigte sich mit aller-
hand hin=und wieder zusammengesuchten Dienst-
milbigteiten / weil ihr zuwider/aufs Nagelneue das
hohe Meer ihrer Unglückseligkeiten durchzusegeln /
biß sie letzlichen auf inständiges und bittlich gesinn-
tes Anhalten der Diana sich auf die begrüneten
Wasentapezereyen nidergelassen / und also ihrer
folgenden Rede einen Anfang gemachet :

Hochgezierte Diana / du wirst sonder Zweiffel von
der Sylvagien / die aus meinem Dorffe bürtig und
in deinem den Hirten Sylvano gefreyet/meinen Namen vernommen haben ; nemlich der mühseligen
Ismenia / welche dir jetzo den Verlauff ihrer Unglückseligkeit zu erzehlen gewillet. Ich halte gäntzlich darvor / du wirst von ihr verständiget worden
seyn/ wie ich im Königreich Portugal im Tempel
Minerva / mit einer kunstverfertigten Larve / mein
Antlitz bedecket / und sie zum Narren gemacht / und
wie ich auch mit meinen eigenen geschmiedeten Tücken bin betrogen worden. Sie wird dich auch vergewissert haben / daß / als ich mich die angethane
Schmach deß meineidigen Alanio zu rächen befliss-
sen / welcher als er mir den Korb gegeben und seine
Liebe auf sie geworffen / ich mich gestellet / als wäre
ich in ihren ärgsten Todfeind / den Montano / verliebet / wie auch meine angemaste Brunst in eine
waare und hertzvertraute Liebe verwandelt worden/
nachdem mir die Tugenden deß Montano besser bekand worden : Welche Liebe mir nachmals alle meine Widerwertigkeiten verursachet und ein Spring-
quell alles Unglücks worden ist / allermassen euch
die fortgesetzte Erzehlung berichtet wird : Mercket
demnach den Verlauff und Ordnung meines folgenden Lebens.

Ihr

Ihr wisset / daß deß Montano Vatter hieß Fil-
no / derselbe / als er zu unterschiedenen Malen / wegen Verrichtung seiner Geschäffte / meines Vatters
Haus betretten / massen sie in Verkauffung einer
Heerde Schafe begriffen / mich daselbsten erblicket ;
und ob er wol zimlich bey Jahren / hat er sich dennoch
dergestalt in mich verliebet / daß er fast von Sinnen
kommen. Der alte Greis hat mich wol tausendmal
ersuchet / ich solte doch ein Mitleiden mit seinen
Schmertzen haben ; er erzehlete mir täglichen / wie
sich dieselben von Tag zu Tag häuffeten : Er aber
hat niemal nicht ein einig gut Wort von mir erlangen können. Und were er gleich noch in seiner blü-
henden Jugend und mit den allervollkomensten Tugenden ausgezieret gewesen / würde ich doch seinet
wegen nimmermehr die einmal gepflogene Liebe gegen seinen Sohn Montano geändert haben. Der
Alte wuste nicht ein Wörtlein von unser beyder Gegenliebe ; denn er ehrte seinen Vatter also / daß er
ihm in allem Thun und Lassen gehorsamete / nur damit er hiervon nichts erführe / in Befürchtung / er
würde ihn deßwegen mit ungeheuren Worten an-
lassen und mehr als gebürlichen abstraffen. Eben so
wenig war auch dem Montano die unbesonnene Liebe und Thorheit seines Vatters kundig / und zwar
damit er bey begebender Gelegenheit desto freyer ihme seine Gebrechen verweisete / darumb verhelete
er / was er nur kunte und wuste / diesen und vielleicht
andere gröbere Fehler / damit er behafftet war.

In dessen feyrete der alte Närrischverliebte im
Winsten nichts / und lag mir Tag und Nacht mit ungestümmen Anbegeren in Ohren / daß ich ihm die Eh
versprechen möchte. Er verkauffte mir täglichen
viel tausend zuckersüsse Liebswerbungen ; er bemühete sich / mich mit vielen Geschencken / schönen Klei-
dern und Zieraten anzukörnen / ein liebbringendes
Brieflein jagte das ander / und bearbeitete sich mit

D vii   man-

mancherley Erfindungen mich von meiner Halastar-
rigkeit abwendig zu machen. Sonsten hatte er einen
scharffen Verstand / also daß er in seiner Jugend als
le andere Schäfer mit seinen von Gott verliehenen
Gaben übertraff / mit Beredsamkeit / Weisheit /
Verstand und Urtheil ; also daß ihm seine Mithirten die Oberstelle willig abtretten : Und damit ihr
diesem allen umb so viel mehr Glauben beymesset /
will ich euch von seinen Briefen einen / welchen er
dermaleins an mich abgehen lassen / hersagen / wiewol er viel zu unkräfftig / als daß er mich von meinem beharrlichen Vorsatz eines Nagels breit hätte
abführen mögen / dennoch beliebte er mir nicht uneben / und war also abgefasset :

(Sendschreiben deß Fileno
an Ismenia.)

Schöne.

Wann an dich zu schreiben
   Meine Kühnheit träget Schuld:
So geruhe doch zu gläuben /
   Daß sie kommt von Liebeshuld.
Wann mein federleichter Gruß
   Deine zarte Hand beschweret /
So gedenck / daß deine Lieb
   Mich biß in den Tod gefähret.
Die du mir die Liebeslast
   Hast geruhet aufzubürden /
Und für meine schwere Müh
   Spottest meiner bey den Hürden/
Wann ich sage / daß ich sterbe
   Und verderbe zu der Stund/
Freuest du dich meines Leides

Und belachsts mit vollem Mund.
Ich hab dich auf eine Zeit
　　An Duero Fluß gesehen /
Da du gabest Freud und Zier
　　Allen Auen in der Nähen.
Damals war von deinen Augen
　　Das sonst kalte Waßer warm;
Du entblösest Hals und Brust
　　Samt dem recht und lincken Arm.
Der ist ja von Marmolstein /
　　Der dich sihet und nicht liebet /
Unempfindlich / der nicht bald /
　　Dir den Ruhm vor allen gibet.
Der nicht deine Tugend kennet /
　　Saget / daß ich bin bethört /
Und daß sich / mit meinem Willen /
　　Meine Liebe täglich mehrt.
Sagst du mir / ich sey zu alt
　　Und ich werde nichts erhalten /
Wol / ich frage dich umb Raht /
　　Wie die Liebe kan veralten?
Dann / daß ich dich spat geliebet /
　　Daran hab ich nicht geirrt /
Hätt' ich dich nur eh gesehen /
　　Wer ich worden längst verwirrt.
Waar ists / ich gesteh es gern /
　　Ich bin nunmehr wolbetaget:
Doch hat mich schon deine Lieb'
　　Uberlang genug geplaget.
Von dem Tag / als ich geboren /
　　Hab ich dich zwar nicht geliebt:

Aber

Aber doch laß dich begnügen /
  Daß ich biß in Tod betrübt.
Sihest du mein graues Haubt
  Und die hellen Silberhaare /
So denck / daß man nicht verschmächt /
  Was geehret so viel Jahre.
Solte man mich nicht besolden /
  Weil ich lang bin ein Soldat?
Der soll billich mehr empfangen /
  Der vielmehr gedienet hat.
Niemals wird so hoch geachtet /
  Was man neulich hat gebauet:
Aber wol ein alter Tempel
  Wird mit Wunder angeschauet.
Rühmt man nicht von alten Zeiten
  Unschuld / Fried und Tugendgold?
Warumb wilt du dann mir Alten
  Gleichsowol nicht werden hold?
Ich bekenn' es / meine Lieb'
  Hat nie Trauren ausgeheget /
Weil sie vestbeständig ist /
  Wird sie leichtlich nicht beweget.
Meine Treue wird beharren
  Mit so spater Liebesgab /
Und mir / sonder Eiverplagen /
  Folgen in das Todengrab.
Wann ein Junger sagt / er lieb' /
  Ist es eine falsche Rede /
Weil er träget Wanckelmut
  Und nicht waare Freyheitsfehde.
Er kan keine Gunst verschweigen /

Die

Die er etwan von dir hat :
Was du freundlich zu ihm sagest /
   Saget er der gantzen Stadt.
Aber ich sag nichts darvon /
   Ich kan wie die Steine schweigen /
Wann du dich mit vollen Gunsten
   Zn mir Alten woltest neigen.
Dieses hab ich zwar zu wünschen /
   Aber ich bin zugering /
Ich kan wol zu hoffen haben /
   Zu verschweigen nicht ein Ding :
Sondern meine gröste Gnad /
   Welche von dir zu erwerben /
Ist / daß ich ob solcher Pein
   Muß nach kurtzen Tagen sterben.
Zeit / du Freundin aller Schmertzen /
   Dein / ja dein ist alle Schuld /
Der / so deiner hat genossen /
   Misset alle Liebeshuld.
Ich lieb' eine Schäferin /
   Aber / Ach ! zuspat gekommen /
Biß ich ihre Gunst erhalt' /
   Hat mein Leben abgenommen.
Wer ich eh geboren worden /
   Solt ich alles Zweiffels frey
Euch gewinnen mit dem Dantzen
   Und der Stimme Meloden :
Dann gewiß zu meiner Zeit
   Niemand mir hat mögen gleichen /
Ich hatt' alle Fest den Ruhm /
   Jeder must Fileno weichen.

                Ich

Ich hab mich noch nicht zu scheuen
　　Meiner Heerde / die ich führ' :
Ochsen / Kühe / Böck und Lämmer /
　　Schaf' und Geise folgen mir :
Jedoch alles / was ich sag' /
　　Ist bey dir nunmehr vergessen /
Ich erwart' auf meinem Grab
　　Deiner Feindschafft Traurcypressen.
Eines muß ich dir noch sagen :
　　Du wirst auch nicht ewig seyn
Schön und prächtig / wann im Alter
　　Deine Wangen fallen ein :
Dann verübt die Liebe Rach
　　Und lässt dir und allen Alten
Keine Hoffnnng deß Gewinns /
　　Wann du wolst die Schantze halten.

Diese und andere unzehliche Schreiben und Lieder überschickete er mir / welche alle / wann sie mich
so sehr bewogen als belustiget / hätte er sich glückselig / ich mich hingegen übel / verheyratet. Aber
nichts unter diesen hatte so viel Wirckung / daß es
mir das Bildniß meines hertzallerliebsten Montano ausdem Hertzen reissen können / welcher / wie er
sehen und hören liesse / mir ebenmässig mit liebge-
neigten Worten und Wercken beygethan. Wir
verbrachten unser Leben in sothaner Frölichkeit etliche Jahr miteinander / biß uns gutdäuchtete / wir woll-
ten uns unserer Mühsamkeit entschlagen und uns in
den heiligen und keuschen Stand der Eh begeben.
Und obwol mein Montano / eh er mich heim führete /
gewillet solches mit seinem Vatter / wie einem wol-
erzogenen Sohne geziemet / abzureden und reiflich
zu berahtschlagen / so habe ich doch den Rahtschlag
Hinter-

hintertrieben und ihn verſtändiget/ daß Fileno nim̄ermehr dieſe Heyrat gutheiſſen würde/ welcher mit ſeiner Narrenliebe nichts anders ſuchete/ als daß ich ihm ehlich möchte beygeleget werden; derohalben ließ er ihm ſein Wolergehen mehr als den Vattergehorſam angelegen ſeyn/ und haben wir ohne Einwilligung Fileno in Gottes Namen Hochzeit gemacht : Doch iſt ſie auf Gutheiſſen meines Vatters vollzogen worden/ in deſſen Behauſung die hochzeitliche Ehrenfreude mit groſſem Frolocken/ Feyer und Pracht gehalten worden/ alſo gar/ daß dieſe angefangene Frölichkeit durch alle weit und nahgelegene Dörffer rühmlich erſchollen. Als nun der alte verloffete Geck erfahren/ daß im ſein Sohn einen ſolchen Poſſen geſpielet und ſeine Buhlſchafft entführet/ iſt er ſo toll und thöricht/ ſo zornig und wütend auf uns beede worden/ daß/ wann er uns hätte können in einem Löffel erträncken/ ſo hätte er keinen Zuber datzu gebrauchet; ja er gönnete uns die Augen in dem Kopffe nicht. Hingegen war ein anderes Hirtenmägdlein in dem Dorffe/ namens Feliſarda/ welche vor Liebe meines Montano verſchmachtete/ die er doch mehrmals beurlaubte: Maſſen er mir geneigter/ ſo war ſie auch weder an Jahren noch Tugenden preiswirdig. Dieſe/ als ſie geſehen/ daß wir Ehleute worden/ hätte vor Schmertzen und Leid zerberſten und zerſpringen mögen.

Hat uns alſo unſere Hochzeit zwey geſchworne Todfeinde verurſachet. Denn der alte verfluchte Hund/ damit er den Sohn umb ſeine Erbgebühr brächte/ hat ſich entſchloſſen/ ein junges Weib zu nemen/ damit er Kinder mit ihr zeugete. Und wiewol er zimlich begütert/ hat ihn doch keine in dem gantzen Dorffe nemen wollen/ ausgenommen dieſe Feliſarda/ welche/ damit ſie ihr eine Gelegenheit machte/ meines Mannes/ deſſen Liebe noch bey ihr im friſchen Gedächtniß hafftete/ theilhafftig zu werden/

ſieſen

diesen alten stinckenden Bock geheyratet. Unsere
Hochzeit war schon längsten vorüber / als ich in Erfahrung kommen / wie ihr die Felisarda den Bey-
schlaff meines Mannes noch äusserst angelegen seyn
liesse / und gebrauchte sich hierzu der Sylveria / ihrer
Dienerin / daß also Frau und Magd eine so gut
als die andere. Vermittelst dieser Kuplerin hatte sie
meinen Mann versichert / daß wañ er ihr zu Willen
lebte / so wolte sie allen Fleiß anwenden / damit er
bey seinem Vatter wiederausgesöhnet würde / mit
angehengten vielen andern trefflichen Verheissungen / welches alles doch ihm weniger als nichts bewogen / auch unser beyder hertzlichen Liebe nicht den
geringsten Eintrag gethan. Als sie verspüret / daß
auch dieser Anschlag in den Brunnen gefallen / ist der
unzüchtige Balg auf meinen Montano so ergrimmet worden / und mit Hand und Fuß gearbeitet / damit sie ihm bey seinem ohn das ergrimmeten Vatter
desto verhasseter machete : Und damit ist sie noch
nicht vergnüget gewesen / sondern ein unmenschlich
Schelmstuck / uns beede aus dem Mittel zu raumen / erdichtet. Sie ließ sich nichts abhalten / ihr die
Sylveria mit Verheissungen / Geschencken / Liebko-
sen und Fuchsschwäntzen deromassen verpflichtet zu
machen / damit sie ihr in allen gehorsamete / im Fall
sie auch gleich etwas wider den Montano vornemen
wolte / auf welchen sonst die Sylveria viel hielte /
weil sie lange Zeit in seines Vatters Hause in Dien-
sten gewesen. Diese zwey Weibesbilder haben heimlich die Glocke gegossen und berahtschlaget / wie der
Sachen zu thun / auch den Augenblick bestimmet /
in welcher das Bubenstuck zu Werck gerichtet werden solte. Die Sylveria erhebet sich / ohne Verzug /
aus dem Dorffe und begibet sich an den Ufer deß
Flusses Duero / wo damals Montano seine wollich-
te Pflegkinder weidete / sie stellete sich sehr verrü-
cket / gleich einem Menschen / dem etwas Wichtiges
auf

auf dem Hertzen liget und drucket/ worauf sie ihm
in gröster Geheim zugesprochen:

Ach mein allerliebster Hirt/ wie weislich hast
du gehandelt/ indem du die angetragene Liebe
deiner Gottlosen Stieffmutter ausgeschlagen: So
ich dich je zu Zeiten zu derselben erfordert/ ist es zu
keinem anderen End geschehen/ als daß ich ihres
ungestümmen Antreibens entübrtiget würde. Nun
mir aber wissend/ was vorgehet/ will ich mich durchaus nicht mehr überreden lassen/ daß ich zu Voll-
bringung der so schändlichen und unreinen Wollü-
ste verhelffen solte. Ich weiß etliche schöne Händel
von ihr/ an welchen euch allen sehr viel gelegen; und
zwar solche Händel/ welche/ wann sie dir sowol wissend weren als mir/ würdest du nicht unterlassen/ deines wiewol grausam über dir erbosten Bauers Eh-
re/ auch mit Verlust deines Lebens/ zu rächen. Ich
mag nichts mehr sagen/ weil ich weiß/ daß deine
Klugheit und Verstand so geartet/ daß er keiner
Wort und Ambtserinnerungen benöhtiget. Montano stund auf dieses Anbringen erschrocken und er-
staunet/ und gedachte alsobald/ es würde die unzüchtigen Liebeslüste seiner Stieffmutter betreffen;
damit er aber desto besser hinter die Briefe käme/
bittet er die Sylveria/ sie wolte ihm doch/ was sie
wüste/ ins Geheim vertrauen.

Die Vettel ließ sich zimlich bitten/ und damit der
Schäfer den Braten nicht riechen möchte/ stellete sie
sich/ es geziemete ihr nicht/ so geheime Sachen zu
entdecken: Und ob sie wol begierig war/ solches zu
erzehlen/ gab sie sich doch letzlichen/ gleich als auf
inständiges Bitten veranlasset/ gewonnen/ und nachdem sie ein langes Register grosser Bubenstücke/
vorausgesonnener Unwarheiten und künstlich aus-
gedachter Fündlein dahergelogen/ sextze sie ihre Rede also fort: Weil demnach die Sach der Erbeb-
lichkeit ist/ so deinen guten Namen verlezet/ ja das
ganze

gantze Haus und Geschlecht meines Herrn Fileno anrichtig machet / zu dem dir trefflich nützlich ist / daß du alles neben mir wissest / als will ich dir / was es ist / deutlich erzehlen; ich traue deiner Verschwiegenheit / es werde es niemand erfahren / daß dasjenige / was heimlich in unserm Haus getrieben wird / durch meine Vermittlung were ausgewaschen worden. Wisse derowegen / daß deine verrähterische Stieffmutter Felisarda mit einem Hirten / dessen Namen ich verschweige / weil du ihn anderwerts ohne Mühwaltung erkundigen kanst / im Ehbruch lebet. Wann dir beliebete / die folgende Nacht herzukommen und mir / wo ich dich in deines Vatters Haus hinführen würde / folgen woltest / würdest du den Ehbrecher und die Verrähterin in deines Vatters Ehbett erdappen. So ist die Sach bey hereinbrechender Nacht abgeredet worden; denn Fileno gegen den Abend auf seinen Schafställen zu übernachten verreisen wird / etlicher Verrichtungen wegen / von denen ihm gesaget worden / und wird nicht eh nach Haus kommen biß Morgen umb Mittag. Derowegen verfüge dich / mit aller Nohtdürfftigkeit wol versehen / umb die eilffte Nachtstund in unsere Wohnung / ich will dich dahin bringen / daß du mit leichten Mitteln deines Vatters Ehr rächen und vielleicht auch desselben verscherzter Gnade wiederumb theilhafftig werden kanst.

Dieses kunte die Sylveria so verwegen / mit so der Warheit ähnlichen Worten und mit so wolgeberdeten Antlitz zu Marckt bringen / daß Montano beschlossen / sich aller Gefahr / wie die auch Namen haben möchte / zu unterwerffen / damit er sich an dem Ehbrecher / der seinem Vatter eine solche Schmach zufügete / rächete. Also war nun die verrähterische Sylveria mit so wolgemachtem Anfang deß betrüglichen und ihr von der Felisarden angelerneten Schelmgriffleins zufrieden; die dann nach ihrer

Heim

Heimkunfft ihrer Frauen den gantzen Handel er=
zehlete/wie nemlich Montano umb angeregte Stund
kommen würde.   Die dunckele Nacht hatte nun
mit ihrem schwartzen Schattenmantel die Welt ver=
hüllet/ als Montano/ nachdem er die Heerde einge=
trieben/ sich mit einem Dolchen/ welchen er von sei=
nem Vettern Palæmon im Erbtheil empfangen/
außgerüstet/und so bald er eilffe schlagen hören/ sich
nach seines Vatters Haus machete ; da denn Syl=
veria seiner vor der Thür/ nach gehaltener Abred/
erwartete. O der niemalserhörten Verrätherey! O
der zu keiner Zeit erfahrnen Bosheit! Die verlogene
Dirne fasset den leichtgläubigen Menschen bey der
Hand und führet ihn in höchster Still zu der Stie=
gen/ biß sie bey der Kammerthür/ in welcher sein Vat=
ter Fileno mit der Stieffmutter Felisarda schlieffen/
stehen blieben. Hierauf sagte sie: Du bist nun Mon=
tano/ durch meine Hülffe/ an den Ort angelanget/
da du/ was du für ein Hertz im Leib hast/ solst sehen
lassen/ was für eines in dergleichen Begebenheit er=
fordert wird. In dieser Kammer wirst du deine
Stieffmutter bey dem Ehbrecher ligen finden.

Als sie dieses gesaget/ hat sie sich eilends auf die
Bein gemacht und das Hasenpanir aufgeworf=
fen. Montano/ durch diese verschelmte Arglistig=
keit deß Weibes betrogen/ trauet allem ihrem Vor=
geben und ziehet vom Leder/ rennet mit Händen
und Füssen die Kammerthür auf/ und reisset mit
ungeheurem Geschrey hinein/ sagende : Von dieser
meiner Hand solst du/ verharter Schelm/ deinen
längstverdienten Lohn empfangen ; jetzo will ich dir
das unzimliche Leben gegen die Felisarda verbieten.
Er raßte wie ein rasender und wahnsinniger Mensch/
und erkante vor Zorn nicht/ wer in dem Bett lag/
machte sich zum Stoß fertig/ hub den Arm auf/
und wolte anjetzo mit dem vattermörderischen Dol=
chen der jenigen/ dem er nechst Gott das Leben zu
dancken/

dancken / deß Lebens berauben. Das wolwollende
Glück aber gab nicht zu / daß sich dieser Unschuldi-
ge mit Vatterblut besudeln solte / sondern es kante
der Vatter seinen Sohn bey wenigem Licht einer
fasterloschenen Lampen; derohalben weiler vermein-
nete / sein Sohn / welchen er mit vielen rauhen Worten und unzimlichen Verfahren in den Harnisch ge-
jaget / wolte sich rächen / sprang derohalben / so geschwind er vermochte / aus dem Bett / fiel dem Sohn
mit gefaltenen Händen zu Füssen / flehend und
bittend : Ach mein Sohn / sprach er / was Ursach
treibet dich / daß du wilt an deinem alten verlebten
Vatter zum Mörder werden? Umb Gottes willen besinne dich eines bessern : Laß dieses Blut uns
vergossen und schone meines Lebens. Habe ich dich /
bißanhero härter / als sich gebühret / gehalten / oder
dich mit zornigen Worten abgestraffet / so flehe ich
dich jetzo mit gebogenen Knien / verschone meines Alters und dieser eisgrauen Haare ; ich gelobe dir hingegen an / daß du hinfüro einen gutthätigen und sanfft-
mütigen Vatter an mir haben sollest.

Montano / als er erkennet / in was für einem Betrüglichen Netz er sich verwickelt und wie wenig es
gefehlet / daß er nicht seinen Vatter ermordet / fiel in
eine solche Ohnmacht / daß er zugleich Hertz und
Hände sincken / auch den Dolchen unvermerckt aus
den Händen fallen liesse. Die Bestürtzung hatte ihn
dermassen eingenommen / indem sie ihn aller Wort
beraubet / daß er / stockstill / schamrot und nicht mehr
bey sich selbsten / sich aus der Kammer gemacht /
ja auch gäntzlichen aus dem Haus hinausgelauf-
fen / in welchem ihm / wann es nach der Sylveria Betrug abgegangen / ein grosses Unglück begegnen
können / wann ihm die Götter nicht geschützet.

Die Felisarda / welche den gantzen Handel von
der Sylveria eingenommen / als sie den Montano
in die Kammer brechen höret / springt aus dem Bet-

te und verfüget ſich in eine innere Mittelkammer /
verwahret die Thür auf's Beſte / damit ſie (die Sa=
che möchte auch hinauslauffen / wie ſie wolte /) von
ihrem Stieffſohn befreyet wäre. Als ſie aber ver=
mercket / daß Montano über alle Berge und es keine
Gefahr mehr hätte / machte ſie ſich wieder zu dem
Fileno / welcher wegen der abgewichenen Gefahr
noch aller erſtarret zitterte und bebete ; den hetzete
ſie wider den Sohn an / und beſchwerete auch mich
mit vielen erdichten und unwaaren Aufflagen / und
ruffte wie ein Zahnbrecher überlaut : Mein Mann
Fileno / iſt dir deines Sohnes Gottloſigkeit noch
nicht bekand genug ! jetzo kanſt du mit Händen greif=
fen / was ich dir von ſeinem argverkehrten Beginnen /
von ſeinem treuloſen Gemüte offtermals vorge=
ſungen. O du Vattermörder / du verruchter Tod=
ſchläger ! Montano / wie mag dich der Himmel deß
Lebens wirdigen ? Daß ſich nicht die Erde auffthut /
und dich lebendig verſchlinget ? Daß dich nicht die
wilden Thiere zerfleiſchen ! daß dich nicht die gantze
Welt zu einer grauſamen Todesart verdammet ?
Verfluchet ſey dein Ehſtand / verfluchet ſey deine
hartnäckige Widerſpenſtigkeit gegen uns / deine
Eltern ! Verflucht ſey deine verdammete Liebe / ver=
fluchet ſey deine Iſmenia / der Urſprung alles Ur=
theils ; welche dich ſonder Zweiffel angetrieben / daß
du alle menſchliche Sinne ausgezogen und einen
Mut gefaſſet / ſolche unvernünfftige That ins
Werck zu ſetzen ! Du Meineidiger / kunteſt du dich nit
vielmehr an den Gottsvergeſſenen Alanio machen /
welcher mit deinem Ehweibe zu deiner unausleſchli=
chen Schmach und Schande Wolluſt pfleget / auf
welchen ſie mehr als auf dich hält ; du aber wilſt
lieber deinen ſteinalten Vatter / welchem dein Le=
ben / dein guter Name und Anſehen höchlich ange=
legen / ſchändlich umb das Leben bringen ! Was haſt
du vor Urſache darzu / du ungeartes Kind ? Weil

G   er dich

er dich mit Worten freundlich gestraffet / vermahnet / dir alles Gutes gerahten / darumb wilst du ihm
das Leben nemen; Ach deß alten Vatters! Ach deß
unglückseligen grauen Haubts! Ach übelgeplagtes
Alterthum! was hast du verbrochen / daß dich dein
Sohn mit eigenen Händen auf die Schlachtbanck
aufopffern will? Eben der jenige / welchen du erzie-
let / welchen du auferzogen / welchen du ernehret / vor
welchen du so viel Hertzeleid und Arbeit ausgestanden. Bestärcke und verhärte fortan dein Hertz / laß
deine vattergesinnete Wolneigung gegen diesem
Feindseligen aufhören: Laß der Gerechtigkeit ihren
Lauff / daß dieser deß Vattersmordes gebührliche
Straffe ausstehe / damit nicht / wann dieses grausame Gottlose Exempel ungemeldet hingienge / die
Kinder allen pflichtschuldigen Gehorsam auf die
Seite setzeten und denen Eltern nach den Köpffen
graseten. Diese aber deine Zucht / die das jenige /
was sie gewillet / (massen ihr ein widriges Geschi-
cke das kalte Eisen aus den Händen geschlagen) anjetzo nicht zu Wercke richten können / es auf eine
andere Begebenheit verspare / und du eines erbärmlichen Todes sterben müssest.

Fileno / welcher vor Hertzensangst halber storben /
stund erschluchzet und hörete die gifftigen Verhe-
tzungen seines Weibes an / überlegte reifflich die
unmenschliche That deß Verbrechens / deren er sich
unternommen / und entrüstete sich deromassen über
ihn / daß er den Dolch von der Erden aufhub / welcher dem unglücklichen Montano / der etwas anders
gedachte / entfallen war: So bald es begunte zu
tagen / ruffte er die Schuldheisen und vornemsten
Inwohner deß Dorffes / trat mitten auf öffent-
lichen Marckt / und als nun eine grosse Menge
Volcks zusammengelauffen / flossen ihm die Threnen häuffig über die Wangen / und das wehmüti-
ge Hertz

ge Hertzpochen verſtammelte ſeine Rede ; doch brach
er folgends heraus :

Hocherachtete angeſehene Schäfer / der unſterb-
liche Gott ſoll mein Zeuge ſeyn / daß mich es ſchmertzlich kräncket / daß ich euch auf dieſen Platz erfordert / wie auch nicht minder das jenige / ſo ich euch
unumbgänglich vortragen muß. Ja ich befahre / es
möchte / ehe ich meine Rede ende / meine arme Seele dieſen hinfälligen Leib verlaſſen. Niemand halte
mich vor einen grauſamen und blutdürſtigen Menſchen / weil ich hier öffentlich meines Sohnes Mißhandlungen erzehlen muß / maſſen dieſelben ſo uner-
höret und ſo unmenſchlich ſind / daß ich ſie heimlich
nicht gnugſam beſtraffen kan ; bin derowegen gezwungen worden / ſelbigs eurer Verſamlung vorzutragen: Ich will euch ſchreckliche Sachen erzehlen /
und anhören / was ihr vor ein Urtheil fällen werdet / damit er billichen abgeſtraffet und andere un-
gerahtene Kinder ein Beyſpiel an ihm nemen köñen.
Niemand iſt in dieſer volckreichen Verſamlung verborgen / mit was Sorgen / Bekümmerniß und hertz-
licher Liebe ich dieſen meinen Sohn erzogen / wie in-
brünſtig ich ihn geliebet / wie ich ihn in heilſamen
Lehren unterrichtet / wie mancher ſaurer Schweiß
mir ſeinet wegen über die Wangen gelauffen / wie
vätterlich ich ihm gerahten / und ſo er etwas ver-
ſchuldet / wie ſanfftmütig ich ihm geruffen / und wieder auf die rechte Straffe geführet. Dieſer hat wider meinen Danck und Willen die Iſmenia zum
Weibe genoñen / weilen ich ihn deßwegen mit rauhen Worten angefahren / den Alanio / welcher / wie
dieſer geſamten Hirtenſchafft nicht verborgen / mit
eben derſelben Iſmenia noch ſtetig in Unzucht lebet / zur Straffe zu ziehen gewillet / hat er einen gifftigen und gallenbittern Zorn über mich ausgegoſſen
und mich in dem Hauſe / darinnen ich geboren / in
meinem Ehbette / darinnen mir mein Weib an der

Seiten gelegen / ermorden wollen ! Verwichene
Nacht hat er stillschweigend sich in meine Wohnung eingeschlichen und meine Schlaffkammer er-
brochen / mich in den Armen meiner Felisarden hin-
zurichten. Sehet da den blossen Dolchen / welchen
er/ als einen Werckzeug deß Vattermordes / mit an-
herobracht. Und er hätte warlich das jenige/ was er
in Willens gewesen / zu Wercke gesetzet/ und ich/ ge-
ehrte Schäfer / Mithirten und Blutverwandte /
hätte müssen in meinem eigenen Blute von meines
Sohnes Händen durchstochen sterben und verder-
ben / wann ihm nicht Gott jehlinges Erzittern zu-
geschicket / die Stärcke seiner vattermörderischen
Spannadern gehemmet oder vielmehr gelähmet/ daß
er gleich einem hefftigerschrockenen und ohnkräffti-
gen Menschen/ nachdem ihm der Dolch auf das
Estrich entfallen / unverrichter That aus der Kammer
entwischet und entlauffen. Dieses hat sich heute in
meiner Behausung zugetragen / wie euch mit mehrern Umbständen mein geliebtes Ehweib volltömlli-
cher berichten wird. Ich/ der ich gewiß weiß/ daß mein
Sohn Montano dieser grausamen Lasterthat ohne
Rahtgebung und Antrieb seines schönen Ehgattens
der Ismenien sich niemals unterfange/ flehe und bitte
euch umb Gottes willen / erweget und betrachtet
aufs Genauste/ was in diesem so wichtigen Verwir-
cken zu thun sey ; daß mein Sohn / was er auch
mit diesem thierischen Greuellaster verdienet/ leide ;
daß auch die falschzüngige und ehbrüchtige Ismenia nicht ungerochen ihren Ehmann dahin beredet /
und ihr Ehbette eine so lange Zeit hier mit unge-
bührlicher Liebe deß Alanio angestraffet sey beste-
ckel worden.

Fileno hatte seine Rede noch nicht geendiget / als
die Hirtengesellschafft / indem sich ein grosses Getümmel in der allgemeinen Versamlung erhaben/
mit einem sausenden und brausenden Getös / so hefft-

tig

tig auf den vorgetragenen Vattermord entbrant/
daß es schiene/ als wann sich das gantze Dorff er=
hübe und alles zu Trümmern gehen wolte. Ein jeder/
aus der grausamen That vernnwilliget/ bedachte
sich auf eine zuvor unerhörte Marterqual/ damit
der Montano/ weil man ihm einhellig das Leben ab=
gesprochen/ solte beleget werden. Etliche hielten dar=
vor/ man solt ihn steinigen; andere/ man solte ihn/
als ein Fluch = und Fegopffer der Leute/ an die
Grentz hinaustragen und/ wo der Fluß Duero am
Tieffsten/ hineinwerffen; andere stunden in den Ge=
dancken/ man solte ihn den wilden Thieren vorwerf=
fen/ daß sie ihn zerfleischeten/ und mit Haut und
Haare verschlingen: Ja/ so gar niemand ward in
der gantzen Versamlung/ der nicht auf eine neue
und ungebräuchliche Straffart riehte/ vermittelst
welcher er vom Leben zum Tode hingerichtet wür=
de. Keiner aber war unter ihnen/ mich zu beschä=
digen/ im Wenigsten gesonnen/ wegen dessen/ daß der
Fileno von meiner blutschänderischen Unzucht (wie=
wol jederman/ daß sich die Sache viel anderst ver=
hielte/ nicht unbekand) und der vattermörderischen
Anschläge ausgesaget: Sondern es war das un=
bändige Gesind mit solchem Grimm und Zornwü=
ten auf die Straffe deß Montano entbrant/ daß
sie meiner Aufflagen mehrerstheils vergaffen.

Montano/ als derselbige den gantzen Verlauff
der Sachen eingenommen/ was sein Vatter der Ver=
samlung vorgetragen/ was die Gemeine für ein
Urtheil gefället/ und wie das Getümmel der er=
theileten Stimmen auf seinen Tod erpichet/ ver=
zweiffelt er an seinem Leben; auf der andern Sei=
ten/ als er auch/ was sein Vatter von mir anoge=
sprenget/ erfahren/ hat er einen so schmertzenvol=
len Hertzensstoß bekommen/ dergleichen mit Wor=
ten nicht wol kan ausgesprochen werden.

Diß ist der leidige und jammerweckende Reihen
E iij　uns=

meines überhäufften Unglücks / diß ist mein augen-
blicklicher vor Augen schwebender Untergang / diß
ist der grundlose Springbrunnen meiner Angst-
schmertzen / welcher ohn Unterlaß reichlich quillet und
überläuffet. Mein liebster Montano gieng bey
sich selbsten zu Rahte / ihm ware wissend / wie ich verwichener Zeit geliebet und von dem Alano begehret
worden / und daß das verloschene und unter der Lo-
deraschen erstorbene Liebesfeuer leichtlich könne wieder angeblasen und belebet werden; über dem sahe
er den gegen mir in Lieb enbranten Alanio / welchen
ich seinet wegen fahren lassen / stätig für Augen / da ß
er mir mit allen erziemenden Ehrendiensten mög-
lichstes Fleisses aufwartete / und mir mit schweigendem Munde und redenden Augen seine Liebe verständigte ; selbiger / sag ich / hat mir aus leichtglaub-
gem Argwohn dessen / was Fileno vorgebracht / seine Gegenwart entrissen ; und je mehr dieses erweget / je glaubhaffter kommt es ihm vor / biß so lange die
offt wiederholete Einbildung es ihm / als eine purlautere Warheit / vormahlet : Also gar / daß er letzlichen sein verwildertes und verzweiffeltes Gemüt
theils wegen der Sylverien überausgelauffenen Erfindungen / als wäre ich deroselben Rädelsführer
gewesen / theils wegen deß mir falschbezüchtigen Eh-
bruchs nimmer besänfftigen können : Er ist gantz und
gar aus unserm Dorffe entlauffen / gutwillig in das
Elend gangen / und von dem Tage an nimmer von
uns gesehen worden. Als ich von etlichen seinen be-
freundeten Hirten / welchen er den gantzen Inhalt
seines Verderbens beygebracht / sein Abreisen und
derselben Ursach vernommen ; habe ich mich gleicher
Gestalt aus unserm Dorffe gemacht / denselben überall zu suchen / und so lange ich Athem schöpffen werde / will ich nicht ermüden / biß ich meinen holdseligen
und höchsterwünschten Ehmann gefunden / daß ich
ihm meine Entschuldigungen und Unschuld wegen

auf-

aufgelegter Mißhandlungen mündlichen sage / und
solte ich auch nachmalen von seinen eigenen Händen
abgeschlachtet werdet.

Ich habe nun lange Zeit / als eine Fremde / zu dem
Ende herumbgeirret; aber es ist kein ansehnliches
Dorff und darinnen kein angesehenes Haus / das ich
nicht durchstrichen; noch dennoch bin ich bißanhero
so unglückselig gewesen / daß ich nicht die geringste
Anzeigung oder Nachricht von ihm einnemen können. Der beste Trost / so mich seit der Stunde gelabet / ist dieser / daß ich zween Tage hernach / als ich
unser Dorff gesegnet / in einem Thal die verwichte
Sylveria angetroffen; welche / als sie meines Mannes eigenwillige Pilgramschafft verstanden / hat sie
das übelausgeschlagene Fündlein gereuet / und war
gleich in dem begriffen / daß sie ihn suchen / die
Warheit erzehlen und umb Erlassung der ihm an-
gethanen Schmach bey ihm anhalten wolte. Aber
auch sie hatte ihn nirgends erwittert / und so bald als
sie mich ersehen / hat sie mir das gantze Trauerspiel
offenbaret / welches mich mehr als die kostbareste
Hertzstärckung gelabet / weil ich das jenige / was mir
niemals vor Ohren kommen / erfahren / wie es nemlich dahergangen / und wie sothanes Unglück über
unser Haus ausgegossen worden.

Ich bekenne es rund heraus: Ich / als ein schwa-
ches Weibesbild / wolte der losen Dirne den Hals
umbdrehen; und habe auch zu keinem andern Ende
die Vollziehung unterlassen / als daß sie mir meine
Drangsal mit Bekennung ihrer Bosheit erleichtern
könte. Bat sie derowegen / sie wolte ihres Theils
an Geschwindigkeit und mühsamen Nachsuchen
nichts erwinden lassen / und mir meine einige Hoffnung Montano erforschen helffen / damit auch ihm
dieses Handels Warheit kund gemachet würde;
und also hat sie sich / nach meinem Mann zu fragen /
auf eine andere Strasse geschlagen. Heute bin ich

E iiij   in die-

in diesem lustreichen Dannenwäldlein angelangt/
und habe mich auf Einladung deß angenemen Lufft=
bringenden Kühlschattens niedergelassen/ mich der
brennenden Mittagshitze in etwas zu entziehē: Und
weil die vielgünstige Glücksgöttin euch zu guter
Stund auch anhero getragen/ als sage ich euch vor
mir erwiesene Gewogenheit schuldigsten Danck; de=
mütigst bittende/ daß weil nunmehr die flammende
Himmelskertze den Mittelpunct eingenommen/ ihr
mich eurer Gesellschafft und Unterredungen wir=
digē möchtet; biß die Hitze/ welche jetzund am Mei=
sten brennet und ermüdet/ nachlasse.

Marcellio und Diana/ nachdem sie diese Geschicht
mit sonderbarem Beliebē angehöret/ hatten ein wol=
geneigtes Mitleiden mit ihr. Als sie sich auch nach
mancherley Wortverlierungen wegen angenemer
Erzehlung aufs liebreichste bedancket/ mit an die
Hand gegebenen Trostsprüchen ihren Unmut ge=
lindert/ haben sie/ ihrem Kumer vorzubauen/ sich wil=
liger als willigst erboten/ ihr mit Raht und That
beyzuspringen. Letzlichen unterliessen sie auch nichts/
sie mit in die Reisegesellschafft/ nach der weisen Fe=
licia/ auf= und anzunemen/ vielleicht könte sie auch
selbiges Ortes eine Artzney ihres Wehthums antref=
fen. So war auch ihrer aller Wolwillen sich das=
selbsten niderzulassen/ biß sich der grosse stralwerffen=
de Medauge nach Suden lenckete/ und die Schat=
ten verdoppelte/ welches auch der Ismenia obiges
Anbringen war.

Aber Diana/ welcher die Beschaffenheit selber
Landschafft durch und durch bekand/ indem sie alle
Forst=und Enstwälder/ Springquellen/ Blumwie=
sen und Schattenhöltzer wuste an den Fingern her=
zuzehlen/ verhinderte aller vorigen Beyfall; vor=
gebend/ es sey in der Gegend ein weitbelieblicher Ort/
und wäre ihr Raht/ daß sie sich dahin macheten.

Nachdem sie sich nun erhaben und ihre Weg fort=
gesetzet/

gesetzet / gelangen sie bald hernach in der Dianen be=
lobtes Wäldlein : Selbiger Ort übertraffe an di=
cker und überhäuffter Beschattung alle andere / wel=
cher in den Gebirgen und Thälern Arcadiens / durch
der Vorhirten kunstabgefaste Gedichte /. einen un=
sterblichen Ruhm verdienet ; dessen Bezirck war von
unzehlich dickbegrünten Ahornbäumen / Weiden
und andern umbschlossen / welche wann sie der ver=
buhlete Westwind anhauchete und dero volllaubig=
te äste schwenckete / gaben sie mit zischendem Blät=
tergeräusche einander zu verstehen / wie auch sie von
Liebespein nicht unbefreyet. Mit denselben wusten
die Sangvögelein mehr als kunstmässig einzustim=
men / welche / aus lauter verliebtem Mutwillen /
von Zweigen zu Zweigen hupffeten / die sanfftweben=
de Lufft mit hönigsüssen Klinggedichten anfülleten/
und aller anwesenden Gemüter / als mit einem wol=
riechenden Nectarregen/ansprengeten und zerflösse=
ten. Unter denselben strömeten sich etliche crystal=
line Wässerlein/ welche mit verwirreten Schlangen=
gängen diese Hirtenentweichung wässerten und mit
einer ansehnlichen Grüne verwunderlich macheten.
In dem Felde straleten tausenderley lieblicher und
holdseliger Blümlein mit ihrem naturlichprangen=
den Glantze / welche mit ihrem Wiederschein die E=
bene beziereten / als ob sie mit hohen Farben und
buntschattireten Blättern eines das ander scham=
rot machen wolte : Ob ihrer wol unterschiedene
Gattungen und verwechselte Schönheiten bedie=
neten sie doch alle einerley Ambt / und waren beflis=
sen/ von einem mit so vielen lebhafften Gemähle be=
striemten Felde / von einer mit so vielen lachenden
äugelein schammerirten Ebene / sich in einen Athem
zu vermengen / der einen so hertzstärckenden Geruch
von sich gebe / daß er auch kräfftig genug alle kum=
mervolle abschneidende Seelen zuruck zu halten/ und
die fasterstorbenen Verliebten / als mit einem kost=

E y   baren

baren Apothecker Rauchwerck / aus Rene wieder zu
beleben. Daselbsten giengen auch die Rehböcklein /
wilden Ziegen und andere Waldthier bey Herden
an der Weide / welchen die Jägermeister nachstelle-
ten / mit deroselben Fang und Fällung sich ergetzeten und die Zeit kürzeten. In diese Wälderlust haben sie nun der Dianen gefolget; welche zwar ge-
schwinder geeilet und den andern allen vorkommen /
damit sie den Schattenwald erlanget / der über
und über mit dicken Bäumen bewachsen und den Ort
bedachete / welchen sie ihr mit Bezeichung etlicher
Bäume bemercket / weil sie offtermals dahin- entwi-
chen. Sie waren nicht unsern davon / als Diana / welche sich der vielgepriesenen Wälderlust / wo sie Mittagsruhe zu halten gewillet / vor andern genähert /
die Finger auf den Mund geleget / dem Marcellis
und der Ismenia zu verstehen gebend / daß sie solten
sachte gehen und kein grosses Geräusche machen.
Die Ursach dessen war / weil sie däuchtete / sie hörete
in den Wäldern eine Hirtenmusic. Und nachdem
sie ihre Ohren auf die Schildwache gestellet / vermeinete sie / es wäre die Stimme Tauriso und Berardo / die beyde wegen der Liebe / so sie gegen ihr he-
geten / viel ausstunden / wie allbereit gesaget. Und
damit sie die Gewißheit dessen erkundigen möchte /
näherte sie sich je mehr und mehr / und versteckete sich
unter die daselbst hervorgewachsenen Cornel- und
Mastixbäume. Der Augenschein vergewisserte ihre Meinung; denn beyde Hirten warens / zu welchen sich gefunden ein wolgezierter Jüngling und
eine schöne Jungfrau / daß er ansehnliche Kleidung
nichts minder als ein adeliches Herkommen andeu-
tete. Diese beyde / ob sie sich zwar in etwas traurig und von der Reise abgemüdet stelleten / leuchtete doch aus ihren holdseligen Augen und deß gantzen
Leibes wolgeberdeter Vorstellung eine sonderbare
Tugend, Als nun Diana diese erwischet / troche sie

wieder

wieder zurucke / damit sie nicht von ihnen ersehen oder der Muse verhinderlichen wäre. Indeß spatzireten nun auch Marcellio und Jsmenia zu ihr ; da sie sich denn ingesamt / bey dem nechsten Hagedorn / umb das sie nicht gesehen würden / nidergesetzet / die Stimmen der in die Wette singenden Hirten verständlicher anzuhören ; deren Lieder den gantzen Wald durchschalleten und mit lieblichen Wechselstimmten einander begegneten / wie das folgende Buch berichten wird.

Ende deß zweyten Buchs.

Das dritte Buch.

Je Verrähterey und Bosheit eines bösen / verletzten und einmal beleidigten Weibesbildes unterwindet sich dergleichen grausame und abscheuliche Sachen zu verrichten / daß auch keine hertzhaffte und unverzagte Mannsperson gefunden werden kan / die / dergleichen That anzugehen / und zu Wercke zu richten / ja nur daran zu gedencken / erzitteren und erstarren würde : Und was noch ärgers darzukomt / so ist das Glück den Weibespersonen gleichsam befreundet / und der irdischen Seligkeit deromassen geneigt / daß es gemeiniglich / wann die Gunst ein Ende hat / denen lasterhafften Unternemen beypflichtet / weilen es das weisse Blätlein / wornach sie zielen / meisterlich inne hat / nemlich daß sie den behäglichen Wolstand der Menschen / mit unerhörten grausamen Thaten / in einen klägslichen Jammerstand verwandeln. Es ist die Grausamkeit der Felisarda übergroß / welche seinem / wiewol fälschlich hinter das Liecht geführten Vatter so

E vj   langs

lange in den Ohren gelegen / biß er seinen eigenen
Sohn verstossen und enterbet. Dem Montano hat
sie mit vergeblichem und im Grund erlogenen Plau-
dern dahingebracht / daß er seiner Liebsten Ismenia
den Kauff aufgekündiget und von ihr gelauffen.
Das Glück oder vielmehr das Unglück hat gewollt /
daß ihr ihre teufflische Bosheit nach Wunsch hin-
ausgelauffen : Doch gedencken wir / mit Erzehlung
dieser Geschicht niemand dahin zu bereden / daß er
ins gemein dem gantzen weiblichen Geschlecht abhold seyn und ihme alles Böse beymessen solte ; vielmehr soll ein jeder diß dahin verstehen / daß er es be-
hertzigen und sich vor dergleichen Felisarden behutsam
fürsehe ; deren doch / Gott Lob / heute zu Tage wenig
gefunden werden. Viel eine grössere Anzahl ist derer / die da sind lebendige Beyspiele aller löblichen
Tugenden / herrliche Muster wolanständiger Sitten / aller Sterblichkeiten vortreffliche Zieraten
und hellfünckelnde Gestirn der menschlichen Gesellschafft ; deren Treue / Weisheit / Rahtgebung /
Klugheit / Erbarkeit der weltberühmtesten Poeten
wolgefertigte Lobgedichte verdienen. Ein Auszug
aller oberwehnten Tugenden und Schönheit sind
Diana und Ismenia / welche / wegen der vielfälti-
gen / hochverwunderlichen und in ihnen / als in einem irrdischen Paradis / miteinander vereinbarten
Tugenden und himmlischen Schönheiten / alle / zu dero
Zeit / berühmte Schäferinnen übertroffen ; dero viel-
mögende Vollkommenheiten unsere Geschicht der
Nachwelt darzulesen gibt ; deren / indem wir in der
Ubersetzung folgen / verständigen wir euch / daß sich
Marcellio obbelobten Nymphen zugesellet / sich auf
das Riedgrase zu ihnen gesetzet / und denen spielenden Tauriso und Berardo zugehöret :

Berardo:

✳

Berardo:

Tauriso/die Winde durchmurmeln die Wälder/
  Ermunterend' unsere matte Gemüter:
Der liebliche Schatten beluftigt die Felder/
  Die Ohren und Augen/ und alle Gelieder.
Crystallne Flüsse besafften die Auen/
  Man riechet der buntlichen Blümelein Tüfften/
Sie schmücket und schmincket das perlene Tauen:
  Doch klagen Verliebte mit Seufftzen in Lufften/
Die grausame Liebe plagt unsere Hertzen/
  Verspottet Gerechtigkeit/ hasset die Treue/
Bestraffet Unschuldige/ quälet mit Schmertzen/
  Wir weinen/ wann lachet deß Lentzens Gebäue.

Tauriso:

Und solte sich täglich die Erden erneuen;
  Muß jeden/ der liebet/ doch alles betrüben.
Was solte dergleichen Personen erfreuen/
  Die stätiger Jammer und Kümmerniß üben.
Der/ welcher vermessen erwünschet Behagen/
  Wañ ächzen und lächzen seim Stande gebühret/
Den straffet Cupido mit billichen Plagen:
  Inmassen er/ gleichsam gefangen geführet/
Verachtet die Fessel/ und lachet der Flammen.
  Der Sieger bestraffet der Frevler Erkühnen;
Er kuppelt liebeigene Knechte zusammen/
  Verkauffet sie alle dem Glücke zu dienen.

Berardo:

Es kräncket wol wieder/ der einmal genesen?
Es trauret/ der mehrermals frölich gewesen.
  Der heute befreyet/ wird morgen gefangen/
  Der lebet/ kan leichtlich zun Todten gelangen.
Ich kenne die Liebe/ den wilden Tyrannen.
Wer wolte sich wider sein Willen ermannen?
  Gedultig! O Seele/ diß alles zu leiden/
  Was nirgend in deinem Vermögen zu meiden:

E vij   U.

Und wolteſt du brennendes Lieben vermindern/
So würdeſt du leider dich ſelbſten nur hindern.

Tauriſo:

Die Hirten in Hürden die Liebe beklagen/
Doch leidet ja keiner ſo ſchmertzlich o Plagen:
   Dann dieſer Tauriſo ihm ſelbſten vermehret
   Den Jammer/ durch eine liebthreuen verzehret:
Sie gleichen den Flüſſen und trieffenden Quellen/
In welchen die Ströme deß Traurens erhellen/
   Ich wünſche nur täglich Dianen zu ſehen/
   Und ſehe ſie nimmer ohn ängſten und Flehen:
Abweſenheit kräncket/ die Gegenwart tödet;
Ich bleibe mit Sterben und Leben befedet.

✿

Berardo:

Es ſchwingt der ſüſſe Weſt der äſte Schattenband/
   Die frohe Nachtigal erfreuet ihre Wacht:
   Die bittre Traurigkeit hält bey mir Tag und
      Nacht.

Tauriſo:

Der Blumen Wieſenruch begeiſtert Lufft und Land/
   Die grüne Frülingszeit erneuet Gras und Laub:
   Ich aber lige ſtets betrübet in dem Staub.

Berardo:

Ich kenne mich faſt nicht in dieſem Elendsſtand/
   Der überhäuffte Schmertz macht mich gantz uns
      bedacht:
   Mein Sñ entſihet ſich und wird der Liebe Raub.

✿

Tauriſo:

Waß ich bey mir bedacht ein Feldlied zu beginñ/
   So ſtarklet meine Zung in liebverirten Sinnen:
   Deßwegen ſinge du ein Kunſt Geſang/

                 Das

Das unterbrochen ist mit dem Weinen /
Dadurch du wirst berühmt in den Heinen.

Berardo:

Was solte gegen dir mein Leyrenklang?
Berardo / ich will nicht mich dir vergleichen /
Dann ich mit Schanden müst zurücke weichen /

✤

Tauriso:

Sing heller Morgenstern
    Und du beliebter Buhl /
Sing / wann du singest gern /
    Von unsrer Marterschul /
Von dem strengen Liebeszwang /
Oder dudel den Gesang /
    Welchen du nur kanst allein!

✤

Berardo:

Es kan kein Löw noch Tiger seyn /
    Der von meinen Liebesschmertzen
    Nicht solt in den wilden Hertzen /
Mit mir wollen tragen Leid:
    Aber / da ist kein Erbarmen /
    Ihr Hertz lässt sich nicht erwarmen
Ob erstarrter Härtigkeit.

Tauriso:

Ach! der Hirtin Härtigkeit
    Kan fast ihrer Schöne gleichen /
    Deren alle müssen weichen.
Wo ist solches Ungelück?
    Wie kan ich Verliebter leben /
    Den der Liebe Widerstreben
Hat bestränge mit solchem Strick.

Berardo:

Ich empfinde solche Strick':

Und

Und indem sie mich verachtet/
Bin ich gleichsam gantz verschmachtet/
Biß Diana Augenliecht
Mich geruhet anzutagen.
Was soll der vom Lieben sagen/
Dem Verstand und Geist gebricht?

Tauriso:

Wem Verstand und Geist gebricht
In dem stäten Seufftzenlernen/
Muß sich wol der Geist entfernen
Und sich sehnen nach dem Grab.
Der dem Dienstjoch will entfliehen/
Muß getrieben stärcker ziehen/
Von Cupido Racheestab.

Berardo:

Es hat deß Himmels Gnad Dianen so geziert/ |
Daß auch die schönste Blum muß neben dir
verbleichen.
Der Auen Lentzendeck kein solches Lob gebührt/
Die bletche Rosenfarb muß deinen Wangen wei-
chen.
So bleibe deine Herd vom Unfall unberührt/
Sie wachse; keine nicht sey deiner zu vergleichen
An Böck-und Lämerzahl'/ihr Wolle werde Gold:
So wünsch' ich/ wann du mir wilst werden treu und
hold.

Tauriso:

Der Göter milde Hand hat/ Hirtin/ dich geziert/
Daß deiner Augen Liecht muß aller Schönheit
weichen/
Es hat der weisse Schnee kein solche Farb geführt/
Wie du im Angesicht; die Liljen müssen bleichen.
Die Weide bessre sich/ die deiner Herd gebührt/
Dir soll das fette Feld Frücht über Früchte rei-
chen.

We

Wo du die Schafe tränckst/ da quelle lauter Gold/
So wünsch' ich/ wann du mir wilst werden treu
und hold.

In dem Augenblick thaten der adeliche Jüngling und die wolbekleidete Nymphe denen Hirten
Inhalt/ und sagten ihnen weitläufftig Danck wegen
der wolvergnügenden Freudenlust/ die sie aus an-
gehörter Music erhalten : Darnach wendete sich
dieser Jüngling zu der Nymphen ; hast du wol/ sagt
er/ Schwester in prächtigerbaueten Städten jemals eine dem Gemüt angenemlichere und in den
Ohren lieblichlautendere/ als dieser Feldleute ein-
fältig von Natur angestimmete Music geklungen/
angehöret.

Warlich/ antwortete diese/ mich belustigen diese
Hirtengedichte/ von allem Betrug und Falschheit
entfernete Schäfferreimen vielmehr als die in hoher Potentaten Palästen und königlichen Höfen
verdrehete/ kunstfügige/ versüssete und mit tausenderley neuen Erfindungen verwechselte/ geschleif-
sete/ abgemessene/ gleichtönende Sangstimmen.
Und soll niemand einigen Zweiffel darob schöpffen/
daß die Schäfermusic dieser/ wonicht vorzuziehen/
jedoch gleichgültig zu achten/ massen meine Ohren
durch die allerlieblichstgesetzten Gesänge/ welche die
vortrefflichsten Capellmeister/ die in volckreichsten
Städten oder irgend an einem königlichen Hofe
heute zu Tage in der gantzen Welt möchten angetroffen werden/ deromassen verzärtelt worden/ daß
ich leicht weiß eine Dorffschalmey und Hoftafelmu-
sic zu unterscheiden. Dann als Marcellio (ach wo
ist die Zeit hinkommen!) meiner Schwester Alcide
noch aufwartete/ pflegte er ihr bey Mondenschein
eine Music zu bringen/ indem er wuste seine Stimme zierlich mit der Cithern zu vermählen; mit solcher Holdseligkeit und durchgeführter bebender
Stimme/ daß wann Orpheus/ von dem die Poeten
so viel

so viel Wesens machen / mit dergleichen Wissenschafft und Lieblichkeit wäre begabet gewesen / dürff-
te sich niemand wundern / daß er die wilden Thiere /
mit seinen hertzbeweglichen Melodeyen / nach sich ge-
zogen / und Eurydicen / sein hertzgeliebtes Ehweib /
aus dem höllischen Abgrunde wiederumb an das Ta-
geliecht gebracht. Ach Marcellio / in welcher Gegend lebest du? Ach Alcida / in welcher Welt bist
du anzutreffen? Ach mir Hülfflosen / kein Augenblick gehet vorüber / da mir nicht das Glück das Gedächtniß deß jammererweckenden Unglücks vorstel-
let und erneuert / wann ich etwan meine Marter-
angst mit erziemender Ergetzlichkeit auf ein Kleines
vertauschen will. Marcellio / welcher sich mit der
Diana und Ismenia um selbige Gegend unfern verstecket / höert mit Fleiß / was diese Nymphe sagte /
und als er seinen und der Alciden Namen vernommen / gieng es ihm über die Massen zu Hertzen. Er
trauete seinen Ohren allerdings nicht: Er gedachte hin und her / vielleicht ist es ein anderer Marcellio / vielleicht ist es eine andere Alcira / derer man
gedencket. Je dennoch kunte er sich nicht länger halten / gieng aus seinem heimlichen Winckel hervor /
und betrachtete sie mit seinen herumbflattirenden
Augen etwas genauer; biß er letzlichen verständiget worden / daß dieser Jüngling und diese Nymphe
der Polydoro und die Clenarda wäre / beyde leibliche Geschwister seiner Alcida. Worauff er durch
das Gesträuche reisset / in höchster Eil mit ausgespanneten Armen auf sie zurennet und mit nassen Augen sie umbfänget / indem er bald die Clenarda /
bald den Polydoro küssete / also gar / daß wegen überhäuffter Freuden die Rede zurückgetrieben worden
und er in langer Zeit kein Wort vorbringen konte.

Das leibliche Par Geschwister wusten / wegen
der unverhofften Begebenheit / nicht / was sie thun
oder lassen solten. Massen man nimmermehr ge-
wehnet /

wehnet / daß das der Marcellio seyn solte / weil er in
Schäferhabit hereintratt ; biß so lange er seine
Seufftzen / ächtzen und Thränen lüfftete / sich nicht
länger zu enthalten vermochte / und folgends her-
ausbrach : O ihr meine mehr lieb = als liebliche Geschwister / ich kan nun meines Unglücks leichtlich
vergessen / weil mich die milde Himmelsgunst mit
euerer Wiedersehung beseliget : Aber wie seh ich
die Alcida nicht bey euch ? vielleicht habt ihr sie hinter einen dicken Heckenstrauch verstecket ! Ich bitte
euch umb Gottes willen / vergewissert mich der Sachen Beschaffenheit / ach ich falle euch zun Füssen /
kommet meinem Elend und inbrünstigen Seufftzen
zu Hülffe.

Nach Abredung dessen erkanten diese Geschwister
den Marcellio / fielen ihm umb den Hals und wei-
neten vor inniglichen Freuden mit dieser Beant-
wortung : O du glückseligster Tag / O niemals vermeinete und unverhoffte Freudigkeit ! O hertzlie-
ber Bruder ! was vor ein widriges Gestirn / was
vor ein unglückseliger Planet verwegert es wol /
daß wir unsere vielgeliebte Alcida nicht nebenst dir
sehen ? wer hat dißfalls unserer Freude den Kopff
abgebissen ? Warumb bist du in eine so ungebührli-
che und ungestalte Kleidung gekrochen ? Unbarm-
hertziges Glück / wann wir es beym Liecht besehen /
so ist alle menschliche Freude unvollkommen! Auf
der andern Seiten / als Diana und Ismenia sahen
den Marcellio durch Strauch und Hecken hindurch-
reissen / auf den Ort zu / wo die musicirenden Hirten
sassen / folgeten sie ihm auf dem Fusse nach / und
worden gewar / daß er mit Polydoro und Clenarda
obige Worte wechselte : Tauriso aber und Berardo wurden ob so unversehener Anwesenheit der Dianen deromassen mit tausenderley Freuden angefüllet / daß es schwer fallen würde / selbiger Verzuckung
in etwas zu entwerffen.

Tauriso

Tauriso ließ solch ane Glückseligkeit nit mit Stillschweigen vorüber rauschen / sondern gab mit gunst-
reitzenden Angen und in der Lieb ausgelernten Geberden sein hupffendes und für Freuden springen-
des Hertz überflüssig zu verstehen / weil er ihr also zu-
sprach : Allerschönste Diana / das Glück lachet uns
heute überfreundlich an / indem es uns die Nymphe /
der unsere Gesellschafft widrig / über alles Verhoffen / da wir auch nicht einmal im Traume daran gedacht / selbst zu unterschiedenen malen vor Augen
gestellet.

Lieblöbliche Hirten / antwortete Diana / dieses ist
im minsten nicht dem Glück beyzumessen / sondern
euer in der Music süßklingenden Ubung zuzuschreiben ; massen umb diese gantze Gegend kein lustrei-
cherer Ort hierzu füglicher ist / welchen ihr doch
mit eurer lobwirdigsten Feldmusic umb so viel desto mehr berühmter machet. Aber weil wir allhiero /
da sich keiner deß andern versehen / versamlet / und
nunmehr der Fürste der Planeten die Mittelstrasse
deß Himmels durchrennet / als wäre mir gefällig /
ter grausamen Mittagshitze in eurer Gesellschafft /
auf beschehene Einladung / diese Feldlust zu entschlagen ; wiewolen mir wenig Zeit mehr übrig wegen schleunigster Begrüssung der Felicien ; jedennoch will ich mich anschwer von euch auf ein Kleines halten lassen / damit ich / wenn sich das Wetter
kühlet / eine lüfftigere Reise haben möchte / indessen
will ich aus eurer versüster Hirtenmusic ein beson-
deres Belieben schöpffen.

Derowegen ergreiffet die Säiten und machet euch
mit dem Singen fertig / unterlasset im Wenigsten
nichts / was zu sattsamer Hertzergetzung dienlich / zumalen weil es die grösseste Schande von der Welt
wäre / entweder aus Trägheit oder Mißgunst einer
so ansehnlichen und niemalsvermeineten Gesellschafft Belieben ermangeln.

Ihr

Ihr aber / wolgeborne Ritter und hochadeliche
Nymphen / machet mit eurem Zährenfliessenden
Jammerklagen einen Stillstand ; es wird sich schon
hinfüro anderwerts Zeit und Gelegenheit ereignen /
daß ihr umbeinander erzehlen und die euch hin und
her aufgestossne Glücksbegegnüssen anhören könnet / woraus auch dañ nach Beschaffenheit deß Wol-
oder Ubelergehens gnugsames Leid oder Freud erwachsen wird. Dieser heitere Mittag und der Kühl-
schatten erheischen Hirtenlust. Ihnen allen gefiel
Dianen Raht thulich und wol ; derohalben lager-
ten sie sich umb einen crystallhellen Brunnen / welcher daselbst rieselnd hervorwispelte / und liessen sich
allerseits auf die selbgewachsenen und grüngezier-
ten Wasenbäncke nider ; Dieser Ort übertraff alle andere daselbst befindliche Triften beydes an anmutiger Augenweide und geruhiger Entweichung /
er begab keinem Lustwalde der Neapolitanischen
Berge etwas bevor / welche doch der Poet Since-
rus mit seinen wolausgemachten Versen trefflich herausgestrichen.

In der Mitten dieses Lustwaldes war ein vier-
eckichter / ziemlich = erweiterter Platz auf allen Seiten viertzig Schritt in sich begreiffend / umb und umb
mit dickbesetzten gleichgegipffelten schattenwerffen-
den Bäumen bezieret / und aufgeführet gleich einem
wolverwahreten Castell / das Zirckelrund in einem
Hegewald umbschlossen / zu welchen man nur auf
einem / wiewol müh= und arbeitsamen / Fußsteige
gelangen kan / wann einer gesonnen / in desselben
frisch begrünten Schos zu rasten / und daselbst seine
Augen ungesättiget zu ersättigen. Das iñere Blachfeld und ebene Grüne stralgläntzete von vielfältig=
lieblichverwirreten = und verirreten Goldblumwer-
cken / daselbst weidete keine Wollenherde / kein Zie-
genvieh / kein Rind kunte diesen Wohnplatz der
Freuden verunehren / kein Blümlein ward mit Füssen zer=

sen zertretten / kein Kräutlein mit Zähnen abgefreß
sen; sondern freueten sich in ihrer lieblichvermische
ten Unordnung / ohne Betrübungen.

Am mittelsten dieses Ortes rauschete aus dem
Fuß einer steinalten und dahero geehrten Eichen ein
grundklarer Springbrunnen / welcher / nachdem er
sein silberhelles Wässerlein an den bestimmten Ort
fortgeflösset / mit seinen vierröhrigen Tiefen einen
Strom machete: Man hätte tausend Eid geschwo
ren / es wäre der Zusamen=Fluß der Wasser / durch
kluges Zuthun eines sinnreichen Werckmeisters /
verfertiget worden: Also gar war die künstlichste
Kunst von der Natur überwunden worden: Die
Wässerlein / so zusammenfielen / sättigten nicht al
lein mit dem Klatschen der würblichten Uferwellen
die Ohren / sondern fülleten auch mit dem zertheile
ten Geäder die Augen/dahero er mit höchstem Recht
vor einen Ausbund der Brunnen / von der gantzen
Versamlung / ausgeschrien wurde. Die Ufer die
ses Brunnens waren vom weissen Marmor ausge
fällig=und vernunfftreimend abgetheilet / daß män
niglich gewettet / sie wären auf das Allersorgfältig
ste mit dem unbetrüglichen Winckeleisen abgemes
sen worden; aber die von der Natur ausgearbeite
te Waldhütten zeigeten und bezeugeten mit den her
fürkriechenden Wurtzeln / daß es ein lebhafft Werck
sey / nicht anderst als wie auf überaushohen Ber
gen / Felsen und Steinklippen wachsen.

Das überflüssige Wasser trieb sich ohn Aufhö
ren aus dem Marmorlager / es eilete durch zwey
nahangelegene Rinnen / und tränckete die hin = und
wieder = ausgebrochenen Baumwurtzeln / es reiche
te den verwunderlichen Platze niemalsmangelnde
Feuchtigkeit / also daß ihm zu keiner Zeit kein be
grüntes Laubwerck noch andere Gärtenzier abgieng/
sondern fort für fort mit hohem Lobe in geruhlicher
Beheglichkeit und annutiger Stille blühete. Dies

ser nas

ser natur und kunstgezierte Lustwald/ wie auch dessen
Brunnenwasser waren bey allen Hirten derogestalt
belobet/ daß kaum ein Tag vorbeygieng/ da nicht etliche Gesellschafften umb selben sich befunden/
im allzeit grünen Grase/ mit kurtzweiligen Spielen
und festgewöhnlichen Ergetzungen/ die Zeit verbrachten. Doch ward keiner unter ihnen allen ge-
funden/ der nicht seine Herde ausser dem Fußsteige
dieses Lustwaldes stehen liesse/ massen sie ihn als einen geheiligten und geweiheten Ort fürchteten und
ehreten/ damit nicht das hellleuchtende Brunnenwasser irgends getrübet oder die lustweckende
Puschweide von den übelgehüteten Schafen abge-
etzet würde.

Umb diesen vielgepriesenen Brunnen satzte sich/
auf Gutachten der Diana/ unsere Gesellschafft/
und gaben/ was sie vor Essen zu sich genommen/ aus
ihren Hirtentaschen zum besten/ welches sie dann ins
Gemein/ mit grösserer Begierde und wolschmecken-
der Annemlichkeit/ genossen/ als immermehr die Ge-
richte/ so Trachtenweise auf grosser Herren Tafel
aufgesetzet werden/ da man/ wegen der seltzamen
Zurichtung/ nicht weiß/ welches man am Ersten an-
greiffen soll/ und die Menge köstlicher Speisen einen Eckel machet. Nach gehaltener Mahlzeit wie
eines theils Marcellio/ auf der andern Seiten Clenarda und Polydoro nichts mehr begehreten/ als
daß eines von dem andern Bericht einziehen möch-
te/ wie es ihnen/ seit der Zeit ihrer Zertrennung/
ergangen.

Marcellio machte den Anfang hiesiger Gestalt:
Ihr meine mehr als leibliche Geschwister/ ich hätte
längst gerne Vergewisserung von euch eingeholet/
was euch/ nachdem ihr uns aus den Augen gerissen
worden/ zu Händen kommen/ und welcher Gestalt
ich euch/ ohne euren alten Vatter und Schwester
Alcida/ hier angetroffen. Die Anstösse meines wan-
delnü-

ckelmütigen Hertzens haben mir bißanhero trefflich
zugesetzet / welches ihm / weil es der Warheit un-
fähig / Wunderdinge einbildet.

Polydora fieng diese Rede auf vnd beantworte-
te sie der Gestalt : Wiewol dieser Freudenplatz
ein anders erfordert / als alte Schmertzenswunden
wiederanfrissen ; so würde es auch eine straffbare
Unhöflichkeit seyn / diesen lustgesinnten Hirtenchor
mit unglückbetreffendem Schwatzen melancholisch
zu machen / und freudige Ohren mit traurigen Geschichten zu übertauben; je dennoch will ich dir / so
kürtzlich als ich immer kan / erzehlen / wie die Anfeinderin das Glück / seit es uns verschlagen / so
grausam mit uns gehauset.

Als ich von den Schiffern / wie dir nicht unwissend / verhindert worden / daß ich meinen übelgeplag-
ten Vatter der Gefahr und deß stündlichen vor Augen schwebenden Schiffbruches nicht entnemen und
in den angehangenen Nachen versetzen köñen: Sondern gezwungen worden / benebens ihm darinnen zu
verbleiben ; Der gute alte Herr hat sich dermassen
übelgehabt / als irgend immermehr ein Vatter / der
in seinem hohen Alter sich und seine Kinder in so un-
umbgänglicher Lebensgefahr befindet. Er achtete
nichts die grausamen Schläge der Wellen / welche
das Schiff auf allen Seiten bestürmeten / nichts
das erzürnete Toben der Winde / so es umb und umb
mit Sausen und Brausen schrecketen ; sondern er
verwandte kein Auge von dem wegfliessenden Kahn /
welcher euch Marcellio mit der Elenarda und Aleida wegtruge /. den auch die Wellen bißweilen mit
hinauf biß an die Wolcken führeten / bißweilen
wiederumb mit sich in den bodenlosen Abgrund ris-
sen / und je weiterer er von uns weglieff / je hefftiger
nagete und plagete sich sein Vatterhertz / daß es schiene / als wolte ihm selbiges aus dem Leibe heraus
springen. Als ihr euch aber nun gantz aus dem Ge-

sichte

sichts- verloren / vermeineten wir samtlich / er
würde eines jehtingen Todes sterben. Das Schiff
ergab sich den Wellen auf Gnade und Ungnade /
folgete dem Ungewitter / wo es dasselbe hintrieb/ und
nachdem wir ausgesprungen / ist es noch gantzer
fünff Tage von dem wütenden Meeresschaum auf-
und nidergeworffen worden / biß wir letzlichen / kurtz
vor Untergang der Sonnen / Land erblickten / von
welchem wir uns nimmer weit befanden. Wie hoch
wir darob alle erfreuet worden / kan ich nicht aus-
sprechen. Die Bootknechte selbsten jauchtzeten / beydes / weil sie einer strengen und langwirigen Lebensgefahr entworden / und dann / weil sie Land sahen /
daran wir anländen konten. Denn / so viel wir an
dem Ufer abmerckten / war es ein trefflich ange-
bautes / trächtiges und lustreiches Land / dergleichen irgendswo die Sonne bescheinen möchte. Des-
rowegen ergriff der Schiffer einer seine Leyer / mit
welchem Säitenspiel sie die Zeit der weitentlegenen
Schiffarten zu türtzen pflegen/ spielete und sung folgendes Klinggedichte:

Nachdem Neptun in höchsten Ungenaden
Uns unsrers Masts und Segelbaums entladen /
   So nimm uns auf/ du glückerfüller Strand/
   Du Königreich Valentz/ du stetes Lentzenland/
   Du fühlest nicht deß Winters Eisband /
   Du schmaucheft nicht vom brannen Sohenbrand/
Es lachen stets bey dir die Flußnaiaden/
Die in dem Thal in deinen Gründen baden.
   Der Bauer kan mit mindrer Mühe pflügen/
   Als in der See mit Wind' und Wellen kriegen.
Wol dem / der hier aus deinen Quellen trinckt/
Weh dem / der dort in wilder Flut versinckt/
   So folgen wir nun deinen Glückesstrassen/
   Die wir das Meer und Stürmerwürbel hassen.

Aus deß Schiffmanns Gesange / welcher traun

F   tein

ein Narr / verstunden wir so viel / daß das Land /
welches wir sahen / das Königreich Valentz wäre /
ein Land / so weit die Welt bewohnet wird / hochge-
priesen. Ehe aber dieser abgesungen / war unser
Schiff mit einem so gewaltsamen Winde Ufer-
werts getrieben / daß wenn wir einen Nachen bey
Händen gehabt / hätten wir es mit Springen erreichen wollen. Aber es wurden unserer Dahinkunfft
etliche Fischer vom Weiten gewar / welche / als sie
unserer zerrissenen und überallabhangenden Segel
ansichtig worden / wie der Mast auf die Seiten geschlagen / die Schiffseile zertrümmert / die Schiffgänge und Seitenbretter zerschmettert und durchgebracht / konten sie leichtlich mutmassen / was Gefahr wir entgangen. Derowegen sprungen sie aus
ihren Fischerkähnen in andere Nachen / welche sie /
als in einen sichern Hafen / an die Ufer anbunden /
auf uns zueilende; worauf sie uns nicht mit gerin-
ger Müh / jedoch grossem Mitleiden / aus dem
Schiff ausluden und zu Lande setzten. Wir / die
wir wieder zu recht gebracht werden solten / empfien-
gen sie mit so grossem Frolocken / dergleichen kaum
gläublich ist von denen jenigen / welche einem grausamen vor Augen schwebenden Tode entrissen. Denen Fischern / welche uns Unbekandte mit so wolge-
wisleter Demut von freyen Stücken in ihren Käh-
nen an das Land geführet / wolten ich und Eugerio
mit weitläufftigen Dancksagungen begegnen / und
zu schuldiger Gegenerwiederung boten wir ihnen alle das Unserige an: Sie aber / von Natur freundli-
che Leute / gaben aus einfältigem und wolgemeintem
Gemüte nicht grosse Achtung auf unsere Anbrin-
gungen und Bedanckungen; massen uns einer aus
ihrem Mittel also anredete: Ihr Herren / es bedarff
es nicht / daß ihr uns wegen eurer Rettung mit so
ansehnlichen Wolthaten beschencken wollet / sondern
messet es unserer verpflichteten Dienstschuldigkeit

zu/ mit welcher wir verbunden/ allen mit widrigem
Glück Seefahrenden/ nach gantzem Vermögen/
beyzuspringen und hülffliche Handreichung zu thun;
ebenmässig auch unseren ferner geflissenen Willen/
welchen wir nochmal niemanden verwegern wollen/
noch seithero abgeschlagen haben. Denn gewißlich/
welches ihr uns sonder Zweiffel zutrauen möget/ so
hat uns niemals einige Lebensgefahr abgeschrecket/
da wir nicht/ in allen Begebenheiten/ uns williger
als willigst erwiesen/ und noch darbieten allen denen
jenigen/ die unserer Hülffsmittel benöhtiget/ auf-
zuwarten. Vornemlichen weil uns heutigs Tages
ein lebhafftes Exempel in frischer Gedächtniß schwebet: Denn weñ wir nicht diesen/ wie jetzo euch/ vor wenig Stunden/ wären zu Hülffe koñen/ so wären wir
je nicht werth/ daß uns der Erdboden trüge und die
Sonne beschiene. Es wird euch verhoffentlich nicht
verdrießlich seyn/ wann wir euch den gantzen Un-
glücksfall erzehlen.

Als wir heute bey früer Tageszeit/ nach Ge-
wonheit/ aus unsern Hüttlein ausgiengen/ mit unsern Netzen und anderm Fischerzeuge ausgerüstet/
haben wir uns auch mit nohtdürfftiger Unterhal-
tung versehen: Eh wir uns aber dem Ufer genä-
hert/ wurden wir gewar/ wie sich der Himmel über
und über mit schwartzen Wolcken umbhüllete/ die
Wasserwogen sauseten und brauseten/ die Winde
stürmeten und würbelten/ dahero wir zweymal willens waren/ uns wieder nach Hause zu machen/ weil
wir nicht allerdings umb so gefährliche Zeit dem ungetreuen Wellen traueten: Andere aber unsers
Handwercks riehten/ man solle ja nach dem Ufer
rudern/ damit man die Anzeigungen deß cünfftigen
Ungewitters umb so viel desto besser warnemen cön-
te: Massen offtermals solche Anmerckungen vergeb-
lichen/ weil darauf/ zu mehren Malen/ das Meer

F ij   gantz

gantz still worden / und die Winde sich denen See-
fahrenden nach Wunsch günstig erzeiget.

Als wir nun dahin gelanget / sahen wir in der Ferne einen Kahn ohne Ruder und mit zerbrochenen
Mast / welchen die erbosten Wellen bald Himmelan trugen / bald wieder Hellenab stürtzeten / der
nichts gewisser als den augenblicklichen Schiffbruch
zu gewarten; massen wir auch euch in dergleichen
Zustand angetroffen. Wir sprungen ohne Verzug /
aus Mitleiden bewogen / in einen unserer wolverwahreten Kähne / stiessen ab / und lieffen auf die
Höhe / jageten / ungeachtet deß ergrimmeten Was-
serschaums / dem Kahne nach / welchen wir nach
kurtz verwichener Frist erdappeten.

Als wir nun näher hinzugesegelt / umb zu sehen /
was es für Leute darinnen gebe / ersahen wir eine
Jungfrau / derer Namen wir jetzo noch nicht gedencken können / welche mit ihren Haaren kriegete / und
sich in ihren überhäufften Thränen gleichsam bade-
te : Bald begehrete sie mit ausgestreckten Händen
unserer Hülffe / ruffte und schrie mit erbärmlicher
Stimm und jämmerlichen Wehklagen : Ach lieben Brüder / ich bitte euch umb Gottes willen / errettet mich / errettet mich von dieser doppelten Gefahr /
nemlich von der Gewalt deß stürmenden Ungewitters / und dann von einer vielfeintseligern Bedräng-
niß / nemlich von der Hand dieses verruchtē Secretä-
bers / welcher mich wider Recht und Billichkeit gefangen weggeführet und Gottsvergessener Weise
mich meiner jungfräulichen Ehren gewaltsam berauben will. Nach Erhörung dieses haben wir uns /
nicht ohne augenscheinliche Gefahr / höchlich bear-
beitet / nicht allein sie / sondern auch die schönen
Vögel / die Schiffleute / aus dem Kahn in unser
Schifflein überbracht / und nachmal an das Land
ausgesetzet. Hierauf hat sie uns der Schelmen Bubenstück offenbaret / wie sie ihren Befreunden und

selbst-

leibliche Schwester hinter die Warheit hingeführet
und betrogen / welches langweilig anzuhören. Die
Nymphe haben wir bey unsern Weibern zu Haus
gelassen / gesichert vor dem unzüchtigen Beginnen
solcher zweyen Buben: Diese aber haben wir in der
Nähe in das Gefängniß geworffen / welche nach
wenig verflossenen Tagen ausgeführet und nach
Verdienst am Leben abgestraffet werden sollen.

Derohalben / damit wir wieder auf unsere vori-
ge Rede kommen / wer wolte sich nicht ferner in Gefahr begeben / Leib und Leben wagen / die jenigen /
mit dem es gantz aus ist / zu retten / und denen / welchen die Seele schon auf der Zungen sitzet / die Hand
zu bieten. Als nun Eugerio diesen schwatzenden Fischern Gehör gegeben / lachete ihm das Hertz im Leibe / in Meinung / es were diese Nymphe vielleicht eine seiner Töchter. Dergleichen Gedancken stiegen
auch nichts minder bey mir auf. Uns beyde aber
tröstete damal die Hoffnung / welche uns gleichsam
versprach / wir würden die Nymphe bald zu sehen
bekommen / und würde uns / was wir gemutmasset /
war werden.

In dieser Besprächung hatten uns die Ruder zu
Land getrieben / und war nunmehr an dem / daß wir
austretten solten. Die Fischer sprungen mit blossen
Füssen in das Wasser / fasseten uns auf ihre Schultern und satzten uns an das Ufer. Als wir nun auf
dem Trucknen stunden und die Fischer verspüreten
rahtsam zu seyn / daß wir uns zur Ruhe begeben /
fassete einer aus ihnen / ein zimlichbetagter Mann /
meinen Vatter bey der Hand / mir aber winckend /
daß ich ihm nebenst andern folgen solte / er aber nam
den Weg nach seinem Häuslein / welches unweit
vom Ufer gelegen / uns mit benöhtigter Rastung
und Abspeisung zu erquicken. Nachdem wir dahin
gelanget / hören wir einen Ton etlicher singenden
Weibesbilder / und wir / wie müd und gelauf wir

F iij   immer

immer waren / wolten nicht eh hineingehen / biß wir /
was sie sängen / von auſſen verstunden / wo es uns
anderst eine langwirige Ohnkrafft zulieſſe. Aber
ich und Eugerio namen uns nicht so viel Zeit / daß
wir die Nymphe an der Stimme erkeñen möchten /
von welcher uns die Fischer so viel Wort gemacht.

Unversehens reiſſen wir in das Hüttlein hinein /
die Weiber schwigen bey unserer Ankunfft alsobald
still / welche waren deß Fischers Weib mit zweyen
Töchtern / ansbündigen hübschen Mägdlein / die
umb den einfältigen Fischen nachzustellen / Retz
und Garn strickten / und die Zeit zu vertreiben ein
und das ander Liedlein anstimmeten. Mitten unter
denen ward die ausländische Nymphe gesehen / welche wir alsobald kanten; denn es Clenarda meine
leibliche Schwester war / die wir durch Gottes Hülff
sie wiederumb gegenwärtig vor Augē sahen. Was
wir bey diesem Wetterstarm ausgestanden / und was
sie erlidten / wolte ich lieber / daß sie es dir selbsten er-
zehlte. Maſſen / so ich mich solches je unterstünde /
doch eine unverbringliche Arbeit wäre. Hier waren
häuffige Zähren / überflüſſige Seufftzer / unter grau-
samgroſſen Schmertzen verborgene Freude / da waren Wort und Werck / wie dergleichen ihm ein jedweder Verständiger leichtlich einbilden kan.

Als dieser in etwas gestillet / wendet sich Eugerio
zu deß Fischers Töchtern / sagend : Schöne Nymphen / weil uns Gott und das Glück anhero getragen / umb unsern Schmertzen allhier mercklich zu erleichtern / als wäre es unverantwortlich / daß wir
mit unserer Ankunfft euere Ergetzlichkeiten zerstöre-
ten / und euch in den belieblichen Lustgesängen verhinderlichen wären / welche ohne das vermöglichen
gennug uns in unserm Bekümmerniß Trost zuzuspre-
chen. Daran / fieng der Fischer an / soll es euch / so
lange ihr bey mir verharren werdet / nicht mangeln;
so viel an mir seyn wird / will ich nichts unterlaſſen /

euch

euch auch dißfalls Gnüge zu thun. Anjetzo aber scheinet es thunlicher, daß ihr euch zur Ruh begebet und guter Ding seyd; zu seiner Zeit wird die Music auch nicht aussenbleiben. Deß Kerls Weib brachte uns indessen Essen, und indem wir die Zähne nicht feyren liessen, fieng eines dieser Mägdlein, Nerea mit Namen, also an zu singen:

1.

In deß güldnen Feldesgier,
 Da die Fischbereichte Flut,
Ist benamt Quadalquivir,
 Der mit stetem Meertribut
Bringt der Feuchte Fül' herfür,
 Gienge neulich Galathee,
 Durch den gelbbebtümten Klee,
Rechst deß Flusses schönen Schos.
 Ob ihr Schäfer war betrübet,
 Und in Liebesweh geübet,
Gienge sie doch Sorgenlos.

2.

An dem schroffen Ufersand
 Suchte sie die Muschelstein,
Wo der Fluß am breiten Strand
 Fället in das Meer hinein,
Ferne von der Liebe Brand.
 Als sie nun der Wellen Schaum
 Angeschaut in ihrem Raum,
Und das Aug im Meer ergetzt;
 Haben alsobald die Wellen
 Sich geschwencket sie zu fällen,
Und den weissen Fuß benetzt.

3.

Lycio, der sehr verliebt,
 Sahe seine Schäferin,
Ob er wol war hertzbetrübt,
 Lachte doch in seinem Sinn,

Daß

Daß Neptun den Schertz verübt'/
  Und bedachte sich geschwind /
    Daß das Seufftzen in den Wind
Nunmehr müsse seyn gewagt:
    Sein Gemüt herauszuschütten
    Und nach vielem Threnenbiaen
Hat er so zu ihr gesagt:

4.

Nymphe / weil du unverletzt
    Spielest mit dem trüben Meer/
Welches deinen Fuß benetzt
    Durch der Wellen Wiederkehr /
Und beheglich dich ergetzt:
    So sag / meine Galathee /
    Bin ich wilder als die See?
Warumb fliehst du meine Hand /
    Du / du machst die Elverlertzen
    Flammen von deß Meeres Schertzen:
Aus dem Wasser kommt der Brand.

5.

Dieser Schertz der schmertzet mich/
    Dann Neptan auch in der Flut
Ist verliebet gegen dich
    Und trägt mit mir gleiche Glut:
Glaub / ach glaub mir sicherlich /
    Glaub / daß aus verhaftem Trieb
    Mir das schnöde Kind der Lieb
Diesen Buhlen zugesellt /
    Mir zu einer Strafes-Ruten /
    Weil er mächtig in den Fluten
Und viel Nymphen hat gefällt.

6.

Flieh doch vor der Winde Heer/
    Flieh doch von dem schwancken Schiff/
Daß nicht etwan dich versehr'
    (Wann du bist ohn Menschenhülff) ·
Schuppen-Ungeheur vom Meer.

Flieh doch meine Galathee /
Flieh die offenbare See /
Da der Tod ist offenbar /
Ich beeivre dein Behagen /
Daß mich tausend Schmertzen plagen /
Wann ich sehe die Gefahr.

7.

Wann ich dich am Ufer Sand
Sehe / werd ich eingedenck /
Wie auch von dem Meeresstrand
Ward Europa durch Geschenck
Weggeführet von dem Land.
Ja ihr Buhle wurd' ein Rind
Durch das blinde Venus=Kind /
Das auch prachtet mit Triumph /
Und kan sich in Wellen hegen /
Offt verhält ans Ufer legen /
Wo die Binsen stehn im Sumpff.

8.

Zwar so viel ich dich betracht' /
Achtst du hier nicht die Gefahr /
Weil du dieses nie bedacht:
Aber daß ich gantz und gar
Sterbe / hast du längst veracht.
Galathee denck doch nach /
Daß Cupido übet Rach:
Er kan auch offt in dem Schlaff /
Nicht nur mit verliebten Traumen /
Dich vor ängsten machen schaumen /
Und erkennen deine Straff.

9.

Komm mit mir in grünen Wald /
Da der braune Schatten ruht /
Wo die Blumen buntgestalt
Gläntzen von der Sonnenglut /
Liebet dir deß Meeres Guß /
Hast du dort der Quellen Fluß /

Dortes

F 5

Dorten hast du manchen Teich /
Da du dich wirst können baden /
Mit den frechen Fluß-Najaden /
Unter dem belaubten Zweig.

10.

Flieh doch von dem Meergestat /
   Komm und hör der Pfeiffen Klang /
Der die Schäfer frü und spat /
   Gleich der Vögel Lufftgesang /
Und die Herd belustigt hat /
   Den der Liebesschmertzen zwingt /
   Freud' und Leid zugleich besingt /
Dir mißfällt vielleicht der Ton /
   Der sagt von der Liebe Leiden:
   Wol / sie sollen es vermeiden /
Und dir singen nichts darvon.

11.

Den du hast aus deinem Sinn
   Ausgelöschet und veracht /
Der hat dort geschnitten hin
   Deinen Namen / und gedacht
An dich seine Schäferin.
   Nach dem alten Weidgebrauch
   Wirst du deinen Namen auch
Gehen in so manchen Raum:
   Dann ich selben vielen Rinden
   Habe wollen einverbinden.
Euch an Buch = und Pappelbaum.

12.

Ob du wol mit grossem Zorn
   Hörest meine Liebespein /
Hab ich dich doch auserkorn /
   Daß du solst die meine seyn /
Weil ich für dich bin geborn /
   Laß mich werben deine Gunst
   Durch die harte Liebesbrunst.
Leben / das mit Gegenhaß

Wird belohnet / ist zu lassen:
Ich kan aber dich nicht hassen /
Sondern lieb' ohn Unterlaß.

13.

Du magst hassen / wie du wilst /
Deinen Schäfer / Galathee /
Wann du ferner nur nicht spielst
Mit der wilden Wellensee /
Und die schnellen Fluten fühlst /
Du wirst finden grosse Freud'
Auf der neu begrünten Weid' /
Ob der krausen Nachtigal.
Wasch dich in den hellen Brunnen /
Darvon in das Feld gerunnen
Gras und Blumen überal.

14.

Dieses alles / was ich sag /
Ist dir / Hirtin / unbewust:
Aber leg nur auf die Wag /
Hier den Meer = und Hirtenlust /
Und probir es einen Tag.
Alle Wörter sind gering /
Auszurühmen solche Ding' /
Ohne die Erfahrenheit.
Ach daß ich mit solchen Sachen
Dich könt anders Sinnes machen /
Zu belieben unsre Freud.

15.

Sie beharrte nechst dem Strand /
Hörte zwar von Ferne zu /
Winckend hernach mit der Hand /
Er solt nunmehr haben Ruh
Mit deß Lied = und Leides Thand:
Also ward der Hirt gestille
Und sein Hertz mit Angst erfüllt.
Er wolt nochmals fangen an /

Und ein anders Liedlein singen/
Wild und Wellen zu bezwingen/
Wie Orpheus hat gethan.

Unser Abendmal und das Lied deß Mägbleins
hatten sich zugleich geendet/ nach diesen thaten wir
bey der Clenarda bittliches Ansuchen/ daß sie erzehle=
te/ wie es ihr/ seit daß wir voneinander getrennet
worden/ ergangen; sie verständigte uns die gantze
Geschicht von der Bosheit Bartofani/ von der Al=
cida Verlassung/ deiner und ihrer Gefängniß/ letz=
lichen/ alles was dir ordentlich wissend. Wir be=
threneten unser Unglück mit bittern Zähren/ also
gar/ daß der Fischer gnug an uns zu trösten hatte.
Vornemlichen aber gab er uns Nachricht/ wie in
diesem Königreich die weise Felicia wohnete/ derer
hohe Wissenschafft uns/ sonder Zweiffel/ ein hülff=
reiches Mittel unsers Jammers darbieten/ dei=
nen und der Alcida Zustand lehren würde/ weil un=
ser aller Wunsch und Verlangen einig und allein
dahin gerichtet.

Nachdem wir nun die Nacht/ so gut wir ver=
mocht/ durchgebracht/ haben wir uns drey allein
sehr frü auf den Weg begeben/indem wir die Bos=
knechte/ die mit uns errettet worden/ hinterlassen/
und nach Verlauffung vieler Tage bey dem Tempel
Diana angelanget/ wo die weise Felicia ihre
Wohnung aufgeschlagen. Daselbsten haben wir
einen vortrefflichen Wunder=Tempel angetroffen/
umbligende schöne Blumgärten/ einen kostbarauf=
geführten Palast; wir haben der weltberühmten
Vorsteherin allervollkommenste Weisheit/ nebenst
vielen andern Sachen/ erkundigt/ welche uns deros
massen bestürtzet vorkommen/ daß wir uns unver=
möglich befinden/ alles insonderheit zu ermssen/wil
geschweigen/ zu erzehlen.

Daselbst haben wir zu Gesicht bekommen die
schön=

ſchönſten Nymphen / als hellpolirte Spiegel der
Keuſchheit / wolhergeſtammte Jünglinge / hochadeliche und tugendreiche Jungfrauen / Schäfer und
Schäferinnen ; vor andern aber den namhafften
Syreno / welcher bey männiglich im hohen Anſehen
und Ehren war. Dieſem und allen andern Anweſenden hatte die weiſe Felicia / einem jeden nach ſeinem Beſchwerniß / ihre heilſame Hülffshand darge-
boten / und ſie von ihrer widerſinniſchen Lieb / an-
feindendem Unglück und andern Preßhafftigkei-
ten losgemachet. Uns ertheilete ſie nur den Raht /
wir ſolten unſern Vatter in ihrer Behauſung laſſen /
uns in dieſe Länder / namentlich aber zu dieſem Brunnen machen / auch nie ehe von dañen gehē / biß ſich unſer Antigen mit wircklichem Troſt erleichterte: Nun
wir aber zum Theil unſers Wunſches gewähret worden / indem wir dich / einen ſo lieben Gaſt / überkommen / haben wir kein Bedencken / länger hier zu verharren / aber / nach der Dianen Tempel umbzukeh-
ren / mercklliche und wichtige Urſachen ; deren die
vornemſte iſt dieſe / daß wir unſern Vatter allein /
welchen nicht das Minſte von dieſem Troſt wiſſend /
daſelbſt hinterlaſſen. Das iſt wol gewiß / daß der
gute alte Herr ſeine Alcida ſuchen wird / und es ihm
trefflich angelegen ſeyn laſſen : Aber weil uns in ſo
viel Tagen das Glück nichts von ihr vergewiſſert /
ſo dreſchen wir ledig Stroh / und iſt am Raht ſamſten /
daß wir ruckwerts zu ihm reiſen / weil er eine ſo lange Zeit unſerer Geſellſchafft entbehren müſſen.

Als Polyboro ſeinen Mund zugethan / haben ſie
ſich allerſeits über die Wunderglücksfäll entſetzet:
Marcello auch / nachdem er ſeine Alcida mit über-
mäſſigen Thrönen / als den Sold der Liebhäben-
den / ſattſam beweinet / erzehlete ſeinen vertrauten
Freunden kürtzlich das Trauerſpiel ſeiner Jammer-
geſchicht / was er nemlich / ſeit er von ihnen entriſ-
ſen worden / vor unerträgliches Ungemach ausge-

F vij ſtanden.

standen: Diana aber und Ismenia / nachdem sie deß
Polydoro Rede angehöret / beflissen sich höchstmög=
lichst / ihren Weg nach der Felicia zu nemen; jene
zwar / weil sie Gewißheit eingenomen / daß ihr lieb=
ster Syreno daselbsten verhanden / diese / weil sie die
Vorsteherin himmelhoch erheben hörete / vermei=
nete sie / von ihrer Weisheit auch ein Heilpflaster
ihrer Kummerschmertzen bey ihr auszubitten:

Diana / die mit dergleichen Gedancken umbgien=
ge / ob ihr wol zuvor gefällig / etliche Stunden an
einem so bequemen und blumreichen Schattenort zu
verbleiben / umb der Mittagshitze sich zu entschla=
gen / ward jetzo anders Sinnes; ihr war tausendmal
lieber der Anblick ihres einiggeliebten Syreno als
dieses Lustwaldes hertzerquickende Anmutigkeit o=
der dessen sanfftruhliches Kühlzelt; erhub sich deß=
wegen von ihrem Sitze / sprach denen Schäfern Tau=
riso und Berardo folgends zu: Liebe Hirten / lasset
euch hiesige Wälderlust lange Zeit wolbekommen /
besuchet offtermals diesen dickschattigten / von der
Natur ausgearbeiteten Baumgarten; etwas haubt=
sächliches lässet uns nicht länger bey euch verbleiben /
massen wir zu dem Tempel Diana abgefordert wer=
den: Die Warheit zu bekennen / so kommt es uns ziem=
lich schmertzlich vor / daß wir einen so beliebten Ort
mit dem Rucken ansehen und eine so erwünschte
Gesellschafft gesegnen müssen; je dennoch soll und
muß man dem Glück Folge leisten.

Unbarmhertzige Nymphe / schrie Tauriso / wie
daß du uns so bald deine Gegenwart mißgönnest und
wirdigest uns so ein kleines deiner süssen Unterre=
dung?

Hierauf wendete sich Marcellio zu der Diana;
allerschönste Nymphe / sprach er: Die Klage dieses
Hirten beruhen auf einem wolgelegten Grund / und
erheischet es die Billichkeit selbsten / daß du ihnen nicht
allein nichts abschlägest / sondern auch in Mehrern /
als

als sie begehren / willfahrest . Denn ihre standhaffte
Treue und ungefärbte Liebe verdienen so viel / daß
du dich nicht wegern kanst / noch ein Kleines bey ih=
nen / bevorans an einem so überauslustigen Ort /
dich aufzuhalten. So ists noch hoch am Tag / und
kanst du mit guter Weil zu der Dianen Tempel kom=
men / eh die Sonne untergehet.

Aller ihrer Meinung stimmete mit dem Marcel=
lo überein ; derowegen wolte sich auch Diana ihrer
Einmütigkeit nicht widersetzen / sondern begab sich
wieder an ihren vorigen Ort / und bemühete sich
äufferst / der ganzen Gesellschafft zu gefallen.

Ismenia kehret sich zu Tauriso und Berardo / sag=
te / liebe Hirten / weil uns die schöne Diana ferner
ihre beliebte Gegenwart gönnet / als habt ihr keine
Ursach / warumb ihr nicht eure honigsüsse Music
fortsetzet : Derowegen so stimmet einen freudigen
Hirtengesang an / ihr deß Liebesgottes bedienete /
massen ihr allbereit eine stattliche Prob desselben
abgeleget / in welcher ihr eure Liebe sattsam gnug
zu verstehen gegeben: Also gar / daß ihr nicht allein
euren Mithirten den Danck rühmlich abjaget / son=
dern auch aller Anwesenden Hertzen zu einem Mit =
leiden beweget.

Ja wol aller / antwortete Berardo / ausgenommen
der Dianen / und fieng drüber an überlaut zu weinen /
Diana aber zu lachen. Als dieses der verliebte
Schäfer in Acht genommen / hiengen zwar seine
Augen voller Thränen / jedennoch sung er etliche we=
nig Wort in seine Cither / welche er mit folgendem
weitläufftigern Text erklärete :

   Schaut die Thränen ohne Zahl
   Graben meiner Liebemahl
     In den harten Felsenstein!

                      Gloß.

Gloß.

I.

Schönste/ was soll ich mehr sprechen/
   Ihr wolt nicht bedienet seyn:
Unermüdte Seufftzer brechen
   Aus dem matten Hertzensschrein/
   Ihr seyd härter als der Stein.
Ob ich liebe mit Bestand/
   Bleibet ihr doch unversehnet/
   Was von meinen Wangen thränet/
Achtet ihr für Lügentand/
   Abzuleschen meinen Brand.

2.

Waar ist es/ ihr seyd bestanden
   In gefaster Härtigkeit/
   Ihr beharrt noch dieser Zeit/
Da ich bin in Todesbanden/
   Und ist euch nicht einmal leid.
Welches Ubel mag doch seyn/
   Das kan unaufhörlich plagen?
Wann der Tod mich schläffert ein/
   Werd ich ungescheuet sagen:
Ihr seyd härter denn ein Stein.

3.

Lieben habt ihr nie erfahren/
   Es ist eine süsse Lust/
   Fühlen in entbranter Brust/
Was der Gott kan offenbaren/
   Euch ist solches unbewust/
Last mir einen Jammer seyn/
   Daß/ nachdem ich euch gesehen/
Bin ich vest geschlossen ein/
   Und muß sonder Hoffnung flehen.
Ihr seyd härter als ein Stein.

Diana zwar ward durch diesen Gesang ziemlich
erweichet; aber weil sie vermerckte/ daß der Zweck
desselb

deſſelben einig und allein dahin gienge/ ihr felſenhar=
tes Hertz zu verwandeln/ wolte ſie ihre Standhaff=
tigkeit mit dieſer Rede ſchützen: Das iſt/ſo waar ich
lebe/ eine ſchöne Sache/ eine Verlaſſene eine Un=
barmhertzige zu nennen/ und die ienige/ ſo ihren gu=
ten Namen/ ihre Ehrenzucht beſter Maſſen vor Ge=
fahr behütet/ als eine Grauſame zu verfolgen.
Wolte Gott/ geehrter Schäfer/ daß nicht mehr
Traurigkeit als Härtigkeit in meinem Hertzen hau=
ſete. Ach/ aber leider Gott erbarm es/ was für ein
widriges Glück hat mich bey einem ſo argwöhni=
ſchen Mann zu einer Sclavin gemachet/ deſſen un=
gehöfelte Sitten mich dahin bringe/ daß ich auf hie=
ſigen Gebürgen/ Gefilden und Wäldern denen
Landſchäfern nicht gebührlichen begegnen kan/ da=
mit ich nicht zu Haus/ als wann ich mit andern
freundlicher als mit ihm geredet/ zornige Antwort
bekommen: Und über dieſes iſt das ehlichverknüpf=
te Band eine ſo unauflösliche Trennung/ daß mich
auch die Vernunfft ſelbſten dahin treibet/ ei=
nen ſo bäuriſchen/ dölpiſchen und ſtegelmäſſigen
Mann zu lieben und zu ſuchen/ wiewol ich ſo gewiß
weiß/ als ich hier ſitze/ daß/ wenn ich ihn aufs Neue
antreffe/ mir auch anſehlich viel neue Schmertzen
begegnen werden. Hierauf bekam Tauriſo Gelegen=
heit/ ſeine Eltern zu ſtimmen/ ſich über die mühſe=
lige Liebe der Dianen zu beklagen/ und Folgendes
auszulegen:

Text.

Weil die Schönſte dieſer Zeit
Gehr unglücklich hat gefreyt/
Fühlet ſie ein Schmertzenweh
In der nieverlangten Eh.

Gloß.

1.

Venus kanſt du es geſtehen/

Daß

Daß der seltnen Schönheit Gab
Und der waaren Tugend Hab
Rühre von dem Glück zu lehen?
Weil in deinen Händen ist/
Dieses Ubel abzuwenden/
(Wann du anderst billich bist/)
Wirst du Trost und Hülffe senden.
Weil die Schönste dieser Zeit
Sehr unglücklich hat gefreyt/
Fühlet sie ein Schmertzenweh
In der nie verlangten Eh.

2.
Du thust übel/ wann du weissest/
Daß du bist der Schönheit feind/
Die dir untergeben seynd/
Wissen/ daß du sie nur heissest
Seufftzen mit beharrtem Weh/
Sollen sie dann mit Verdriessen
In verlangtem Band der Eh
Ihre Lebenstage schliessen?
Wie die Schönste dieser Zeit
Sehr unglücklich hat gefreyt/
Fühlen sie ein Schmertzenweh
In der nie verlangten Eh.

3.
Liebe/ machest du es besser/
Weil du bringst so wenig Heil?
Du gebrauchest seiner Pfeil/
Wie ein Kind das scharffe Messer/
Hast du alle hingericht/
Wirst du dich an dir vergessen/
Wann der Diener dir gebricht/
Muß der Grimm den Herren fressen:
Dann man fühlet Schmertzenweh
In der nie verlangten Eh.

4.
So kan man dich nicht beschulden/

Wann

Wann du legeſt Hand an dich /
Wann die Rache rächet ſich /
Wird dir keiner nicht mehr hulden.
Und wie ſolſt du / blödes Kind /
Deinen Knechten treulich lohnen /
Kanſt du nicht der Schönſten ſchonen
Und der / die die deinen ſind :
Weil man fühlet Schmertzenweh
In der nie verlangten Eh.

Auch dieſes deß Tauriſo Lied war der gantzen Geſellſchafft nicht unannemlich / bevorans der Iſmenia ; obwol die Verſe inſonderheit auf die übel verheyrahrete Diana gerichtet waren ; dennoch gieng deroſelben Inhalt ins gemein über die Liebesbeklagung / was Widriges deroſelben Unterſaſſen und Geſchworne ausſtehen müſſen. Iſmenia nam Urſach / weil mehren Theils Cupido der Urheber ihrer Liebesbeſchwerungen war / denſelben noch übeler anzulaſſen / weil ihm Tauriſo zu wenig gegeben / desowegen wiederholete ſie das ungereimte und mit gleichen Worten geendte Lied / das Montano vormals / wegen ihrer erlidtener Liebsregungen / aufgeſetzet / alſo :

Sonnet.

Mich hat die Lieb hier wolckenhoch erhaben
Und ſtürtzet mich nun in die Tieffen ab /
Ich muß von ihr den bittern Schmertzen haben /
Der ſtetig wächſt und nimmer nimmet ab.
Hat ſich ein Wind im wilden Meer erhaben /
So legt er ſich und nimmet wieder ab :
Die Seufftzerwind mich faſt verſencket haben
Und treiben mich biß in das Grab hinab.
Mein Segelzelt wend' ich an Uferſtrand /
Dein Angeſicht erſchrecket mein Verlangen /
Und quält ſo lang mein ſtetes Trauerleben.
Nein. Ich will nicht an jenen Ruheſtrand :

Mich

Mich hält vorhin gefangen mein Verlangen:
So langes Leid verkürtzet mir das Leben.

Marcellio verweilete sich auch nicht lang / brach=
te dergleichen Gedichte ebenmässiges Inhalts auf
die Bahn / ausgenommen dieses einige / daß er sich
nicht allein über den Liebesgott / sondern auch über
das Glück selbsten beschwerete / und sunge:

Sonnet.

Dem tauben Tod folg' ich nun Schritt vor Schritt /
  Er führet mich weit über Thal und Berge:
    Und ob ich mich auf manche Weise berge /
Kan ich doch nicht entweichen einen Schritt.
Er reisst mich fort mit Zwang im schnellen Schritt /
  Und wann ich mich gleich selbst in mir verberge /
    So brenn' und flamm' ich gleich dem Schwefel=
        berge.
Ach Tod! Ach Tod! laß mir doch freyen Schritt.
Das falsche Glück mit seinem schwancken Rad /
  Die blinde Lieb hält mich in strengen Banden /
    Und häuffet mir die Qual durch stete Klag.
Ach / wendet sich dann nie das Glückesrad?
    Er läßt uns nie die Lieb aus ihren Banden?
      Nein; mir gebricht die Zeit / daß ich mich klag.

Das hertzliche Verlangen der Diana wegen Ab=
reisung nach dem Tempel der weisen Felicia wolte ih=
re angestellte Wegfahrt nicht länger zurück ziehen;
deßwegen sie anderen Gedichten nicht wol Gehör
geben konte: Nachdem nun Marcellio sein Lied zu
End gebracht / erhub sie sich / deßgleichen auch Is=
menia / Clenarba und Marcellio / als sie sahen / daß
es der Dianen endlicher Schluß wäre / wiewol ihnen
bester Massen bewust / daß der Weg / wo sie hinzieh=
sen / nicht so gar weit entfernet; zu dem so war es noch
überflüssige Zeit / daß man gar wol vor einfallender
Nacht dahin gelangen könte.

Nach=

Nachdem sie nun den Tauriso und Berardo an
dem Brunnen zurückgelassen / wandelten sie den vo=
rigen Weg mitten durch den Wald / damit sie sich
ferner durch dessen Anmutigkeit erlustireten ; Als
sie nun hindurch / kamen sie in eine grosse Ebene /
auf welcher sich die Augen nah und ferne sattsam
weiden könten : Hier berahtschlagten sie sich / auf
waserley Weise sie eine neue Freude anstellen möch=
ten / und den vorsichhabenden Weg mit allen erstan=
llchen kurtzweiligen Gesprächen kürtzen könten : Je=
des unter ihnen gab seinen Raht von sich / was ihm
am Thnlichsten däuchtete.

Marcellio aber / welches Gedancken ohne Un=
terlaß mit der Alcida Andencken geschäfftig waren /
hatte an nirgends mehr Beliebung / als in Betrach=
tung der holdreichen Geberden und lieblichgestelle=
ten Reden deß Polydoro und der Clenarden. Und
damit er umb so viel destomehr seinen verliebten
Einbildungen nachhängen möchte / sagte er : Tu=
gendreiche Nymphen / kein Mensch kan mich bere=
den / daß alle eure Ergetzung mit diesem Land kön=
ne verglichen werden / welches ihr glauben werdet /
wann euch die Clenarda unschwer erzehlen wolte /
was sie an den Ufern und Feldern deß Flusses Qua=
dalquivis erfahren : Ich / so viel ich mich entson=
nen / bin ein einiges Mal auf meiner Wanderschaffe
durchgereiset ; aber ich habe die Gnade nicht haben
können / daß ich mich nach Hertzenswunsch hätte da=
innen erlustiren können / massen damals alle Lust und
Freude aus meinem Gemüt verbannet war :
Doch weil noch zwey gantzer Stunden / diese Reise
fortzusetzen / verhanden / der Weg aber kaum eine
gute halbe Stund erfordert / so wollen wir / wann
es euch gefällig / fein sachte gehen / damit sie uns et=
liche Geschichte von der Lust hiesiges Landes mittheis
le / welcher sie nicht wenig in frischer Gedächtniß
hat. Diana und Ismenia gaben mit Kopffnicken zu
verste=

verstehen/wie sie ihnen diesen Vorschlag bester Maßen gefallen liessen/ und wolten der Clenarden fleissiges Gehör geben: Diana auch/ ob sie wol gerne flügelschnell nach dem Tempel der Dianen geeilet/ doch/ damit sie ihre übermässige Begierden nicht unhöflich verriehte/ muste sie in anderer Begehren einwilligen.

Clenarda/ von dem Marcellio erbett/ fienge fortgehend an/ ihre Meinung also zu verfassen: Obwol meine ungeübte Zunge und ungeschliffene Rebart der Sachen mehr Ungestalt als Zierat beybringen wird; jedennoch will ich euch etwas von der anmutigen Lieblichkeit deß Königreiches Valentz erzehlen/ angesehen/ daß ich lieber euren Ohren beschwerlichen als euren Willen zuwider verfahren will. Es ist diese Landschafft je und allwege vor andern allen für die lobwirdigste gehalten worden. Ich will jetzund nicht Stuckweise herausstreichen die Fruchtbarkeit deß trächtigen Bodens/ die buntgestirnten Blumenfelder/ die Ergetzlichkeit der wolckenhohen Berge/ die Schatten der dickblätterichten Wälder/ das Lispeln der liebßlichten Brunnen/ das Tireliren der kraußsingenden Vögelein/ die Erfrischung der sanfftwehenden Kühlwinde/ die feiste Begrasung der Viehweiden/ die Vortrefflichkeit der volckreichen Städte/ die bereicherten Dorffschafften der Forwerge/ die wolanständigen Sitten der schönen Nymphen/ die Wunder der kostbaren Tempel/und andere unzählige Lobsprüche dieses Landes/ mit denen es vor andern die Götter beseliget: Massen derselben Meldung eine geraume Frist/ eine süßklingende Wolredenheit und einen tecken Kunstredener erforderte: Aber damit ihr den mehrern Theil dieser preiswirdigen Ruhmwirdigkeiten einnemet/ will ich euch ein langes Gedicht hersagen/ welches der König der Wasser Turia dermaleins in der Gegend dieser Felder gesungen. Ich und Polydore

indero giengen unlängſten zugleich an das Ufer dieſes Fluſſes / damit wir von denen Landſchäfern den
Weg nach der Dianen Tempel und der Felicien
Haus erlerneten ; maſſen wir Bericht eingezogen /
daß uns dieſe am Allerbeſten in dem gantzen Land zu
rechte weiſen könten: Indem kamen wir zu einem
Viehhirtenhaus / derer lieblicher Geſang die Wohnung und unſere Ohren anfüllete. Bey dieſen brachten wir an / was wir begehreten / welche uns mit einer groſſen Freundlichkeit / ſo viel ihnen bekand /
Nachricht ertheileten ; mit angehengter Bitt / weil
uns das Glück zu einer ſo wolgelegenen Zeit daher-
gebracht / ſolten wir uns nicht ſchwer fallen laſſen /
das wolausgefertigte Gedicht / welches der weit-
geprieſene Landfluß Turia in einer halben Stund /
unfern von hier / ſingen würde / anzuhören.

Wir entſchloſſen uns dieſem Feyer beyzuwohn- /
und machten uns zu der Reiſe fertig. Nachdem wir
nun mit unſern Geferten einen kleinen Weg hinter
uns gebracht / und dem Fluß lang hinauf entgegen
giengen / kamen wir auf eine ſchöne Ebene / deren
Raum viel volckreiche Verſamlungen der inwoh-
nenden Landnymphen / derer Schäfer und Schäferinnen / eingenommen / welche alle mit zum Aufmercken bereiteten Ohren und Hertzen deß Fluſſes Geſang erwarteten. Nicht lange hernach ſahen wir
den ſteinalten Turia aus einer unterirdiſchen Höle
hervorgehen / unter einer Achſel hielt er einen groſſen und künſtlich ausgearbeiteten Krug / ſein Haubt
war mit Eichenlaub und Lorbeerzweigen bekrö-
net / ſeine Arme waren haarig / ſein eisgrauer Bart
war mit Leimen und Unflat beſudelt. Alſobald ſatz-
te er ſich auf den nechſten Waſen / ſtützete ſich auf
ſeinen Krug / welcher aneinander eine groſſe Menge heller Waſſer ausgoß / erhub ſeine heiſere und
gezwungene Stimme und ſang folgender Geſtalt:

Anmer-

Anmerckung.

Folgenden Gesang / welcher zu Lob etlicher vornemer Herren in dem Königreich Valentz / deren Name und Heldenthaten im Teutschland nit bekand sind / gemacht ist / haben wir dieses Orts nicht dolmetschen wollen : Weil sonderlich solcher nichte von lustigen Schäfersachen handelt / welche die liebfähige Hertzen betreffen.

So ist auch derselbe wegen obgedachter Ursachen in der Lateinischen Ubersetzung H. Caspar Barthens nicht beygebracht worden.

Das war das Lied deß weltberuffenen Turia / die Nymphen und Schäfer höretẽ ihm mit unverwandten Augen und fleissig aufmerckenden Ohren zu / bewogen einmal durch die Annmutigkeit deß Gesanges / und dann weil so viel fürbündige Männer darinnen herausgestrichen worden / welche ins Künftige diesem Land als gewaltige Schutzgötter wol vorstehen würden. Ich könte noch viel andere Sachen mehr erzehlen / was ich hin und wieder auf diesen recht glückseligen Feldern gesehen und gehöret / aber die Beschwerniß / darmit ich eure Ohren voll geplaudert / heisset mich zu diesem Mal innehalten. Marcellio und die Geferten der Nymphen verwunderten sich höchlich ob dem / was sie von der Elenara vernommen. Nach vollendeter Rede wurden sie gewar / daß sie nicht ferne von dem Tempel der Diana waren / und desselben güldene Spitze bereit glantzen sahen / welche über die begipffelten Bäume her vorschimmerten. Aber bevor sie sich den grossen Pallast näherten / erblickten sie in der Ebene eine schöne

Nym-

Nymphe Blumen brechen / deren Namen / und was
sich mit ihr begeben/aus folgendem Buch zu vernemen
seyn wird.

Ende deß dritten Buchs.

Das vierdte Buch.

ES sind der Klagen ja gar zu viel und man-
nigfältig / mit welchen die Menschen die Ohn-
mächtigkeit deß Glückes bezüchtigen : Sonder Zweiffel aber wären dieselbē nicht so häuffig/nicht
so groß und bitterbös / wann solche Leute deß Glückes Gab und Abnam auf eine gleiche Wage legeten. Wer sich in seiner Widerwertigkeit mit dem
Unglück herumbschwinget und vermeinet eine än-
derung zu treffen; im Fall ihm aber anderweit etwas Widriges zu Händē k* me/da laner keines Weges das Glück schelten oder dessen Unbestand an-
klagen. Aber weil es so im guten und glücklichen /
so im bösen und widerwertigen Zustand / von Natur wandelbar ist / so muß ein Meister und kluges-
sinnter Mann / wann ihm das Glück schmeichelt
und anlächelt / sein Gemüt nicht den Wollüsten
widmen / noch / wann es ihm sauer ansihet und Unglück drohet / verzweiffeln; hingegen muß er in allen und überall sein Leben also klüglich anstellen und
weislich mässigen / daß er das Kützeln deß liebko-
senden Glücks als ein solch Ding / das nirgend keine
bleibende Stelle hat / vorüberrauschen lasse ; die
Schmertzen aber / welche aus dem stiefmütterlich-
gesinnten Hertzen entspringen / muß er vor die jenigen schätzen und achten / als welche mit der Zeit ihre
Endschafft nemen werden. Es ist ausser allem Zweiff-
G   fel /

sel/ daß solche Leute mit dem Himmel sonderlich
daran seyn : Wie unser übelgelagter und trau-
rensvolle Marcellio/ welchen er mitten aus seinem
gefährlichen und beschwerlichen Ubelstand heraus-
gerissen / durch Zuthun der allerweisesten Frauen
Felicia ; welche / als ihr wissend worden/ daß Marcellio / Diana und andere zu ihr kommen würden /
hat sie befohlen / daß die schöne Nymphe sich hinaus
auf die vor dem Haus nahgelegene Wiese bemühen solte / damit sie denenselben gewisse Nachricht
geben möchte / und alles das jenige / was zu ihrer
Wolergehenheit dienlich / umb so viel desto ehe in
das Werck gesetzet würde.

Als nun Marcellio und die andern an den Ort /
da die Nymphe ihrer wartete / gelanget / haben sie
dieselbe aufs Allerfreundlichste mit ehrbezeugenden
Geberden begrüsset : Welchen diese hinwiederumb
mit eben dergleichen wolanständigen Höflichkeiten
begegnet : Darnach gefraget/ wannenhero sie kämen ?
da dann die Antwort gefallen : Sie reiseten nach
dem Tempel der Diana. Worauf Aretea (denn so
hieß die Nymphe) zu ihnen gesaget : So viel ich
aus euerer Kleidung und Sitten mutmasse / seyd
ihr von treflichen Tugenden ; dahero dann die Felicia / deren Nymphe ich bin / nicht umbgehen können / sich in euerer Gesellschafft zu erfreuen : Aber
weil sich nunmehr die Sonne dem Untergang na-
het / werde ich mit euch wieder dahin umbkehren/
wo ihr mit möglichen Dienstbezeugungen sollet auf-
und angenommen werden. Nach erwiederten viel-
fältigen Bedanckungen/ wegen beschehener freundlichen Einladung / haben sie sich ihr zugesellet und
miteinander nach dem Tempel zugewandert.

Diese der Nymphen Vertröstung hat ihnen allerseits eine gute Hoffnung gemacht/ Polydoro aber
und Clenarda / welche sonsten in der Felicien Behausung gewesen/ konten sich nicht entsinnen / daß sie dieselbe

felbe darüben gefehen / tauten fie auch gantz und gar
nicht. Und zwar fo war es tein Wunder / weil die
hochweife Vorfteherin eine groffe Anzahl folcher
Jungfern hielte / welche fie zu ihren Dienften ge=
brauchete / indem eine jede ihre befondere Verrich=
tung und abgefonderte Wohnung hatte / derowegen
fie nach ihrem Namen gefraget / worauf fie / daß es
Aretea wäre / bejahet.

Nach diefen forfchete Diana / was man bey ihnen
gutes Neues hörete? die Nymphe fagte / daß es felbi=
ger Orte nichts Neuers gebe / als daß vor zwey
Stunden ein Jungfrau vom Adel in Schäferklei=
dung bey der weifen Felicia antommen / diefe / als fie
dafelbften ein alter Herr erfehen / habe er fie vor fei=
ne Tochter ertant / welche er lange Zeit allenthal=
ben vor verloren gehalten. Uber welchem Fund
ein hertzliches Frolocken entftanden / alfo daß das
gantze Haus in eine Jubelfreude verfetzet wor=
den. Deß alten Herrn Name / fagt fie / wo ich mich
anderft recht entfinne / heift Eugerio / der Jungfer
Alcida.

Mit was vor Frölichteit diefe Erzehlung den
Marcellio überfchüttet / ftelle ich einem jeden Ver=
ftändigen zu bedenchen anheim: Er ruffte überlaut:
das laß mir eine glückfelige Mühfamteit feyn / die
mit einem fo erwünfchten Ende getrönet wird. Ach!
Ach! und als er im Reden fortfahren wollen / ift ihm
Hören und Sehen vergangen / die gehemmete Zun=
ge verftummet / jählingen zu Boden in eine Ohn=
macht gefallen.

Diana / Ismenia und Clenarda / fatzten fich zu
dem Liegenden / und bemüheten fich äufferft / wie fie
ihn mit That und Rahe wieder zu recht brächten:
Und zwar hat er fich in Kurtzem wiederholet und
aufgerichtet. Diefe fröliche Zeitung hat auch den
Polydoro und die Clenarda nichts minder ermun=
tert / indem fie vermerctet / daß fich einft der Sturm

deß Unglückswetters legen würde / indem sie ihre
leibliche Schwester / die Alcida / wieder überkommen.

Diana ebenmässig und Ismenia warden höchlichen erfreuet / so wol weil sie sahen / daß ihre Gespie-
len ihres Wunsches theilhafftig werden / als daß sie
auch der tröstlichen Hoffnung lebeten / sie würden
durch Raht der klugen Vorsteherin ein Hülffsmittel ihrer Beschwerniß erlangen ; massen selbige gewohnet / solche Wunder zu vollziehen.

Diana / damit sie auch etwas von ihrem Syreno
herauslockete / sprach der Nymphen ingleichen zu:
Schönste Jungfer / du hast mich nicht wenig erfreuet / indem du uns die Begebenheit so erwünschter
Sachen mündlichen mitgetheilet / welche / wie wir
vernommen / sich in dem Palast deiner Fräulein
Felicien zugetragen / wie nemlichen Alcida dahin
kommen : Aber noch annemlichere Zeitungen wirst
du mir bringen / wann du uns unschwer die lobwirdigsten Schäfer / welche sich zur Zeit da aufhalten /
namhafftig machetest. Aretea antwortet : Viel
hochbelobte Schäfer wirst du daselbsten antreffen ;
jetzo fallen mir ihre Namen bey / es sind Sylvans
und Sylvagia / Arsileo und Belisa / und einer unter
ihnen allen trefflich wol angesehen / welchen sie Syreno nennen / dessen Tugenden bey der Felicien über
alle Massen viel gelten : Aber derselbe ist ein abgesagter Feind aller und ieder Liebshändel / also gar / daß
sich männiglich daselbsten darüber verwundert :
Und so ist auch gesinnet die neulich erlande Alcida / und zwar dergestalt / daß diß Par von der Zeit
an / als sie dahin gelanget / ohns Unterlaß mitein-
andergehet / und von nichts anders schwatzet / als
von der Vergessenheit und andern dergleichen der
Liebe übelgewogenen Sachen. Ich kan mirs nicht
anderst einbilden / es habe meine Gebieterin diese
beyde zu dem Ende in ihre Behausung eingenommen /
damit sie sich miteinander verheyraten solten / weil
sie

sie beyde gleicher Meinung und eines Sinnes sind.
Und es hindert nichts / ob er wol nur ein Schäfer /
sie aber vom vornemen Geschlechte / weil es der Felicia eine schlechte Müh ist / einer Mannsperson Hoheit an Geld und Weisheit / welches zumal der
rechte Adel ist / zuzulegen / daß er im Minsten nicht
vor unwirdig auszuschreyen.

Indem Arelea so ihre Rede fortsetzete / wendete
sie sich zu dem Marcellio : Mein Schäfer / weil
dein Wünschen einig und allein darauf beruhet /
damit sie nicht einander überkommen / so thätest du
recht und wol / wenn du dich nicht einen einigen Augenblick hier aufhalten liessest ; denn wenn du noch
in der Zeit kommest / so kan es geschehen / daß du dem
Syreno die zubereitete Glückseligkeit vor dem
Munde wegreissest.

Diana / als ihr dieses vor Ohren kommen / hat
sich hefftig darüber betrübet / welches sie mit Wort
und Zähren an Tag gegeben / wenn sie nicht die
Schande und Hochachtung der Erbarkeit abgehal-
ten. Eben dergleichen Schmertzensgedancken stiegen auch auf in dem Hertzen Marcellio / und zwar
mit einer solchen Hefftigkeit / daß ihn däuchtete / als
wolte ihm anjetzund die Seele ausfahren : Und dergestalt wurden die Hertzen deß Marcellio und der
Diana gleich als mit einem Degen durchstochen :
Beyder Seelen fühleten eine Wunde : Er befürch-
tete sich wegen der Heyrat der Alcida mit dem Syreno / sie deß Syreno mit der Alcida. Diese wolgestalte Nymphe kante den Marcellio / die Diana / nebenst den andern allen / sehr wol ; aber nach dem wol-
ausgesonnenen Rahtschluß der Felicien wuste sie dieses alles meisterlich heimlich zu halten / und spielete
ihnen mit allem Fleiß eine solche Fabel ; sonsten hielte sie darvor / daß die Warheit vornemlichen darinnen beruhete / daß sie deß Marcellio Hertz mit einer
unvermeinten Freude übergosse ; dem andern mach-

G iij　　　　　　te sie

te sie eine blaue Dunst für die Augen / damit sie der
roselben Begierden umb so viel destomehr anflamme=
te : Nemlichen weil sie anjetzo die bittere Wermut
gekostet und in einen sauren Apffel gebissen / ihnen
die balderfolgende Freude desto honigsüsser und
schmackhafftiger vorkäme.

Sie hatten nunmehr im Fortgehen ein lustiges
Blachfeld erreichet / welches dem Thore deß Palasts
sehr nahe war / als sie gewar worden / daß ihnen eine
vielerbare Weibesperson entgegen gieng / in einem
biß auf die Füsse abhangenden gantzsammeten Rock
und länglichte schneeweisse Schleyer eingehüllet /
begleitet von dreyen der schönsten Nymphen ; wie
etwan die Poeten die ehrwirdigen Warsagerinnen /
die Sibyllen / beschrieben. Und eben diese ware die
weise Felicia / hinter welcher hertratten Dorida / Cyn=
thia und Polydora.

Als sich Arctea ihrer Frauen genähert und sie
vergewissert / daß dieses ihre Reisegeferten wären /
ist sie ihr zu Füssen gefallen und ihre Hände geküs=
set ; welchem auch / die ihr gefolget / nachkommen.
Felicia gab mit Geberden satisam zu verstehen / daß
ihr deroselben Ankunfft nicht zuwider wäre / und da
dem sie ihre anmutige Stimme mit huldreichen Ge=
berden vermengete / sagte sie : Wolgeborne Jüng=
linge / hochadeliche Jungfrauen / und ihr tugend=
reiche Nymphen / ob ich wol ob eurer Ankunfft eine
sonderbare Freude geschöpffet / verhoffe ich doch / ihr
werdet mit dieser Nymphen Gegenwart gleichso=
wol vergnüget seyn. Aber weil euch die mühsame
Reisefahrt ziemlichen abgemattet / so gehet und erfri=
schet die geschwächeten Leibeskräfften / unterdessen
vergesset eures Kummers ; zu dem ersten werden
euch in meiner Wohnung reichliche Mittel aufge=
tragen werden / das andere wird euch meine Weiß=
heit zuwegenbringen. Nachdem sie sich allerseits so=
wol mit dienstlicher Ehrerbietung als mit wolzier=

nenden Höflichkeiten gegen die Felicia bezenget / und einem jeden sein Zimmer gewiesen worden / haben sie einen Abtritt genommen. Die Felicia verordnete / daß Polydorvs und Clenarda der Orten verharreten / mit Vermelden / sie hätte noch etwas Nohtwendiges mit ihnen abzureden.

Sonsten sind / vermittelst der Aretea / die Hinterstelligen in dem überauskostbaren Palast an benamten Oertern als Gäste bewirthet worden : Worinnen einer jeglichen Person insonderheit denselben Abend trefflich aufgewartet worden. Das Haus war an ihm selbst prächtig und kostbar aufgebauet / mit vielen reichen Zieraten ausgeputzet / mit wolgebauten Gärten umb und umb bezircket / also gar / daß niemand irgend einen Mangel vermercken kunte / dem der Verstand nicht mangelt. Ich bin zwar anjetzo nicht in dem begriffen / als wolt ich euch alles nach der Länge an den Fingern herzehlen / derer begüterten und ansehnliche Wolgelegenheit ich anderweit vermeldet. Dieses allein will ich anjetzo auf die Bahn bringen.

Marcellio / Diana und Ismenia sind in zwey unterschiedliche Gemächer eingeführet worden / welche zirckelrund und mit goldgestückten Tapezereyen bekleidet waren / dergleichen Herrlichkeiten die einfältigen Schäfer ungewohnet waren. Es ist ihnen eine wolzugerichtete Abendmahlzeit / von vielen Trachten und Gerichten / zugerichtet worden / man hat ihnen mit güldenen und crystallinen Trinckgeschirren zur Tafel gedienet ; als es nun Schlaffenszeit / machten sie die Kleider arm und die Bette reich / ich will sagen / sie wurden in solche Lager gewiesen / daß ihre gänzlich durchtränckete Gemüter ihre von der arbeitseligen Reise hingerichtete Leiber in so wollenweichen und aufs Fleissigste aufgebetteten Federzelten leichtlich allen Kammer und Wegmühe verschmertzeten ; zu dem kam die Hoffnung

der

der Heilpflaster/ welche die Felicia diesen Verliebten zugesaget/ daß sie also die übernächtliche Sorg-
fältigkeit an die Wand hiengē und sich zu schlaffen
fertig macheten.

Auf der andern Seiten begab sich die Felicia von
dreyen Jungfern begleitet in ihren lustlieblichen
Garten/ Polydoro und Clenarda giengen ihr zur
Seiten/ welchen sie allen bey Hals und Kopff ver-
boten/ daß sie nicht ein Wörtlein sageten von der
Ankunfft deß Marcellio/ Diana und Ismenia/ daselbsten sie alsobalden wargenommen/ daß Eugerio/
mit seiner Tochter Alcida/ in der Sommerlaube auf-
und niderspazirete. Felis und Felismena/ Sy-
reno/ Sylvano und Sylvagia/ Arsileo und Belisa
nebenst noch einem andern Schäfer/ hatten sich bey
einem silberklaren Springbrunnen nidergelassen.
Alcida hatte die Schäferkleidung noch nicht abge-
leget/ in welcher sie selbiges Tages angelegt/ da
sie dann von Stund an ihre leibliche Geschwister erkennet. Kein sterblicher Mensch kan mit Worten
die Freude außsprechen/ die der Bruder und diese
zwo Schwestern empfunden; indem sie sich frisch
und gesund/ neben ihrem alten Vatter/ beyeinan-
der gesehen. Wie liebreich haben sie einander umb
die Hälse gefallen und zu tausend Malen geküsset?
Wie haben die gegeneinander geführeten Glückwün-
schungen/ Liebsbegrüssungen denen Thronen-Strö-
men allen Auffenthalt gezucket? Wie leutselig haben
sie einander befraget/ wie es diesem und jenem bißanhero ergangen? Alcida hat mit unsäglichen Freuden ihre Geschwister empfangen/ doch Polydoro mit
einer mehrern als Clenarda/ nemlichen weil sie sie aus
noch verdächtig hielte ob der Liebe gegen dem Mar-
cellio/ mit welchem sie darvongezogen/ und er sie in der
wüsten Insel alleine sitzen lassen/ wie wir euch bereit
erzehlet: Felicia aber bemühete sich emsig/ ihr diesen
Irrthum zu benemen/ und bearbeitete sich möglichst/
wie sie

wie sie nun denen Unglücksfällen ein gewünschtes
Ende machen könte; derowegen sagte sie: Hochgezierte Alcida/ ob dich wol die Schmälerin/ die For-
tun/ mit jammerreichen Betrübniß bemühseliget/
mit feindgesinnten Zornhaffen hartnäckig verfolget/
so wirst du doch/ wie ich meine/ nicht verneinen kön-
nen/ daß du dich mit anwesender Hertzergetzung
an der erbößten Göttin weidlich gerächet. Und obwol der Irrthum/ welcher dich bißanhero eingenom-
men/ vermöglich genug gewesen/ dein Hertz zu zer-
stücken/ wann du nemlichen deinen Marcellio/ wider einigen seinen Verdienst/ geflohen/ verstossen und
ärgerlich gehasset/ als ist es der Nohtwendigkeit/
daß alle dieser Argwohn aus deinem Hertzen aus-
gemustert werde. Was du von deß Marcellio Gemüt denckest/ ist gantz das Gegenspiel; denn daß
du in der Insel alleine gelassen worden/ ist er im
Mindsten nicht schuldig daran; sondern es hat solches
einig und allein ein verrähterisches Bubenstuck ver-
arsachet. Dieses/ damit es dir den Schaden wieder ersetzete und gutmachete/ hat dich in meine Behausung geführet; nun canst du derselben sicherlich
glauben/ und darffst dich nicht befahren/ daß irgend
ein Betrug auf seiner Zunge gefunden werde. Deß
gantzen Handels Umbstände wird dir die Clenarda
weitläufftig erzehlen; höre sie an und glaube ihren
Worten; massen ich es mit mir selber hoch betheure/
daß alles/ was sie dir von diesen Widerwertigkeiten
vermelden wird/ lautere und unverfälschete War-
heiten seyn. Worauf Clenarda angefangen/ alles/
was sich begeben/ nach der Länge herzusagen/ indem sie sich und den Marcellio bester Massen entschul-
diget/ und alles auf den Bartofannm geschoben.

Welches als es die Alcida angehöret/ hatten sie
allen Haß gegen den Marcellio und dann zugleich
auch den falschgefaßten Wahn fallen lassen. Die
in ihr längstvergrabene Liebe fieng aufs Neue an

G *   in ihr

in ihr lebhaffe zu werden / sowol wegen Belobung
und Ansehen der weisen Felicien als Ableinung
deß alten Betruges. Es wachete die Liebe gleichsam wieder vom Schlaff auf / flammte aus der A-
schen hervor / regete und bewegete sich als ein voll-
mächtige Beherrscherin ihrer hochverliebten Seele.
Derowegen redete sie die Felicia also an:

Allerweiseste Frau / ich erkenne meinen Fehler
von Hertzen gerne und deine mir unwürdigen erwiesene hohe Gutthaten / indem du mir den Argwohn
entnommen: Aber wann ich gleich von allen Arg-
listen weitentfernet den Marcellio zu lieben begehrete / würde doch in Warheit meine Freude unvollkommen seyn / und hätte ich von dir nur eine solche
Fröllichkeit zu gewarten / wie ich allbereit habe: A-
ber an deren Statt wird mein Verlangen nach seiner Gegenwart hefftige Straffen dulten / also daß
ich gezwungen werde / eine neue Gnade von dir zu
bitten.

Felicia antwortete: Das ist eine gute Anzeigung
der Liebe / die Furcht der Abwesenheit im Hertzen hegen: Aber darumb laß dir keine graue Haar wachsen / weil ich die Wiederbringung deiner Wolfahrt
auf mich genommen: Aber der erleuchtende Mond
hat allbereit der Stern Heer auf die Wache geführet / und wincket / man soll sich zur Ruhe begeben: Geh du nur anjetzo / nebenst deinem Vatter und Geschwister / zu Bett / das übrige wollen wir
Morgen frü miteinander bereden.

Hierauf erhub sie sich aus dem Garten / welchem
auf dem Fusse folgete Eugerio und seine Kinder; ein
jegliches unter ihnen nam im Palast den Ort ein /
welcher ihm auf Anbefehl der Felicia angewiesen
worden; doch waren sie alle von denen Zimmern
weit abgesondert / in welchen Marcellio und seine
Geferten mit Erlaubniß der Felicia eingekehret.

Felis und Felismena / nebenst den andern Hirten /

RES

verzogen noch ein wenig bey dem Brnnen/ nachmals
giengen sie zur Abendmahlzeit/ mit Versprechen/
sie wolten sich folgendes Tages/und zwar eine Stunde vor der Sonnen Aufgang/ wieder dahin verfü-
gen/ damit sie der kühlen Morgenlufft geniessen
möchten: Aber wie sie die Hoffnung der umbstehen-
den Liebeslust selbige Nacht nicht viel schlaffen ließ/
also stunden sie sehr frü auf und kamen noch vor
abgeredeter Stunde an den Brunnen zusammen;
ein jeder war mit seiner Geigen und Cithern verse-
hen/ auch der alte Herr Engerio kam ebenmässig mit
seinen Kindern bey frücr Tageszeit dahin: Fiengen derowegen an auf ihren Instrumenten zu spie-
len/ in die woltönende Säiten zu singen/ und nichts/
was zur Frölichkeit dienlichen/ zu unterlassen.

Der Mond war damals in seinem vollen Schein
und hielt es ihm vor eine sonderliche Ehre/ eine solche Schöne zu beleuchten/ also daß sie sich gar nicht
über den Verzug deß hereinbrechenden Tages zu beklagen. Marcellio/ Diana und Ismenia schlieffen
über Nacht in unterschiedlichen Zimmern/ doch also/
daß deß einen Zwergseite an deß andern Länge stiesse/
und beyder Fenster giengen hinaus in den Garten.
Ob sie wol/ wann sie hinaussahen/ den Brunnen
nicht erblicken konten wegen deß dicken und hohen
Ahornwalds/ welcher ihr Gesichte verhinderte; jedennoch konten sie alles/ was man redete/ eigentlich
vernemen.

Als nun Ismenia erstlich das Hin-und Wider-
gehen und die Stimm der Musicanten erhöret/ hat
sie die Diana aufgewecket. Welche als sie erwa-
chet/ verweilte sie sich nicht lang/ sondern klopffete/
mit geschlossener Fanst/ an die Wand/ so zwischen
diesen beyden Gemächern stund/ den Marcellio auf-
zuwecken; also haben sie sich alle in die Fenster geleget und doch von niemand weder gesehen noch gehöret worden.

G ꝰ Mar-

Marcello höret mit sonderbarem Auffmercken zu / ob ihm ohngefehr die Stimme der Alcida vor Ohren kommen möchte. Diana nichts desto minder spannete / ob sie den Syreno singen hörete. Ausgenommen die Ismenia hatte weder Trost noch Hoffnung ihren Montano zu vernemen / weil ihr unwissend / daß er dieser Ort verhanden. Je dennoch wolte ihr das Glück am Allerbesten; massen denselben Augenblick ein Schäfer in seine Cither also zu singen anfieng:

Sechstinne:

1.

Die Morgenröt hat mit den Rosenstralen
　　Der Sternen Glantz vertrieben und die Nacht:
　　　Es folget dir das güldne Sonnenliecht.
Das Nymphenvolck besucht die grünen Auen /
Die heitre Lufft erschallet von dem Singen /
　　　Und stimmet mit der Vögel Klinggedicht.

2.

Mein Unglück will / daß mich das Klaggedicht
　　Der Vögel schreck'; als sie die Morgenstralen
　　Voll Freud und Wohn' (indem die schwartze Nacht
Entweicht und flieht das helle Tagesliecht /)
Mit trauser Stimm erklinget in den Auen;
　　Muß ich jetzund ein Trauerliedlein singen.

3.

Die Liebe macht in ihrem Käfig singen;
　　Sie macht / daß ich mir eine Hoffnung dicht' /
　　Und nimmer-frey schau ihrer Schönheit Stralen.
Ach Nacht! Ach Nacht! Du stets betrübte Nacht /
Du schwebst umb mich / wanngleich das frühe Liecht
　　Erhält die Welt / die Flüsse / Berg und Auen.

4.

Ja meine Stimm erschallt in diesen Auen /
　　Der Wiederhall muß meine Klage singen /
　　Sein Gegenwort ist nicht nur ein Gedicht /

Das

Das durch die Lufft verhaucht. Die Sonnenstralen
Bezeugen mir / daß ich die gantze Nacht
　Geführt die Klag umb meines Hertzens Liecht.

5.

O Sonnenglantz / O wunderschönes Liecht /
　Ihr Matt / Thal / Fluß / Hügel / Berg und Auen /
　Hört! wie sie sich nicht neigt zu meinem Singen.
Hört! sie veracht die Lieb als ein Gedicht /
Und leuchtet doch mit ihren Wangenstralen /
　Als wie der Schein / so folgt der Sternennacht.

6.

Wann alles ruht und in der stillen Nacht
　Entschlaffen ist / wacht meines Hertzens Liecht /
　Daß ich verirrt traum' in den feuchten Auen.
Ich seufftz' und wein' und klage in dem Singen /
Wie manches Lied / ja Klag = und Klinggedicht
　Hab ich gemacht. Komt doch ihr Sonnenstralen!

(Nachgesang.)

Ihr tönt allein versagen meine Nacht /
　Ihr tönt allein erfreuen Gras und Auen /
Ihr tönt allein beglücken mein Gedicht.

Ismenia / an dem Kammerfenster lauschend / erkante alsobald die Stimme ihres singenden Ehgattens Montano / darumb sie denn umb so viel destomehr erfreuet worden / als viel schmertzlicher ihr
das Hertzeleid wegen deß Inhalts deß Gesanges vor
Ohren kommen: Massen sie argwöhnete / als wäre
es eine andere / die Montano so inbrünstig liebete ;
doch irrete sie nicht lang diesen Irrthum / angesehen /
daß sie nach geendetem Liede den Schäfer überlaut
seufftzen hörete.

　Ach du übel gemartertes Hertz / wie böslich hast
du dir gerahten/ daß du auf einen ungewissen schlipf-
fertigen Argwohn gebauet / und wie billich leidest du
dieses Unglück / das dir deine eigene Leichtfertig-
keit auf dem Amboß der Eiversucht geschmiedet!

Ach

Ach allerliebste Ismenia / es wäre mir tausendmal
besser / wenn doch meine liebhabende und deine liebs
gebende Gunstgewogenheit nur daran wäre / daß
du mir ja nicht mehr in der gantzen Welt nachlaufs
sen dürfftest / daß ich nach erkantem Fehltritt wieder
nach Hause gehe könte / in Hoffnung / dich in dem Dei=
nen wolvergnüget anzutreffen. Ach du falsch be=
trügliche Silveria / wie schändlich hast du Undanck=
barste den belohnet / welcher dir von Jugend auf=
alles Liebes und Gutes erwiesen hat: Aber ich will
dir von Hertzen gern deine Mißhandlung verzeihen /
und über diß wegen der hernachmals entdeckten
Warheit noch herrlich beschencken / wann ich nur eh
zu mir selbsten und dann in mein Haus kommen sol=
te / ehe meine Dahinkunfft ein neues Unglück ver=
ursacheten.

Nach Anhörung dieses schätzte sich die Ismenta
höchstglückselig / und hat dieses ein so grosse Freu=
de in ihrem Hertzen erwecket / daß man es kaum
grösser einbilden könte. Die milden Threnen rausche=
ten ihr vor Freuden gleich einem Regenbach von ih=
ren Wangen herab / und redete gleich einer Person /
welche all ihr Kummer= und Jammerleid überwun=
den / mit sich selber:

So waar ich lebe / nunmehr ist die bestimmte Zeit
meiner Glückseligkeit angebrochen ; warlich dieses
Haus ist zu keinem andern Ende aufgebauet wor=
den / als daß alle mühbelastete Seelen in dessen
Schos Labsal / Linderung und Minderung ihrer
Trübseligkeit finden.

Als Marcellio und Diana dieses verstanden / ha=
ben sie sich neben der Ismenia sonderlich erfreuet /
weil sie dieses Wolergehen auch in ihrem Glauben
bestärckete. Ismenia wolte mit gantzer Gewalt sich
zu ihrem Kammerfenster in den Garten hinablassen:
Indem sie nun Marcellio und Diana hielten / mit
Beredung / man müste in diesem Fall der Felicia
Willen

Willen erwarten / haben sie einen neuen Gesang
nechst der Quell gehöret / in welchem Diana alsobalden den Syreno erwittert. Ismenia und die andern erzeigeten sich still / damit sie die Aufmerckung
der Verliebten nicht verstöreten / welche mit lang-
verlangtem Verlangen auf diese Stimme gelau-
ret. Sein Lied lautete fast auf diesen Schlag:

I.

Syreno:

Der Freyer ist erfreut /
Wann seine Lieb erneut /
   Und alles Leid vergessen /
Vergessen und dahin /
   Das ihn vor können pressen
Im langbetrübten Sinn.

2.

Ungunst und Hertzeleid /
Furcht / Eyver / Haß und Reid /
   Sind solche Martersachen /
Den niemand nicht entgeht /
   So nicht mit Spott und Lachen
Der Nymphen müssig steht.

3.

Du / meiner Augen Liecht /
In der die Freud entbricht /
   Darvon das Leid geflossen.
Diana Härtigkeit
  Hielt deine Thür verschlossen:
Nun bist du gantz befreyt.

4.

Wann sie / aus eignem Trieb /
Mich mit der grösten Lieb'
   Und Gunste wolt umbfangen:
Könt ich doch dieser Zeit
   Ein Mehrers nicht erlangen
Als eitel Hertzeleid.

f. Ach

5.

Ach daß Cupido ſich
Solt rächen ſich und mich
    Mit Schmertzen ohne Hoffen?
Weil die gebrochne Trew
    Hat offtmals Straff betroffen
Mit allzuſpater Reu.

6.

Ja/ wann du gegen mich/
Wie ich vor gegen dich/
    In Liebe ſolt entbrennen;
Acht ich dich nimmer werth:
    Ich wolte dich nicht kennen/
Und fielſt du auf die Erd.

7.

Wann du mir lieffeſt nach
Mit Threnen/ Weh und Ach/
    Wolt ich vor dir entfliehen/
Ja ſolſt du fort und fort/
    Hier liegen auf den Knien
Mit manchem Jammerwort.

8.

Geſetzt / nun deine Huld
Sey / wie du meinſt / die Schuld /
    Die ich ſoll wiedergelten /
Es iſt nicht umb die Zeit /
    Daß ich für Trotz und Schelten
Erweiſe Danckbarkeit.

9.

Diana zweiffelſt du?
Ach käm' es nur darzu/
    Daß ich dich ſolt betrüben?
Ich haſſe dich vielmehr
    Als ich dich können lieben/
Und liebt ich noch ſo ſehr.

10.

Wol/ ich vergeſſe dein;

Wie du vergeſſen mein.
  Der Liebe Wandelſachen /
Geführet ohn Vernunfft /
  So ſchlechte Endſchafft machen
Bey unſrer Schäferzunfft.

II.

Diana nich verlangt /
Daß du / wie ich / bedrangt /
  Vor Liebe ſolſt verzagen /
Und daß ich gleicher Weis'
  Dich wieder tönte plagen /
Mit meines Hertzens Eis.

12.

Doch ſolte beſſer ſeyn /
Wann du bey mir allein
  Säſſt hier an meiner Seiten:
Dann deiner Threnenbach
  Wolt ich ergrimmet leiten
Zu wolverſchuldter Rach.

13.

So lang ich leben werd
Auf dieſer ſchnöden Erd' /
  Hab ich mir vorgenommen /
Daß mir zu Angeſicht
  Soll nimmer nimmer kommen /
Die meine Huld vernicht.

Es gieng der Diana hier wie denen jenigen / wel=
che mit allem Fleiß nach ihrem eigenen Unglück ſtre=
ben: Denn als ſie die Meynung und die Scheltwort
deß Syreno eingenommen / iſt ſie deromaſſen erſchro=
chen / daß ich es mit Worten nicht gnugſam aus=
ſprechen kan; ich will es vielmehr dem wolverſtän=
digen Leſer zu erwegen hinterlaſſen.

  Gnug iſt es / wiſſen / daß ſie ſich augenblicklichen
deß Todes verſahe / alſo daß ſie die Anweſenden /
Marcellio und Iſmenia / tröſten und ſtärcken mu=
ſten / denen warlich weder Wort noch Grundſchlüſſe
gebra=

gebrachen / dieses unverhoffte Ubel zu mildern: Unter welchen vornemlich dieser war / sie solle doch zu Gemüt ziehen / daß die Weisheit der Felicien / in derer Behausung sie jetzo wären / nicht an gewisse Fäll gebunden / daß sie nicht auch einem hefftigern Unglück mit einer heilsamen Artzney abhelffen könne. Wie sie nemlich an der Ismenia gethan / so gleicher Gestalt von ihrem Montano vernichtet worden. Auf welches Zusprechen sich Diana in etwas zufrieden geben.

Indem diese miteinander so Sprach halten und die goldgemengten Stralen der purpurfarbenen Morgenröte tageten / kam Arelea mit frölichläheldem Angesicht zu ihnen in das Zimmer / sagende: Gestrenger Ritter und schönste Nymphe / euch gebe der Himmel so viel gedeyliche und glückliche Jahre / als eure hohe Tugenden verdienen. Es hat mich die weise Felicia zu euch gesendet / umb zu fragen / ob ihr diese Nacht mit freudigerm Gemüte / als ihr bisher gewohnet / hingebracht. Und ob ihr euch mit mir zugleich in unserm schönbegrünten Lustgarten bemühen wollet / da sie euer wartet / weil sie euch etwas Nohtwendiges anzumelden: Du aber Marcellio wirst deinen Schäferrock aus= und dieses Kleid / das deinem Stand gemäß / (weil ich es zu dem End mit mir hiehergetragen) anziehen.

Ismenia konte der Antwort deß Marcellio nicht erwarten / also erfreute sie die gute Post: Glückselig / sagte sie / glückselig ist der Tag / an welchem du uns / huldreiche Nymphe / eine so hertzerfreuliche Zeitung gebracht / Gott wolle es dir in gleichmässigen Zustande / weil wir es mit unserm undienstlichen Bedancken nicht erwiedern können / reichlichen vergelten! Weil du die innerliche Hertzensfreude von uns zu wissen begehrest / so ist dieselbe dahero umb so viel desto grösser / weil wir unter diesem Dach hausen können: Am Allergrössesten aber / weil ich / mel-

meß

der schönen Diana.

16;

tes Theils/ diesen Morgen gantz von Neuem wieder
lebendig worden; Marcellio und Diana verhoffen
dergleichen: Damit wir aber deiner allweisen Frau
en Befehl in allem nachleben/ so wollen wir uns
eilend auf unsere Beine machen und uns an den be=
sagten Ort verfügen. Vor das Andere lassen wir die
Felicia sorgen.

Aretea nam das Kleid/welches der Marcellio
anlegen solte/ von der Begleiterin/ ihre Hände aber
waren in Antleidung desselben geschäfftig. Die
güldenen Stück waren mit lauter Edelgesteinen über
und über versetzet/ daß deroselben Werth schwer=
lich auszurechnen. Auf dieses giengen sie nun aus
dem Zimmer und folgeten der vorgehenden Aretea/
welche sie durch das Schloßthor in den angelegenen
Garten führete. Umb denselben murmelte auf ei=
ner Seiten ein hellflüssendes Wässerlein/ auf der
andern bevestigten ihn die prächtigaufgeführten
Palastgebäue. Die übrigen zwo Seiten waren mit
einer ziegelsteinernen Maur eingefangen/ welche
umb und umb mit selbstgewachsenen Sträucherzäu=
nen belaubet/ mit solcher Augenlust/ daß ich vielzu
wenig bin/ selbige hiesiges Ortes vorzumahlen. Als
sie nun hineingegangen/ haben sie den Sylvano und
die Sylvagia von der andern Schäfergesellschaffe
abgesondert angetroffen; welche ein Stuck der Gra=
sematten anweit von deß Garten Thür eingeräu=
met worden.

Hier ist Aretea von ihnen gangen und befohlen/
der Felicien Ankunfft zu erwarten: Angesehen/ daß
sie noch ein Mehrers zu verschaffen; sie müste zu ihrer
Frauen gehen und ihr/ was sie ausgerichtet/ ver=
melden. Sylvano und Sylvagia haben von Stund
an die Diana gekennet und sich nicht wenig ob der=
selben Dahinkunfft verwundert. Wie nicht minder
Sylvagia diese Ismenia/ weil sie beyde aus einem
Dorffe: Dahero haben sie einander freudig em=
pfangen

pfangen und die Wolgewogenheit mit offtwieder=
holeten Umhalsen sattsam zu verstehen geben / weil
sie nach so langabgelauffener Zeit an einem so lust=
reichen Ort wieder zusammenkommen : Derowe=
gen sagte Sylvagia schmutzelnd : Die wolgestalte
Diana sey hiesiger Ort willkommen; deren Haß ver=
ursachet / daß mir mein Sylvano ehlichen zu Theil
worden; auch erfreue ich mich über der wolgezierten
Ismenia Gesundheit / welche mir mit ihrem falsch=
gefaßten Wahn so viel Hertzleid zugerichtet / daß /
als ich demselben abhelffen wollen / anhero kommen/
daß es in tausend Freuden verwandelt worden.
Was für ein wolgeneigtes Glück hat euch beyde
hergeführet?

Dasselbe / antwortete Diana / das wir aus des=
ser Gegenwart empfunden / und das wir von der
Hand der weisen Felicien zu gewarten. O glückse=
lige Nymphe / deine behägliche Zufriedenheit belu=
stiget mich nicht wenig! Gott helffe / daß du lange
Jahr diesen glücklichen Lebenslauff fortsetzen mö=
gest.

Marcellio ließ sich diese Wortwechselung gar
nichts oder doch wenig anfechten / weil ihm der Syl=
vano und die Sylvagia unbekand. Indem aber
die Schäfer und Schäferinen so miteinander schwa=
tzeten/ ersihet er einen Ritter und eine Nymphe/ wel=
che einander bey den Händen führeten/ und in der
Sommerlaube hin und wieder spatzireten. Der An=
blick der Nymphe belustigte ihn nicht wenig / weil
ihm sein Gemüt sagete / daß er sie anderweit gese=
hen : Damit er sich aber aus der Zweiffelhafftigkeit
herauswickelte / fragte er den Sylvano : Ob es wol /
spricht er / eine Grobheit ist / eure verträuliche Zu=
sammenkunfft verstören / möchte ich doch gerne von
dir / geehrter Schäfer / Bericht einholen / wer diese
beyde/ die dort miteinander herumbspatziren?

Selbige sind / antwortete Sylvano / die beyden
Ehleu=

Ehlente Fells und Felismena. Als Marcellio den
Namen Felismena hörete/stutzte er. Mein/fuhr er
fort / sag mir / wessen Tochter ist diese Felismena?
wo ist sie her? Vielleicht ist dir auch dieses wissend:
Dann umb den Felis mag ich mich nicht groß beküm-
mern. Offtermals/antwortete Sylvano / habe ich
ihn hören erzehlen / sein Vatterland wäre Soldina/
eine Stadt der Provintz Vandaken / der Vater
Andronio / die Mutter Delia: Aber erzeige mir
wieder diese grosse Gnade und verständige mich/
wer ihr seyd / und aus was für Ursachen ihr dieses
von mir erfraget?

Meinen Namen/sagte Marcellio/ und alles Andere / was meine Person betrifft / wirst du hernach
erfahren: Aber anjetzo / weil du diesen Felis und
die Felismena kennest/so thue mir doch diese Freund-
schafft / gehe zu ihnen hin und frage sie / ob mir nicht
möchte zugelassen seyn / ein Wort oder etliche mit
ihnen zu sprechen: Massen ich sie gerne umb etwas
zur Rede setzen wolte / daran sehr viel gelegen.

Das ist mir eine schlechte Müh / sprach Sylvano / und ging alsobald dahin / wo sich Felis und Felismena erlustireten. Dieser Ritter / den ihr dort sehet / (so bracht er seine Wort an/) bittet / daß ihr
ihn / auf ein Kleines / eurer Unterredung würdigen
wollet / wo es anderst ohne Beschwerniß füglichen
geschehen kan: Denn / wie er vorgibt / so ist es eine
Sache von Wichtigkeit / die er anzubringen gewillet ist.

Die Erbetenen verweileten sich im Geringsten
nichts / sondern lieffen auf den Marcellio wegfertig
zu. Nach abgelegten gebräuchlichen Begrüssungen
und Höflichkeiten wendete sich Marcellio zu der Felismena / sagend: Schönstes Fräulein / diesen Hirten hab ich neulichst ersuchet / ob ihm nicht etwas
kundig von deiner Vatterstadt und von deinen
Eltern / welches mir denn willigst vermeldet / was er

aus

aus deinem Mund selbst erlernet; und weil ich einen Burger aus derselben Stadt kenne/ der/ so ich mich anderst recht entsinne/ eines Ritters Sohn ist/ und heisset wie dein Vatter; Als will ich dich nochmal höchlich gebeten haben/ berichte mich doch/ ob du jemaln einen leiblichen Bruder gehabt; wie sein Name gewesen/ es könte gar wol seyn/ daß ich ihn auch kennete.

Worauf Felismena tieffseufftzend sagte: Ach/ vielgeehrter Herr/ wie hast du mich mit diesen deinen Fragen erschrecket! Wisse/ daß ich ausser allem Zweiffel einē leiblichen Bruder gehabt und zwar solcher Gestalt/ daß wir beyde als Zwillinge auf einmal zur Welt kommen. Als er in das zwölffte Jahr seines Alters gieng/ ist er von unserm Vatter Andronio an den Hof deß Königs von Portugal verschicket worden/ da er sich dann viel Jahr lang aufgehalten. Dieses ist es alles/ was mir von ihm kund/ welches ich auch vor diesem dem Sylvano und der Sylvagia zu wissen gemacht/ die beyde hier verhanden bey dem Ahornbrunnen: Nachdem ich etliche Nymphen von den Waldgöttern auf der mit Lorberbäumen überwachsenen Wiesen losgemachet: Von dar an haben wir nicht das Geringste mehr von ihm erfahren/ ausgenommen dieses/ daß er/ als ein Feldhaubtmann/ von dem Könige in Portugal gegen Africa über verleget worden: Ich aber/ welche eine so lange Zeit fast die gantze Welt durchlauffen und meinem Unglück nachgerennet/ weiß nicht/ ob er tod oder lebendig.

Marcellio kunte sich damals/ auf keinerley Weise und Wege/ mehr enthalten: Fieng überlaut an zu schreyen: Freylich bin ich biß anhero tod gewesen/ weil ich deines Anschauens entübriget seyn müssen; Felismena/ du bist doppelt meine leibliche Schwester: Nun aber bin ich wieder lebendig worden/ und weil wir wieder zusammenkommen/ verhoff'

hoffe ich / mit Gott / mein Leben noch lange Zeit zu
fristen. Nach Beschehung dieses nam er sie mit trefflich = wolanständiger Freundlichkeit in die Arme.
Felismena erkennend ihren Bruder an Geberden /
beredete ihr Gemüt sehr leichtlich / es wäre warhafftig der jene / welchen sie / von erster Wiegen an /
in ihrem Hertzen gebildet / mit sich herumbführete;
folgerte derohalben unwidertretblich / es müste eben
derselbe und kein anderer seyn.

Aller Hertzen wurden mit inniglicher Wonne ü-
berhäuffet : Sylvano / die andere Hirtengesellschafft
und Nymphen / als sie die erwünschte Wolbegeben-
heiten vernommen / waren eben auch mit ihren Ge-
spielen wunderfroh. Sie begrüsseten einander mit
redenden Augen und schweigendem Munde : Sie
trockneten einander die alten Jammerthrenen von
den Wangen : Auf mancherley Fragen gefielen
mancherley Beantwortungen / indem sie einander
erzehleten / was für Widerwertigkeit / an welchem
Ort / zu welcher Zeit sie solche ausgestandē; nichts er-
mangelte / was zu einem vollständigen Vergnügen
erheischet wird. Sie hatten in so holdreichem Gespräch eine Stund verbracht / und doch däuchtete
sie / sie hätten wenig geredet gegen dem / was sie noch
zu reden / zu fragen und zu beantworten hätten :
Massen eine geraume Zeit verflossen / daß sie voneinander getrennet / keines von dem andern etwas erfahren. Derhalben damit sie desto geneigter und si-
cherer ihrer freudenvollen Unterredungen abwarten
könten / satzten sie sich auf die nahangelegene Blu-
menwiese unter die frischbelaubten Weiden / welcher Zweige / aus stummer Gegenliebe / einander
gleichsam umbarmeten / und einen dicken und annemlichen Kühschatten von sich warffen ; in welchen
sie der feuerbrennenden auf den Mittag zurennenden
Sonnenhitz entgehen konten.

Indem nun Marcellio / Felis / Felismena / Sylvano

vano und der Nymphen Chor miteinander so spracheten / waren auf der andern Gartenseite nechst dem obbelobten Brunnen Eugerio / Polydoro / Alcida und Clenarda. Alcida hatte selbigen Tag / auf Befehl der Felicia / ihre Hirtentracht abgeleget / und war nun mit goldgestücktem kostbaren Schmuck / welchen ihr dieselbe überreichen lassen / angekleidet.

Es hatten sich auch ferner dahin gefunden Syreno / Montano / Arsileo und Belisa / welche sich mit Singen und Springen lustig erzeigeten ; Eugerio schöpffete / mit seinen Kindern / aus Anhörung derselben / äusserstes Vergnügen : Das aber / was sie am Meisten befriedigte / war der Gesang / welchen Syreno und Arsileo wechselweise anstimmeten , einer lobete / der ander verrachtete das blinde Venuskind : Sie wurden aber insonderheit zum Singen angefrischet durch eine crystalline Schale / welche Eugerio demjenigen versprochen / der das Beste im Musiciren thun würde. Derowegen sung Syreno in seine Cither / Arsileo aber in seine Leyer / wie folget :

Syreno :

Ihr Augen / die ihr seyd mit Freuden angefüllt /
Sagt / welcher Sternenstral hat euch nun aufgehüllt ?
O wohlgehäuffte Last ihr könt vergnügter leben /
Weil ihr der Hirtin Haß nun habt Verdruß gegeben.
Wol / mir beliebet sehr der Vorsatz in dem Sinn /
Ihr Augen nemt in Acht / schaut dorten nicht mehr hin.
Das ist der beste Raht / entfesselt seyn von Lieben
Und sich nun / mit Verstand / in Frey- und Blindheit üben.

Arsileo :

Ihr Augen / die ihr seyd mit hellem Schein erfüllt /
Sagt / welcher Sonnenstral hat euch nun aufgehüllt /
O wonne

O wonngehauffte Lust! ihr tönt vergnüget leben/
Weil euch der Hirten lieb hat Freudenblicke ge-
ben.
Wol/ mir beliebet sehr mein hertzerfreuter Sinn.
Ihr Augen schauet stets dort nach Belisa hin.
Das ist der beste Raht/in stetsverbundnem Lieben
Biß zu dem Leichenstein Gedult und Hoffnung
üben.

Syreno hatte sich allbereit zum andern Mal gefasst
gemacht den Arsileo zu beantworten/ als Eugerio
winckte/ sie solten innehalten. Ihr Schäfer/sprach
er/ weil ihr den Danck dieses Wettesingens von meiner Hand zu gewarten/ als meine ich/ solt es nicht
uneben seyn/ wann ihr auf die Weise/ so mir vornemlichen gefällig/ einen Singkampff eingienget.
Du Syreno/ fange du an und singe deine Meloden
nacheinander fort/ so gut/ als es dir die vielgünsti-
gen Musen in den Mund geben werden: Du aber
Arsileo wirst ihm eben so viel Verse entgegensetzen/
weil du es vor thunlich ihm in allen zu folgen auf-
und angenommen. Dieser Vorschlag beliebte auch
beyden Schäfern. Syreno schwang seine Stimme
also empor:

I.

Nun freuet uns die frohe Frülingszier;
   Wann uns der Lentz ertheilt die Blumenwahl/
     Und tapezirt die neubegrasten Matten:
Wann Laub und Blüt sprosst/ schosst und knopfft
herfür/
   Wann unsre Herd ergrössert an der Zahl/
     Die Vögel sich in heitren Lüfften gatten/
       Wann neckst den Weidenschatten
Der Quellen Flut durchstrudelt Feld und Auen.
    Hör Widerglück/
    Laß deine Blick/

H   Laß

Laß deinen alten Tück /
Schau nimmermehr zurück.
Ich will dir / Lieb' und Glück / nimmer trauen.

2.

Laß unsre Zunfft in stiller Einsamkeit /
Im Einfaltstand und sorgenfreyer Ruh /
Mit Wenigsatt und Unschuld sicher leben.
Laß sonder Haß verfliessen unsre Zeit ;
Es ist kein Ruhm auf Schäfer schlagen zu /
Die schwach und blöd sich williglich ergeben /
Und in Gefährniß schweben ;
Such dortt Ruhm / da man dich wünscht zu schauen /
Da Lasterlust
Ist stets bewust /
Da / der den Hof erkennt /
Ihm von dem Hoffen nennt.
Ich will dir / Lieb' und Glück / nimmer trauen.

3.

Sag / das Gesetz der fessellose Geist
Hat je bezwänge ; euch ist nicht unterthan /
Der noch der Furcht noch Hoffnung ist ergebt :
Geht / übet Rach bey dem / der Euer heisst ;
Bey dem / der sich speist mit falsch süssem Wahn /
Der euch bedient / muß eurer Gnaden leben /
Für euch Tyrannen beben :
Dort lasset sie auf eur Vermögen bauen /
Die Lieb ist blind
Und nur ein Kind /
Das Glück hat Weiber-Sinn :
Reisst den / der steht / dahin.
Ich will dir / Lieb' und Glück / nimmer trauen.

4.

Wer ist doch der / so euch als Götter kennt ?
Es ist kein Gott ein helle Feuerglut /   (xel.
Die umb sich greifft und / was sie findt / verzehr
Es ist ein Gauch / der dich / O Liebe / nennt
Das Venuskind geboren von der Flut ;

Der

Der Venusſtrahn hat Freundlichkeit vermeh⸗
    Daß ſie wurd hochgeehret. (ret/
Wem ſolte nicht vor ſolchen Götzen grauen?
    Lieb iſt ein Sohn
    Und eine Kron /
    Den das Glück hat erzeigt /
    Wann ſonſt die Einfalt treugt.
Ich will dir / Lieb und Glück / nimmer trauen.

5.

Das fromme Schaf entflieht der Wölffin Grimm /
  Die mit Begierd umb unſre Hürden lauſcht /
    Sie raubet offt die Wollenherdgenoſſen :.
Die Henn' und Taub erkennt man an der Stimm /
  Wann umb ſie her der ſalbe Geyer rauſcht ;
    Der Eichenbaum erzittert vor den Schloſſen /
      Mit Hagel ausgegoſſen /
Das Holtz zerſpalt / der Aſt ächzt in dem Hauen.
    Ja jedes Ding
    Das ſcheint gering /
    Entweichet ſeinem Feind
    Und liebet ſeinen Freund.
Ich will dir / Lieb und Glück / nimmer trauen.

6.

Ein Seelenſchmertz / der nicht wol findet Wort /
  Den man empfindt und niemals ausgeſagt /
    Da Luſt und Laſt / da Frucht und Furcht ver⸗
      menget ; (vers
Niemand verbrennt / der doch brennt fort und fort /
  Da ſonder Troſt iſt die Vernunfft geplagt /
    Ja zwiſchen Tod und Leben eingezwenget
      Und peinlich angeſtrenget.
Heiſſt das das Recht der Buhler bey den Frauen!
    Die Eiverſucht
    Und Glückesflucht /
    Die niemals ſtehet ſtet /
    Stöſſt manchen von dem Bret.
Ich will dir / Lieb und Glück / nimmer trauen.

          Auf

Auf Erklärung dieses Liedes grieff Arsileo in
seine Säiten / und nachdem er auf denselben eins
vorgespielet ; antwortet er durch / und durch auf ein
jedwedes seines Gegetheils Gesetze sothaner Massen :

I.

Es bleibe stets / ja viel und lange Zeit
   Ein Freudenkentz und mahle dieses Feld /
     Mit buntem Schmuck die Erde zu beschönen :
Den Sand bedeck' ihr grünes Jägerkleid /
   Den Baum verhüll' ein dickbelaubter Zelt.
     Der Gegenhall verdople Stim und Sehnen
       Nach dieser Schäfertönen.
Die Frölichkeit bewohne Feld und Auen /
     Was Winterkält
     Erfroren hält /
     Erweiche freche Lieb'
     Aus warmen Sonnentrieb.
Ich will dir / Lieb' und Glück / stetig trauen.

2.

Gedencke nicht / du Schäfer in dem Thal /
   Daß nun der Lentz / die Blum / das Reyenlied /
     Die Weid und Quell euch soll und muß ent
     freuen :
Wenn in dem Hertz gebricht der Liebe Mahl /
   So hegt das Lied das Leid in dem Gemüt /
     Was hilffts den Hut mit Blumtand ernend /
     Laub umb die Hürden strewen ?
Wann ihr / wie ich / nicht könt die Liebste schauen.
     Die Tugendblum /
     Mein Lied und Ruhm /
     Der Hertz - und Augenweid /
     Mein Wonn und liebste Freud' /
Ich will dir / Lieb' und Glück / stetig trauen.

3.

Der ich bevor im Müssiggang gelebt /
   Faul an dem Leib' / verdüstert im Verstand /
     Und nur bedacht / wie Reichthum zu gewinnen ;
             Ja /

Ja/ wie ich sag/ im freyen Stand geschwebt/
  Ohn Höflichkeit und sonder Liebesband;
    Erlerne nun / wie einer soll beginnen/
      Die Liebste zu gewinnen.
Und wie man Glück soll auf die Liebe bauen.
      Ich werff zum Ziel
      Im Schleuderspiel.
    Der sich mit mir vergleicht/
    Zurück mit Schanden weicht.
Ich will dir/ Lieb' und Glück/ stetig trauen.

4.

Das Alterthum hat euch mit Recht genennt
  Ein Göttervolck ob eurer grossen Macht/
    Das jederzeit nicht irdisch ist gewesen.
Die Hitz und Frost man in der Lieb' erkennt/
  Der Einfaltmann wird zu Verstand gebracht/
    Der vormals kranck/ kan durch das Glück ge
    nesen:
      Und wer hat nicht gelesen/
(Wann man ihm lässt nicht für der Warheit grau
    Wie Lieb und Glück   en/
    Mit gleichem Strick
    Die höchsten Thron betriegt/
    Und selben obgesiegt.
Ich will dir/ Lieb' und Glück/ stetig trauen.

5.

Fürwar es ist nur Freude/ wann man trägt
  Der Liebe Joch/ die angeneme Last/
    Im Reich der Lieb/ wir sollen unsren Willen
So stärcker Macht/ die alle Feind' erlegt/
  Verlieren/ wann wir recht zu Sinn gefasst/
    Daß sie uns kan mit süsser Lust erfüllen/
      Und allen Schmertzen stillen.
Auch unser Augenliecht mit vielen Thränen tauen &
  Hat Ungedult
    Zur Spott und Schuld/

H iij   Und

Und nicht das Liebsgeschick /
Noch sonsten Ungelück.
Ich will dir / Lieb' und Glück / stetig trauen.

6.

Betrachte doch die kreidenweisse Hand /
Das Stralenaug kan mit dem Wunderliecht
Mein Hertz und Sinn mit vollem Blick er-
hellen.
Wer achtet dann das Trauren eine Schand /
Wann er beschaut das Sternen = Angesicht /
Das in mir macht viel Freud und Wonne
quellen.
Ich laß die Hunde bellen /
Und sorge nur zu dienen solchen Frauen.
Die mich anlacht /
Ist hochgeacht:
Ihr hoher Augenblick
Sind güldne Hertzensstrick.
Ich will dir / Lieb' und Glück / stetig trauen.

Männiglich belustigte diese Schäfermusc. Er-
gerio wuste nicht / welchem er solte den aufgesetzten
Danck zusprechen ; derowegen ruffte er den Montano auf die Seite / sich mit ihm berahtschlagende /
welcher unter diesen zweyen seine Sache am besten
verrichtet ; Montano konte in diesem Handel auch
keinen richtigen Ausschlag geben / massen sie beyde
wol / keiner aber übel gesungen. Worauf er sich zu
dem Syreno und Arsileo gewendet und zu ihnen gesaget: Ihr kunstlieblichen Sänger / ich kan zwischen
euch keinen Unterscheid finden / ob ihr zwar euer
Gleichen nicht habet ; so kan doch kein Eydem andern
so gleichen / als ihr beyde einander ähnlicher. Solte
auch der Götter Verhängniß den alten Palämon
wieder von den Toden auferwecken / so könte er selb-
ander Urtheil fällen noch euch beyde unterscheiden.
Da Syreno biß zwar dieser unkfallinen Schaten
wie

wirdig / und du Arsileo hast sie auch rühmlich ver=
dienet. Derowegen so thät ich unrecht / wann ich
einem aus euch beyden den Danck zuschriebe. Die
Warheit zu bekennen / so halt ich es mit dem Mon=
tano; dir Syreno gebühret mit sonderbarem hohen
Lobe diese crystallne Schale. Dir aber Arsileo wil
ich diese / welche jener an Kunstausarbeitung und
dem Werth nichts bevorgibt / von Chalcedon ver=
ehren. So beschencke ich euch nun mit zwo gleich=
schönen und gleichgültigen Schalen von dem Haus=
rat der weisen Felicien / welche mich auch neulich
mit denselben bereichert. Die Schäfer waren bey=
des mit dem wolgefällten Urtheil und dann auch
mit den ansehnlichen Geschencken trefflich wol ver=
gnüget / und bedanckten sich über die Massen freund=
lich.

Worauf Alcida mit folgenden Worten hervor=
gebrochen: Wann ich noch in dem alten Irrthum
steckete / däuchtete mich nicht / daß es der Billichleit
gemäß / daß man dem Arsileo gleichgültigen Danck /
wie dem Syreno / ertheile. Nun ich aber meines
Wahnwitzes entnommen und der Liebe Gefangene
bin / (massen ich wegen der Liebe meines Marcello
sehr viel ausgestanden /) so geb ich zwar mein Ja=
wort darzu / daß Syreno in allewege das beste Mei=
sterstuck gethan; aber wegen der Liebeslust / die er
an seinem Ehstande ins künfftige geniessen möchte /
so vermeine ich / es hätte Arsileo gewonnen. Aber um=
vorsichtiger Syreno / schaue wol zu / daß du dich
nicht über die schöne Diana beklagest; es ist ein
schlechter Unterscheid zwischen meinem und deinem
Jammer / welchen ich vor diesem über den Marcel=
lio geführet. Ich will gewißlich noch die Zeit erleben /
daß es dein von der Lieb allzuweit entfernetes Ge=
müt mit gar zu später Reue büssen wird.

Syreno lächelnd antwortete: Hab ich dann nicht
Fug und Recht genug / mich über sie zu beklagen /

als welche mich von freyen Stücken verlassen / und
sich an einen unglückseligen undanckbaren Ehmans
gehencket. Alcida sagte: Unglückselig ist er genug
gewest / seit der Zeit / daß er mich zum ersten Mal
gesehen: Und daß wir auf den Händel kommen / so
will ich dirs vollends / was ich gestern wegen der
Darzwischenkunfft der Felicien abreissen müssen / erzehlen / wie es eigentlich mit der schönen Diana beschaffen: Und zwar zu dem Ende / damit du umb
so viel desto eh das Unglück / mit welchem der unglückselige Cupido den unglücklichen Dello beleget /
in Vergessenheit stellen möchtest. Ich habe oben gegen dir erwähnet / wie ich bey dem Ahornbrunnen
mit der Diana gesungen und geredet / wie ihr eiver-
süchtiger Dello darzukommen / und bald darauf mein
arbeitseliger Marcellio / welcher / so bald ich ihn
erkennet / mich dermassen bestürtzet gemacht / daß ich
mit höchstbeflissener Müh über Stock und Block /
über Berg und Thal / gerennet. Gib Achtung darauf / was mir hernach begegnet: Als ich so fortge-
lauffen / hör ich auf der andern Seiten eine ruffen-
de Stimme / Alcida / Alcida ; warte / warte. Ich
vermeinte / es wäre der mich verfolgende Marcellio / und damit er mich ja nicht erhaschete / fang ich
an / umb so viel desto stärcker zulauffen: Aber wie
ich hernach erfahren / so hat Dello / deiner Dianen
Ehmann / so greulich geschrien / welcher mir ohne
Aufhören auf dem Fusse nachgefolget. Als ich
mich aber gantz aus dem Athem gelauffen und nicht
weiter fortgekont / hat er mich / sonder einige Müh /
erholet. So bald ich ihn erkant / bin ich stehen blieben / zu vernemen / was er begehre / massen ich keine
einige Ursache erdencken konte / warumb er mir so
nacheilete. Er / als er zu mir kommen / war so müde
und abgelauffen / daß er vor Keuchen und Athemen
nicht ein Wörtlein vor die Lippen bringen können.
Letzlichen aber hat er mit garstigen und unhöflichen
Wor-

Worten mich umb meine Ehre angesprochen/ seine
hefftige Liebe vorwendende/ welche ihm darzu ver-
anlasset/ daß er mir so eilfertig nachgelauffen. Er
bat mich umb Gottes willen/ ich solte mich doch seiner erbarmen; und ich weiß nicht/ was er mehr vor
Reden führete/ die genugsam anzeigeten/ daß er
unter dem Hut nicht allerdings wolverwahret.
Ich meines Theils verlachete den Narrenkopff/ mit
Vorgeben/ er wäre schon in das Buch der Verschon-
ten eingeschrieben; doch/ so viel ich vermochte/ tröstete ich den starcken/ ich will nicht sagen/ groben
Bauern: In Meinung seinen ungehirnten Sche-
del auf eine andere Stelle zu setzen: Aber es waren
ihm lauter Böhmische Dörffer; ich bemühete mich
vergeblich/ daß ich aus einem Hasen solte einen ge-
scheiden Menschen machen. Massen jemehr ich mich
wegerte/ jemehr seine unbesonnene Liebe wuchse.
Ich kan dir/ geehrter Schäfer/ mit Warheit schwe-
ren/ daß ich mein Lebtage keinen verliebtern Menschen gesehen. Dann ob ich gleich meine Reise fortse-
tzete/ unterließ er doch nicht mir auf dem Fusse zu
folgen: Wir kamen nun zu einem Dorffe/ von seiner
Heimat eine Meilweges entlegen; daselbsten/ als
er meine Standhafftigkeit in Verwahrung meiner
Ehre inne worden/ auch nicht soviel Hoffnung hat-
te/ etwas bey mir auszuwircken/ ist er aus lauter
Unwillen in eine gefährliche und beschwerliche
Kranckheit gefallen. Selbiger Orten ist er zwar von
einem mir unbekanden Schäfer aufgenommen worden; der seine Schwachheit alsobalden noch selbiges Tages seiner Mutter zu wissen gemacht/ welche
sich/ so bald es nur anfangen zu tagen/ mit Kummer
und Hertzeleid aufgemacht/ da sie den ihren Sohn/
mit einem hitzigen Fieber beladen/ angetroffen: Als
sie dieses gesehen/ hat sie überaus sehr geweinet/ unterschiedlichen dieses Unglück von ihm erfraget; a-
ber er hat aus halsstarrigem Gemüt keine andere

H v   Ant-

Antwort von sich hören lassen als anzehliche Seufftzer und überflüssige Threnen.

Letzlichen / als ihm seine liebe Mutter mit nassen
Augen also zugesprochen: Mein Sohn / was ist dieses? was ist das vor eine Verzweiffelung? verhele
mir nicht deine Heimlichkeiten; schaue doch auf /
siehest du nicht / daß ich deine Mutter bin / darff ich
denn nichts umb dein Anligen wissen? deine schöne
Diana hat mir diese Nacht erzehlet / du hättest sie
an dem Ahornbrunnen sitzen lassen und wärest / ich
weiß nicht / was vor einer fremden Nymphen nachgelauffen; mein sage mir / ist irgend dieselbe eine Ursach deines Ubels? Es sey auch / was es sey / so
schäme dich nicht / mir dasselbe zu eröffnen. Sihe
nur / wie schwer lässt sich eine Kranckheit heilen / de-
 er Ursprung verborgen ist. Arme Diana / du biß
gestern zu der weisen Feltcia verreiset / damit du erfahren möchtest / wiers deinem Manne gehe / unwissend / daß er so nahe bey deiner Behausung / und
zwar dermassen schwach / als kaum zu glauben!
Da Delio seiner Mutter Rede angehöret / hat er nicht
ein einig Wörtlein darauf geantwortet / daß er nur
allein beklagte die Hefftigkeit seiner hertzfressenden
Kranckheit mit unaufhörlichen Seufftzern; zuvor
ward er nur von der Liebe bestraffet / anietzo ver-
bösrte den erbärmlichen Zustand seine gewöhnliche
Eiversucht: Sintemal er wuste / daß du dich / Syreno / dieser Orten aufhieltest / daß auch deine Diana daher verreiset / sich befürchtende / es möchte die
alte längstverloschene zwischen euch beyden gepflogene Liebe wieder lebendig werden: Dahero er in eine Unsinnigkeit gefallen / weil ihm die Kranckheit
dermassen zugesetzet / daß er tödlichen gehitzet und
gebrennet mit zweyen hefftigen Foltern der Liebe / und
dem Neid sich schlagen und plagen müssen; da ihm
dann eine schmertzensverkürtzende Ohnmacht nach
der andern zugesetzet / biß letzlich das Eckenofener

ausge

ausgelöschet und er seine beyde Augen zugeschlossen /
mit grossem Jammerplagen und Winseln der Mut=
ter / Verwandten und Befreundten. Was mich im
so unverhofften Trauerfall zum Mitleiden bewe=
get / ist dieses gewesen / daß / da ich ihm mit That
nicht helffen wollen / nur zum Wenigsten mit guten
Worten vertröstet hätte ; vielleicht hätte seine Thor=
heit nicht einen so unbarmhertzigen Ausgang genom=
men : Aber weil die Betrachtung der Hülffsmittel
allzuspat / hab ich meinen Weg hieher genommen /
meinen unglücklich verstorbenen Buhlen seiner Mut=
ter Threnen und der Anverwandten Leichbestattung
hinterlassen.

Dieses hab ich dir bey begebender Gelegenheit er=
zehlen wollen / damit du verstehen lernest / was eine
hartnäckige Vergessenheit der Liebe an= und aus=
richte / und dann auch erführest / daß Diana eine
Wittib sey / zu deinem Nachdencken stellend / ob dir
geziemen würde / in dem gefasten Vorsatz zu verhar=
ren oder deine Meinung zu ermildern / weil sich deiner
Liebstē Zustand anderwerts geändert : Aber ich ver=
wundere mich sehr / daß ich die Diana nicht sehe / weil
ich von der Mutter deß Delio gewiß verstanden / sie
sey anhero gereiset.

Syreno hörete der Alcidem bestes Fleisses zu ; so
bald er nun vernommen / daß Delio verstorben / hat
sich sein Hertz trefflich verändert befunden. Dieses
Wunderwerck ist in Warheit der allerweisesten Fe=
breien zuzuschreiben / welche / ob sie diesen Unterre=
dungen nicht gegenwärtig / je dennoch hat sie / durch
Zuthun so starcker Kräuter gesprochenen Worte
und andere darzu dienliche Hülffsmittel / so viel
ausrichten können / daß Syreno anfieng in dem Au=
genblick die Diana wieder zu lieben. Welches kei=
nem unmöglich und unglaublich vorkommen darff /
weil ihm die oberen Einflüsse der himmlischen Ge=
stirn zu den Liebsregungen gegen die Nymphe dero=

H vj   gestalt

gestalt reitzeten und trieben / daß es das Ansehen
hatte / als wäre Syreno umb der Diana willen und
Diana wegen deß Syreno auf diese Welt geboren
worden.

Die weise Felicia war damals in ihrem köstlich
erbaueten Palaste von ihrem Frauenzimmer begleitet / welche alles und jedes ordneten und anstel-
leten / was zu ihrer aller Wolfahrt ersprießlich: Als
aber Felicia nach ihrer vielwissenden Weisheit gesehen / daß Montano und Alcida ihre betrügliche
Gedancken fahren lassen / den augenscheinlichen Irrthum erkennet / auch Syreno seiner wundersamen
Eigensinnigkeit gegen die Diana gutes Theils abge-
dancket / hat sie vor thunlich erachtet / alle anwesende Gäste ihres Leides zu entnemen / und etwas
zu der vielgewünschten und langgehofften Frölichkeit zu verbringen. Satzte demnach ihren Fuß auf-
ser das prächtige Gebäue: Dorida / Cynthia / Polydora und viel andere Nymphen traten ihr nach.
Sie spatzireten durch den Lustgarten hindurch / nach
der Gegend / wo sich die obberühmte gantze Versamlung der Ritter / Schäfer und Schäferinnen auf-
hielte. Welche sie am Ersten angetroffen / waren Felis / Felismena / Sylvano / Sylvagia / Diana und
Ismenia / so auf der andern Seiten gegen deß Gar-
tens Haubtthore sassen. Als sie die ehrwirdige Felicia sahen ankommen / sind sie allzumal aufgestanden / haben die jenigen Hände geküsset / in welchen sie alle ihr Glück / Heil und Wolfahrt / zu sehen
vermeinten. Sie bedanckete sich mit ebenmässiger
Gegenbegrüssung nichts minder / und winckete / sie
solten ihr auf dem Fusse folgen: Ohne Verzug ward
ihrem Willen nachgelebet / und als sie den Garten
überzwergs / welches ein zimlicher Weg war / durch-
gegangen / sind sie auf der andern Seiten / da der
Brunnen war / angelanget / auf welches selbstgewachsenen grasgrünen Tapezereyen sich Eugerio /

Poly-

Polydoro/Alcida/Clenarda/Syreno/Arsileo/Belisa und Montano niedergelassen.

Sie machten sich alsobald hurtig auf ihre Beine wegen der ankommenden Felicia. Als Alcida den Marcellio/Syreno die Diana/Ismenia den Montano ersehen/sind sie über die unverhofften Anblicke erschrocken/erstaunet und erstarret/in Meinung/es könten keinem anverhofftere Sach träumen; ja sie durfften ihren eigenen Augen eine so unerwarte glückselige Begegniß nicht zutrauen.

Die Vorsteherin befahl allen niederzusitzen/gab mit dem Gesicht und Geberden gnugsam zu verstehen/daß sie wolte eine Rede von wichtigen Sachen halten/massen sie sich in die Mitte auf einen marmolsteinern Sitz satzte/und fieng an folgender Massen zu reden:

Vielgeehrte/hochansehnliche Zuhörer/es ist nunmehr/aus Gunst der grossen Götter/die mehr als tausendmal erwünschte Stunde angebrochen/in welcher ihr alle/von dieser meiner hülffreichen Hand/eures langen Verlangens werdet vergnüget werden; zu dem Ende ich euch in diese meine Behausung/von unterschiedenen Landstrassen/geführet. Euch alle habe ich hier versamlet/daß ich euch allen kräfftige Hülffsmittel fürlegete. Derowegen bitte ich euch/daß ihr allerseits in meinen Gefallen williget/und/meinem Befehl gehorsamliche Folge zu leisten/geruhen wollet. Du Alcida/du bist von deinem irrig verführischen Argwohn/durch Vermeldung deiner leiblichen Schwester Clenarda/entfreyet. Ich wuste sehr wol/daß/nach erkantem Irrthum/dir die Abwesenheit deines Marcellio sehr beschwerlichen würde vorkommen; habe derohalben zu deinem Nutz verschaffet/damit sich die Ursach deines Wünschens nicht verzögerte/welches sich zwar selbsten elend fortgesetzet; also daß Marcellio allbereit in meine vier Pfälen gewesen/als du mir die Geschichte

deines

deines Argwohns erzehletest. Sihe / hier ist er gegenwärtig / dein treuer und beständiger Liebhaber /
als welchen nichts belieblicher / als daß er dir / mit
Einwilligung deiner Eltern und Geschwistert / (die
auch persönlich zugegen sind /) möchte vermählet und
dir ehlichen beygeleget werden. Welcher Marcellio zwar wegen dieser Heyrat so schleunigen Fort-
gangs / wegen der hochgeachten Schwägerschafft /
glückselig zu achten ; doch noch mehr über der unver-
gleichlichen Freudenpost / daß er seine einige leibliche Schwester Felismena / nach so viel verflossenen
Jahren / in meinem Hause frisch und gesund angetroffen.

Du Montano / wirst eben von der Sylveria / welche dich so hinter das Liecht geführet / die gantze Verrähterey / wie sie sich zugetragen / vernommen haben. Du heuletest und beweinetest deine verlorne
und nirgendsbefindliche Ehfrau Ismenia. Anjetzo
kommt sie her / daß sie mit dir ehlich lebe / daß sie dich
tröste / daß sie dich in deinem Anligen aufrichte / nachdem sie dich mit Leibes- und Lebensgefahr / mit Hindansetzung aller Müh und Arbeit / durch gantz Spanien emsig gesuchet.

Im übrigen mangelt es nur noch an dem / daß ich
dir / du Sonne der schönsten Schäferinnen / Diana
auch mit Raht und That beyspringe : Aber das sey
dir vor allen Dingen unverborgen / daß Syreno und
etliche andere allhier anwesende Hirten von der Alcida Bericht eingenommen / welches dein Hertz etwas in Betrübniß und Traurigkeit setzen möchte.
Schönste der Nymphen / deinem Mann Delio ist /
aus Versehung der unerbittlichen Zeitspinnerinnen /
der Lebensfaden abgeschnitten worden. Ob mir wol
besser Massen wissend / daß du etwan Ursach hättest / deinen Ehgatten zu beklagen und zu betrauren /
so wird doch dir der sterblichen Beschaffenheit Einhalt thun / mit Vorschützung / daß alle Menschen
diesen

dieſen unumbgänglichem Zoll der Natur abſtatten
müſſen : Werden nun alle und jede Menſchen dieſe
Schuld abzutragen gezwungen / je was darff es denn
viel Jammers / daß man ſich umb einen Abgelebten
ſolte zu tode grämen ? Weine nicht ſo / du Krone
der Schäferinnen; die Zähren verzehren Marck und
Beine. Wiſche die Schmertzenszeugen aus deinem
Augen / truckne deine bethränete Wangen / mache
einen Stillſtand mit der Bekümmerniß. Gib dich
zufrieden mit Hindanſetzung der ſchwartzen Traur
erkleider / überſchreite die Mittelſtraſſe deß Wehklagens nicht / laß dich die Schmertzen nicht ſo ab-
grämen und hermen: Maſſen in dieſer meiner Behauſung nicht gelibten wird / daß man der Sachen
zu viel thue / bevoraus in Trauerfällen. Uber das
hat das Geſchicke dich mit einem vielbeſſeren Glück
bedacht / dergleichen du nimmermehr durch deines Mannes Abſterben verloren. Zu dem ſo muß
man unumbgänglich zu geſchehen Dingen das Beſte reden / und können ſelbige durch keine Wiederbringung weder der Weisheit noch deß Verſtandes
zurückgezogen werden. Was iſt mehr ruckſtändig /
als daß du das jenige / was vergangen / auch mit
Vergeſſenheit fahren läſſeſt ? Eihe hier den alten
Liebſten/ deinen Syrenn/ deſſen ſteinernes und unü-
berwindlichvermeintes Hertz / Krafft meiner Wiſ-
ſenſchafft und Verſtande / nun dermaſſen erweichet / und die alte Liebesregungen gegen dir wieder-
fühlet / daß ihr beyde ohne Verzug / wie ihr vor dieſem gewillet/ alſo auch anietzo eine gewünſchte Heyrat treffen werdet. Dieſes Einige bitte ich dich / ge-
horſame meinen Willen ohne Halsſtarrigkeit in einem ſo beſchaffenen Glückswechſel / wie dir allers
dings geziemet. Obwol der tödliche Hintritt deines
Mannes darzwiſchenkommen / daß du billich die gebührliche Trauerzeit aushalten / und dich nicht ſo
bald anderwerts verheyraten ſolteſt ; dennoch wird

dich

dich niemand / wegen deß auf meinem Schluß ge-
leisteten Gehorsams / verdencken noch übel von dir
reden / wann er reifflich nachsinnet / daß dieses Eh-
verbündniß auf Gutachten abgeredet und vollzogen worden.

Und / du Syreno / weil dein Hertz einmal die
Wohnung der löblichen und aufrichtigen Ehren-
liebe wiederbestanden / so setze fort / was du rühmlich
angefangen : Ergib dich Diana gantz und gar eigen : Dein Wille erwarte ihren Befehl / und dein
Leben beruhe in ihrer Gnade / damit ihr anjetzo einmal vor allemal aller ausgestandenen Liebsdrang-
salen vollkömmlich entbürdet und entrucket werdet /
durch die Besitzung eures Hertzenswunsches / mit
unvergleichlichfreudigem Vergnügen / an eurem ge-
genwärtigangestellten Hochzeitfeste / welches der
milde Himmel anlachet / und Abends der gantze helle Hauffe der blanckfünckelnden Sterne herrlich und
prächtig bestralen wird.

Ihr andern alle / die ihr in diesem sehr anmutigen Hochzeitgarten Zeit / Ort und Fug habet / eure Gemüter nach Belieben zu ergetzen / erzeiget
euch / so viel immer möglichen / lustig ; bringet aller-
hand Freudenspiele auf die Bahn / klinget auf euren gunstbeweglichn Säiten / singet hertzerfreuliche
Lieder / erquicket euch mit frölichmachenden Gesprächen / zu Ehren und Gedächtniß dieser glücklichen
wolvereinbarte Hochzeitere Ehrentages.

Nach der weisen Felicia verbrachten Rede waren aller Hertzen mit einem reichen Freudenstrom
begossen / allen waren die ertheileten Befehliche der
Felicien mehr als angenem / ihr Wille war aller
Willen / ihr Wincken aller Wollen : Aller Ver-
wunderung über der Matronen Weisheit kan ich /
wegen deß angehenden frolockenden Freudenfestes /
nicht erörtern.

Montano fassete seine Liebste Ismenia bey der
Hand /

Hand / erzehleten und hörten einander an / wie sie
nun den höchsten Stuffen ihrer Glückseligkeit er=
stiegen. Die beschlossene Eheverlöbnisse deß Marcel=
lio mit der Alcida/ deß Syreno mit der Diana/wur=
den mit gewöhnlichen Festgepränge / ordentlichen
Einsegnungen und glückwunschenden Zuruffen ver=
richtet. Die andern erzeigeten sich gebürlichen frö=
lich ob dem / daß ein so gefährliches Liebesspiel mit so
gutem Ende gekrönet worden. Voraus Arsileo/wel=
cher deß Syreno wolgeneigter Hertzensfreund und
sehr alter Belander war / stimete seine Cither und/
weil er dem Hochzeitfeste zu Ehren sich kurtz zuvor
eines Brautwunsches besonnen / fieng er mutig an
in folgenden Reimen denselben zu vermelden:

1.

Der bunte Blumenschmuck beschminkt die grünen
Auen / (gesellt /
Der Vogel Lufftgesang schallt auf dem Baum=
Dir rötlichbleiche Ros' ist nicht nur anzuschauen /
Der Wind führt ihren Ruch durch das bekleete
Der bachvermehrte Fluß (Feld.
Kan seinen Lauff nicht zwingen /
Er eilt mit schnellem Guß
Und grüsst mit seinem Thon die hitzermatte Welt /
Ihr holden Nymphen komt und lasst uns frölich
singen!

2.

Das muntre Tageslicht hat alles aufgehüllet /
Das vor die Trauernacht mit Schatten über=
deckt: (füllet /
Der Nachtigallen Schall hat Lufft und Klufft er=
Und mit versüstem Ton die Tagesfreud er=
Ob ihres Buhlen Pein (weckt/
Muß sie die Klage bringen /
Sie wartet sein allein/

Bald

Bald hat sie alles Leid mit Liebesfreud gestillet /
    Ihr holdē Nymphen kommt / laßt uns auch frölich
        singen!

                3.   (werden /
Nun niemand soll uns nicht von unser Freude
    Weil wir uns dieser Zeit Ergetzung vorgesetzt /
Die Feindschafft Zwist und Zanck sey ferne von den
            Enden
Verbannet / samt dem Reid / der kräncket und ver-
        Der Fröllichkeiten liebt /   (letzt.
            Komm her mit uns zu ringen /
        Der sich niemals betrübt :
Uns schafft Felicia nun alles / was ergetzt /
    Ihr holden Nymphen kommt / und laßt uns frölich
        singen ;

                4.
Es trieffe deine Trifft von fetten Himmelsgaben /
    O wolbegattes Par / der früe Tauessafft
Soll eur gemengte Herd auf ihrer Weide laben /
    Das Herbst = und Frülingslamb füll' eure Hürd
        Es soll die Winterkält   (denschafft /
            Auf euren Stall nicht dringen /
        Der Hund / der Wache hält /
Behalte für und für der Jugend Stärck und Krafft /
    Ihr holden Nymphen kommt / und laßt uns frölich
                            (singen!
                5.
Euch soll die süsse Freud in Fried und Ruh vergnü-
                    gen /
    Die Lieb = und Leibesfrucht soll sich / in grosser Zahl /
Umb euren Tisch herumb in feiner Ordnung fügen /
    Und eure Kräffte seyn wie Eisen / Stein und.
        Ein solches Hochzeitlied   (Stahl /
            Soll in dem Feld erklingen /
        Das allen bringet Fried /
Der zahmen Wollenherd' und Thieren allzumal.
    Ihr holden Nymphen kommt / und laßt uns frölich
        singen!

                        . 6. Der

6.

Der Vogel sing euch nach / der in den Lüfften schwe-
bet /
Er stieg ob eurem Haubt / ja gar in eure Hand /
Die Hügel und der Berg ob euch mit Freuden bebet /
Die Blumen freuen sich in eurer Kräntze Band.
Der Jasmin und die Ros'
(Als mich bedüncket) springen /
Narcissen werden groß /
Lavendel und der Spick bereichern dieses Land /
Ihr holden Nymphen kommt / und laßt uns frölich
singen!

7.

Die Macht der Einigkeit erhalt' euch lange Jahre /
Die eitle Eiversucht entweich aus eurem Bett' /
Auf das kein Ungelück euch beyden wiederfahre /
Und ihr mit Hertzenstreu euch liebet in die Wette /
Hört! eurem Namenmahl
Soll es hinfort gelingen /
Wann sie in Berg und Thal /
In jedes Baumes Rind erhalten ihre Stätt.
Ihr holden Nymphen schweigt / und höret auf zu
singen!

Als Arsileo dieses Brautlied geendet / hub sich die
vormals unerhörte und ungläubliche Hochzeitfreude aufs Neue an / welche auch vermöglichen gnug
gewesen / den aller Traurigsten unter der Sonnen
frölich zu machen. Es erschalleten für Freuden die
beyderseits mäßigethabenen Nachbarberge : Das
Erdreich trieb mit seinem schöngestückten und grün-
verbremten Sommerrock einen lieblichen und un-
schuldigen Pracht; die Ohren wurden mit lieblichem
Wiederhallen der Säiten und Singer Einstimmen
geweidet; die grünverblumten Blum- und Baum-
blüten ergetzeten den Geruch; es strömeten sich hin
und wieder von unterschiedenen Quellen zusammen-
gesellete

gesellete Bächlein / zu welcher Wisplen und Lisplen
die buntbemahlten Lufftsängerinnen zwitscherten und
zitscherten ; ja es freuete sich mit Braut und Bräutigam alles / was unter dem randgewölbten Himels-
zelt der Orten schwebete / alles / was in dieser Gegend
lebete und webete.

Mit diesen Ergetzlichkeiten hatten sie eine zimliche Zeit zugebracht / als ob sie zu nichts anders / als
zur Freude und Wonne / auf diese Welt kommen
wären / biß die Mittagsmalzeit herbeynahte ; da
auf der Felicien Gutachten die Tafeln nächst dem
Brunnen gedecket wurden. Von Stund an trugen
die Nymphen auf / was ihnen anbefohlen war ; die
Tische stunden in schöner Ordnung unter dem sanfft-
kuhlgen und hitzwingenden Schattenfürtz der
Baumen / einen seglichen hat der angedeute Sitz
wolvergnüget / also daß das Hochzeitmahl so wol
angefangen und mit niedlichsten Speisen und Ge-
tränke kostbarlich geendet worden. Nachdem sie
nun die Zeit mit sonderbaren Lustgesprächen hingebracht / haben sie auf eine Zeit lang die beyseitge-
setzten Freudenspiele wieder vor die Hand genommen / und die Festgepränge wieder erneuert /
wie euch folgendes Buch bald
lehren wird.

Ende deß vierdten Buchs.

Das fünffte Buch.

Jese hochverliebte neue Eheleute waren über der jüngstentstandenen Glückseligkeit gutes Mutes / weil ein jegliches das jenige / was er mit so langsamen herausgedruckten Seufftzern eine geraume Zeit vergeblich gesuchet / nuns mehr mit beyden Händen gefasset / und ihm zu ewigen Zeiten eigenthümlich gemachet; indem die Wiederwertigkeiten der gallenbittern Trübsalen den Sieg der Liebe umb so viel lieblicher versüsserten und verzuckerten. Wir aber / die wir beydes Glücks Wanckelmut entübriget / in einen sichern Hafen ausser aller Gefahr ligen / wann wir ihre Seelenqual und darauf erfolgete Belohnung in die Wagschalen legen / werden befinden / daß ihnen die erarnte Wolfahrt sehr theuer ankommen. Was haben sie nicht für roddräuende Gefährlichkeiten / was haben sie nicht für ungestalte grümmighönische Geberden / was haben sie nicht für unerträgliche Schmertzen in dem hefftigergrimmeten Liebessturm ausgestanden / und sich mit steiff erfasstem Heldenmut mannlich zur Gegenwehre gesetzet? ehe sie diese so langumbsonst gewünschte Glücksstaffel erstiegen; vermittelst welcher sie dahin gelanget / wo / wie man redet / der Himmel voller Geigen hänget. Wir bemercken hierbey / daß ob uns gleich eine wolversicherte Hoffnung hiesse zu Segel gehen / mit unfehlbarer Versprechung / sie wolte uns unversehret zu Lande bringen / so sey es doch gantz nicht rahtsam / sich in so mannigfaltige und gefährliche Wasserwogen zu wagen; massen sie die Hoffnung selber je und allezeit ungewiß ist / wie wir täglich für Augen sehen / daß kaum einer unter Tausenden wol absteure / da hingegen ihrer unzehlich viel von den aufgeblehten Winden in unerfäglichen Schiffbruch verschlagen werden; und

nach

nach diesem mühseligen Leben mit ihrem erbärmlichen Untergang satsam bezeugen / daß die jenigen / die sich dem ungetreuen Liebesmeer anvertrauen / recht thörlich handeln. Welches / weil es am ihm selbsten waar / als ist hiervon genug gesaget.

Unsere Pflichtschuldigkeit erheischet / daß wir die angefangene Geschicht vollends zu Ende bringen. Wir wenden uns demnach wieder zu derselben / und wollen der Hochzeitfreude ferner zusehen / welche die Ehlichvertrauten nach vielfältigertragenem Elend in dem Garten der Felicien begiengen / wiewol es der Unmöglichkeit scheinet / dieselbe Stückweise zu erzehlen.

Felicia / die alles in allem vermochte / die alles nach Gefallen ordnete und angab / befahl der gantzen gegenwärtigen Gesellschafft / daß die Schäfer / nach eingenommenem Mittagsmahl / solten theils auf ihren Dorffschalmeyen blasen / theils lieblich darein singen / und also eine wollautende Feldmusic anrichten und darnach dantzen: Derowegen satzte sie sich nebenst dem Engerio / Marcellio / Polydoro / Clenarda / Alcida / Felis und Felismena nider / und ertheilete Befehl / welcher den Reyen führen solte. Die Schäfer tratten hervor / Syreno führete seine Diana / Sylvano Sylvagia / Montano Ismenia / Arsileo Belisa; welche denn mit wolanstän= diger Bewegung der Zuseher Augen ergetzeten: Dabey dann insonderheit lieblich zu sehen der Füsse und Stimmen so gleichmässiges Ubereintreffen / daß nicht wol zu urtheilen / ob sie nicht mit minderer Anmut als die Wald= und Blumengöttinnen / die / wann sie sich aus den grünbelaubten Gepüschen auf die Grasmatten begeben / da der verbuhlte West= wind mit sanfftem Anhauchen ihre mit Gold gestü= ckete leichte Bekleidung durchwehet; daß aller Anwesenden Augen / durch die Alabasterweisse Glie= der / welche zwischen den dünngewirckten carmesin= roten

roten Gewebe mit so überirdischen Schönheiten
leuchten/ gefangen und bestricket werden. Sie ge-
brauchten sich nicht viel seltzames Handfechtens o-
der geschmückter Schmeichelworte/ welche heute zu
Tage für ein städtische Höflichkeit gehalten wird:
Sie zancketen sich auch nicht lange/ welcher den Anfang im Singen machen solte/ massen Syreno/ dem
der Vorzug zu dieser Freudenlust von Rechts weg. n
gebührete/ der auch bißher durch die Menge der wol-
gemuteten Hochzeitgäste verhindert worden/ daß
er seine erlidtene Kummersnoht der Diana nicht in
etwas vernemlich gemacht/ angesehen/ daß selbige
noch nicht allerdings in seinē Hertzen die Wohnung
aufgekündiget : Zu dem/ daß er sich auch gegen
männiglich/ wegen deß Argwohns/ mit welchem er
möchte bezüchtiget werden/ entschuldigte; daher er
dann für gut angesehen/ was ihm im Beymessen so
vieler Zeugen zu eröffnen bedencklich geacht/ der
Dianen in einem Gesange zu verstehen zu geben.
Derowegen er / ohne erwarteten fernern Umb-
schweiffe / mit Einstimmung der andern denselben
hersang :

1.

Allerschönste Schäferin /
Schau / mein Leben wäre hin;
    Wann ich / nach so vielem Flehen /
    Dich nicht stetig solte sehen.

2.

Denckest du in deinem Sinn
Unsrer Kundschafft Anbeginn :
    Deiner (magst du nun ermessen)
    Werd' ich nimmer nicht vergessen.

3.

Allerschönste Schäferin /
Meines Trawrens Glückgewinn :

                                    Nun

Nun werd ich dich stetig sehen /
Und mit Freuden-Threnen stehen.

Sonder allen Zweiffel hat Diana diesen Gesang
aufgefangen; wüste aber in so wunderlicher Meinung nicht / was sie für Gedancken schöpffen solte.
Derohalben / weil der alte Haß / wegen der bösli-
chen Verlassung / durch neu = angeflammete Liebesbrunst / gäntzlich zu Grunde und Boden gerichtet
war; dann weil sie auch sahe / daß sie nun alles ihres
erträgenen Leides ins Künfftig wol würde ergetzet
werden / als konte sie keine Ursache finden / warumb
sie sich hermen und grämen solte : Sondern weil sich
nun in ihrem Hertzen alles trübe Nebelgewülcke verzogen / hingegen lauter heimlich heitere Sommer-
tage eingetretten; straffete sie den zuvor bekümmer-
ten Syreno / und gab ihre innerliche Zufriedenheit /
in diesem Liede / am Tag :

Erleichtertes Leiden entweichet den Freuden /
   In Gegenwart deiner / mein höchstes Beginnen.
Die Freude soll niemand nicht neiden noch scheiden /
   Von unserm Gemüte / Seel / Hertzen und Sinnen /
   Das Klagen und Plagen ist plötzlich vertrieben /
   Wir loben das Leben im lieblichsten Lieben /
   Das ächzen und Krächzen hat müssen zerstieben /
   Das Leiden und Neiden kan niemand betrüben.
Ich schertze die Schmertzen in jetzigen Freuden :
   Eineure die Feure mit Liebesbeginnen /
Versichert / daß niemand ist mächtig zu scheiden /
   Verliebter / Verlobter gleich brünstiges Sinnen.

Als Diana dieses Lied ausgesungen / nahete sich
zu dem Brunnen eine verwunderlich schöne Hirten-
nymphe / welche eben zu der Stunde der weisen Felicia Palast betreten : Welche als sie verständiget
worden / daß die Ehren werthe Frau nicht einhei-
misch / sondern im Garten wäre / hat sie sich / umb
dieselbe zu sehen und mit ihr zu reden / auch dahin begeben. Als

Als sie nun dieselbe angetroffen / fiel sie ihr alsobald zu Fusse und begehrete ihre hülffreiche Hand
zu küssen / mit dieser Bitte: Gnädige Frau / meine
unhöfliche Kühnheit / daß ich / als eine Unbekandte
und Nichterbetene / hereingegangen bin / wird verhoffentlich zum Theil das grosse Verlangen / dich zu
sehen und zu begrüssen / entschuldigen; darnach auch
die unwiedertreibliche Nohtwendigkeit / welche mich /
zu deinem Schutzaltar zu fliehen und Hülffe von deiner weltberuffenen Weisheit zu bitten / gezwungen.
Ein übergrosses Kümmerniß verzehret mir mein
Hertz im Leibe / dessen Abwendung allein in deiner
Hand beruhet : Daß ich dir solches ordentlich vor-
trüge und weitläufftig umb Linderung anlange / will
die Zeit anjetzo nicht leiden: Weil ich / an diesem Orte
und an diesem Tage mit meiner Betrübniß eure
angefangene Gartenlust zu verstören / unverantwortlich halte.

Melißa (so hieß das Hirtenjungfräulein) lag
der Felicien noch zun Füssen / als noch ein anderer
Hirt / durch den Garten / zu dem Brunnen eilete ;
welchen als das Jungfräulein ersehen : Dieser /
sprach sie / dieser ist es / der mir alles gebrannte Hertzleid anthut; so verhaßt er mir ist / so beschwerlich ist
er mir auch. Ach / gnädige Frau / zu dem Ende lige
ich hier auf der Erden / damit ich möchte von ihm
entlediget werden.

Gleich zu selber Zeit war derselbe Schäfer / Namens Narcisso / allda gegenwärtig / wo sich der Hirten Chor erlustirete. Nach abgelegter höflicher
Ehrenbegrüssung fieng er an / sich hefftig gegen die
Felicia über die Melißra / und zwar in dieser Gegenwart / zu beklagen / wie sie ihn so unbarmhertzi-
ger Weise peinigte und marterte / mit solcher Grausamkeit / daß er auch nicht ein einiges gutes Wort
von ihr erbetteln könte. Und diß wäre die Haubt-
ursach / daß er von so weitentlegenen Orten / durch

J   eine

eine so langwirige Reise / hieher kommen wäre / indem er ihr gefolget / und doch auf keinerley Weise und Wege ihr marmorsteinernes Hertz und mehr als barbarisches Gemüt zu einer Unterredung bewegen können. Felicia hieß die Melißam aufstehen und thate ihnen wegen der Zeit / deß Orts und deß verdrießlichen Gezänckes Einhalt: Wir haben / sprach sie / anjetzo nicht Muß / eurem langweiligen Lebenslauff zuzuhören ; du Melißa / nimm bey der Gelegenheit den Narcisso bey der Hand und dantzet miteinander einen Reihen ; was hinterstellig / will ich zu seiner Zeit überlegen und euch / so viel möglichen / Hülffe schaffen.

Die Jungfer durffte der Vorsteherin Befehl nicht zuwiderleben ; derowegen folgete sie dem Narcisso und verrichteten / was ihnen befohlen war.

Die Singordnung traff die vormalsunglückliche / aber anjetzoglückselige Ismenia / welche mit lächelnden Geberden ihre inwendigherrschende Frölichkeit in diesem Liede vorbrachte :

Ich empfinde solche Lust /
   Wann ich meinen Schatz betracht /
Daß mir alles unbewust /
   Was ich sonst am Werthsten achte.
Wann ich wart' auf meinen Lohn /
   So muß mich die Hoffnung speisen /
Trag' ich / was ich will / darvon /
   Mag ich mich wol selig preisen.

Alles ist mir unbewust /
   Wann ich meine Dienst' erachte :
Ich hab ob der Schönheit Lust /
   Die ich zu verdienen trachte.

Ismenia sang ein anders und verrichtete ein anders / massen sich ihre vor grosser Liebe dantzende
auge-

Aeugelein von dem treugeliebten Montano niemals
nicht verwendete : Er aber / weil ihm die alten
Grillen noch im Kopff stacken / welche ihn mit höchster Beschwerlichkeit seiner Gemahlin so lange Zeit
herumbgeführet / durffte sich nicht unterwinden / sie
anzuschauen denn nur insgeheim und verstolen /
wann es ohngefehr der Dantz mit sich brachte / daß
sie ihm das Gesicht kehrete / und seine unvermerck-
te Gegenblicke niemand beobachtete. Und ob er sich
zwar zu unterschiedenen Malen erkühnet / er wolte
ihr gleich in das Gesicht sehen ; doch hielt ihm die
Schamhafftigkeit / welche er gegen ihr trug / zurück /
wie auch die schnellen Blitze / die aus seiner überirdischen Buhlschafft verliebten Augen straleten /
und sich mit ungefärbter Hertzensbewegung verei-
nigeten / gegen welchen er nicht mächtig genug / einen einigen Anblick abzuschicken / massen er mit un-
tergeschlagenem Antlitz dem grössern Liecht weichen
muste. Als dieses der arme gegen seine Gemahlin
liebbrennende Schäfer nicht länger ertragen konte /
damit er auch ihre Lustigkeit nicht verkürtzete / ward
er willens / einen unbetrüglichen Zeugen seiner wol-
gemeinten Liebesflammen an ihr abzufertigen / angesehen / daß er alle seine Hoffnung auf sie gegründet. Folgender Gesang aber muste Zeugenstelle
vertretten:

Endreimen:

Wend doch deiner Augen Liecht /
   Hirtin / an ein ander Ort:
Dann ich sonst dein Angesicht
   Muß betrachten fort und fort.

1.

Von den zweyen Sonnenpar
   Goldvermengte Stralen blincken /
Welche mich in Todesgefahr
   Durch das Brennen machen sincken.

Wend doch deiner Augen Liecht /
　Hirtin / an ein ander Ort :
Dann mich sonst dein Angesicht
　Quält und ängstet fort und fort.

2.

Wie der Pfeil durchbort das Ziel /
　Und das Wasser lescht das Feuer /
Wie der Winde Würbelspiel
　Treibt die federleichte Spreuer :
So ist deiner Augen Liecht
　Mir zuwider fort und fort.
Hirtin / wend dein Angesicht
　Dorthin an ein ander Ort.

3.

Seht / doch was Cupido kan
　Und das Glück / das niemand schonet /
Der mich hat genommen an /
　Und dem Dienst mit Straffen lohnet.
Wend doch deiner Augen Liecht /
　Hirtin / an ein ander Ort :
Denn mich sonst dein Angesicht
　Quält und ängstet fort und fort.

Melisza / welche deß widerwilligen Dantzens
vorlängsten überdrüssig / wolte / Unwillens voll / diese aufgezwungene und aufgedrungene Beschwerniß mit einem solchen Gesange / der dem Narcisso
an der Seele wehthun solte / enden / und zielete vornemlichen auf die tausenderley Tod / deren ein jeder eben so vielfältige Schande nach sich zoge / welche dieser Schäfer ihrent halben ausstehen muste ;
und damit ihm ihr Höntschhalten desto ärger bisse /
sung sie :

1.

Schäfer / sih du nur für dich /
　Wer zwingt dich mich anzuschawen ?
　　　　　　　　　　　Deinem

Deinem Heuchelwort zu trauen /
Ist für andre / nicht für mich:

2.

Ich kan leben ohne dich /
Wie auch du gantz ohne Schauen:
Dann der blinden Liebe trauen /
Ist uns beyden triegerlich.

3.

Wann du also liebest dich /
Darffst du nicht nach andern schauen:
Wer will seinem Feinde trauen /
Klaget billich über sich.

Der arbeitselige Narcisso wurde von Neuem mit
heimlichschmertzenden Marterplagen / nach anges
hörtem Greuelgesang seiner vermeinten Buhlschafft / beleget; dennoch stärckete er sein Gemüte
mit der guten Hoffnung / die ihm die Felicia noch
nicht gäntzlich abgeschlagen / waffnete sich auch nach
der Verliebten Gebrauch mit Standhafftigkeit und
Tugend / welche dergleichen Leute zu begleiten pfleget; setzte demnach den vorigen Reimzeilen diese Be-
antwortung entgegen:

1.

Du wilst nicht geliebet seyn /
Und ich muß dich / Hirtin / lieben:
So gib deinen Willen drein /
Daß ich dich auch muß betrüben.

2.

Ich erdulte grosse Pein /
Darumb muß ich mich beklagen:
Besser ists / gestorben seyn /
Als sich stetig lassen plagen.

3.

Schau / ich lieb' ohn falschen Schein /
Warumb soll es dich betrüben?

J iij

Darumb/

Darumb/ Hirtin/ willig ein/
Mich Verliebten auch zu lieben.

4.

Könt' ich sonder Liebe seyn/
Wolt ich mich nicht selbsten plagen.
Ach mein Hertz das saget nein:
Ich muß deinen Zoren tragen.

5.

Kanes dann nicht anderst seyn/
Hirtin/ daß ich dich muß lieben/
So gib deinen Willen drein/
Meine Lieb nicht zu betrüben.

Melisza war in dieser thierischen Grausamkeit
gantz verwildert/ also daß sie kaum das Ende deß
Liedes erwarten konte/ massen sie alsobald die letzten Wort deß Narcisso/ damit kein anderer etwas
darzwischen singen möchte/ aufgefangen/ und in diese Wort herausgebrochen:

1.

Hirt/ du kanst wol unterlassen/
Daß du dich nicht mehr betrübst:
Dann die Hirtin/ die du liebst/
Wird dich/ weil sie lebet/ hassen.

2.

Also kanst du wol behalten/
Was sie von dir nicht begehrt:
Hast du selbsten dich gefährt/
So laß deine Lieb erkalten.

3.

Geh/ such eine fremde Strassen/
Denn du dich hier selbst betrübst:
Weil die Hirtin/ die du liebst/
Muß dich/ weil sie lebet/ hassen.

Narcisso konte auch nicht gestatten/ daß dieser Gesang

sang ohne Gegenantwort solte vorbeystreichen; des
rowegen so bemühete er sich/mitterziemender Höflichkeit / sonderlicher Augengunst und sehrartigen Geberden / daß Melißza die Schmachworte muste wieder in sich fressen / so gut sie sie herausgestossen; wie
er denn folgende Verse zu vorigen anhieng:

Abgesang.

Weil du mich beginnst zu hassen /
   Bin ich mir selbst eine Last /
Ich muß Leib und Leben lassen/
   Nicht zu haben/ was du hast.

1.

Wennich dich aus meinen Augen
   Und zugleich aus meinem Sinn
   Könte lassen von mir hin /
Möcht mein Leben länger taugen:
   Aber ich kan mich nicht massen /
   Ob du mich gleich pflegst zu hassen:
Ich bin mir selbst eine Last
Weil du mich gehasset hast.

2.

Seit du meiner hast vergessen /
   Hat mir nur der Tod behagt /
Du pflantzst meine Grabcypressen
   Mit dem Wort / das du gesagt.
Nun ich muß das Leben lassen
Ob der Hirtin harten Hassen:
   Ich entlade dich der Last /
   Und den Schäfer / den du hast.

Jederman schöpffete aus diesem deß Narcisso
und der Melißza Liebeskampff ein erfreuliches Belieben / angesehen / daß auch dißfalls die Hochzeits-
freude umb so viel desto mehr vergrössert worden:
Zwar wie männiglichen an der Unbarmhertzigkeit
der Schäferin einen Mißfall trug/ also hatte ein jeder

J iiij   seines

seines Theils ein hertzliches Mitleiden mit dem wol-
geplagten Narcisso. Nachdem nun dieser Sing-
gestreit seine Endschafft erreichet / waren aller Augen auf die Melisæa gerichtet / ihrer wiederholen-
den Antwort erwartende : Sie aber schwieg stille /
nicht als wenn ihr dergleichen Lieder / damit sie den
verhaßten Buhler bestraffen könte / gebrechen / sondern weil sie es ihr selber für einen Ubelstand aus-
rechnete / denen Hochzeitgästen ferner verdrießlich
zu seyn.

Sylvagia und Belisa wurden auch bittlichen ersuchet / unschwer ihre Stimme hören zu lassen ; sie a-
ber schlugen es ab / mit Einwendung / sie wären zu
diesem Handel nicht allerdings geschicket.

Das wäre eine feine Sache / antwortete Diana/
daß ihr unbezahlet aus der Zech gienget. Wir können euch in keine Wege / sagte Felismena / dißfalls
beypflichten ; massen unsere Ohren verlanget / sich
mit so hertzbeweglichen Stimmen zu ersättigen. Bey
diesem hochzeitlichen Ehrenfeste (waren jener Entschuldigungen) wollen wir euch mit unseren bereit-
willigen Dienstbezeugung / nach erdencklicher Mög-
lichkeit / ausdienen ; derowegen werdet ihr uns / aus
angeborner Mildigkeit / vor entschuldigt halten / und
zum Singen nicht weiter nötigen ; in Betrachtung
anderer Dienstfertigkeiten / mit welchen wir euch
gäntzlich verbunden verbleiben.

Worauf Diana : So viel meine Wenigkeit
betrifft / kan ich euch das zugemutte Singen durchaus nicht schencken / wenn ihr keine Vorbitter oder
andere Sänger schafft / die solches an eure Statt
verrichten / weil dieses das Recht und die Ordnung
unserer Versamlung erfodert.

Wer kan es besser / sagten jene / als unsere Eh-
männer Sylvano und Arstleo? Die Schäferinnen
sind recht daran / sprach Marcellio / und / nach meinem Beduncken / wärs zuträglicher / wenn sie bey-
dseyn

ße ein Lied anstimmeten ; einer anfienge / der ander
antwortete ; ihnen zwar würde es saner ankommen /
wir aber hätten desto mehr Ergetzlichkeit zu hoffen.
Sie gaben alle so viel zu verstehen / daß ihnen diese
Singart wolannemlich / in welcher vornemlich als
sonst in keiner andern die Lebhafftigkeit und die be-
hende Schärffe deß Verstandes befindlichen ; wann
nemlich und von Stund an die Antwort auf die Frage gefallen muß. Arsileo und Sylvano bewilligten
dieses Urtheil / sungen und sprungen gegeneinander
mehr als zierlichen. Sylvano forderte den Arsileo aus:

Sylvano:
Schäfer / schweigt dein Hirten Spiel?
   Lieber sing uns dein Behagen.

Arsileo:
Meiner Freude wär nicht viel /
   Wenn ich selbe könte sagen.

Sylvano:
Wol / so sag dann einen Theil
   Von dem / das dich so erfreuet.

Arsileo:
Es bedarff gar lange Weil /
   Daß / wo man den Anfang schenet.

Sylvano:
Nun so sag uns dann das End' /
   Kanst du keinen Anfang finden.

Arsileo:
Der den Eingang nicht erkennt /
   Sucht den Ausgang wie die Blinden.

Sylvano:
Soll denn deine Hirtenlust
   Bey den Herden seyn verschwiegen?

J v   Arsileo:

Arsileo:

Was dem Mund ist unbewust /
Kan doch den Verstand begnügen.

Sylvano:

Alles / was nur einer weiß /
Kan man kein Vergnügen nennen.

Arsileo:

Nein / man muß den Freudenpreis
Durch das Schweigen recht erkennen.

Sylvano:

Freude / so von Tugend stammt /
Kan nicht wol verschwiegen bleiben.

Arsileo:

Meine Freud ist so gesammt /
Daß kein Theil ist zu beschreiben.

Sylvano.

Hast du doch die Frölichkeit
Jüngst erwiesen in dem Singen?

Arsileo:

Aber ich hab noch der Zeit
Keinen Umbstand können bringen.

Sylvano.

Soll die Freude rühmlich seyn /
Muß sie nicht nur dir behagen.

Arsileo:

Ja die Freude wäre klein /
Wann ich selbe könte sagen.

Die Schäfer hätten diese Reimart fortgesetzet /
als auf Anstifftung der Felicien ein Chor der Nymphen zu dem Brunnen kommen / deren eine jegliche auf einem besonderen Säitenspiel erfahren / und mit verwunderlicher Einstimmung eine wolmercklische Melodey zusammenspieleten. Diese schlug auf einer verstimmeten Laute / jens auf der Harffe / eis

re blies mit kunstlicher Stimme die Flöte / eine spielete mit gelauffigen Fingern auf der lieblichwie-
derhallenden Cither / andere geigten nach der Mu-
sicäblichen Abmässung / etliche töneten mit wolklingenden Cymbeln / etliche erfülleten / mit unterschiedlichen / doch gleichstimmigen Pfeiffen / die ohne
das von der Vögel Tireliren schallende Frülings-
lufft. Es war die gantze Music mit so nachdrückli-
cher Anmutigkeit beweglichen / daß / wer diese himm-
lische Säitenspiele hörete / kommen muste / zu vernemen / wer doch diese Damen seyn müssen. Sie waren kunst-und kostbar bekleidet / jede in eine besondere Hoffarbe / ihre goldbeschämende Haare flat-
terten umb die lilienweissen Achseln : Auf ihren
Häublern gläntzeten buntlichgewundene Rosen und
Blumenkronen / mit silbern und güldenen Kräntz-
bändern angehefftet. Als die Schäfer gewar worden / daß dieser so trefflichausgepußter Nymphen-
Chor auf sie zugienge / stelleten sie ihren Dantz ein /
und erhuben sich ein jegliches an seinen bestimmten
Ort / hielt sich still wegen der hertzlichen Lust / die sie
über der Aufmerckung so süßlautender Säiten em-
pfiengen. In welche als die lieblichlebenden Men-
schenstimmen mit einfielen / wurden der Zuhörer Gemüter mit zuvor unerhörten Freuden beseliget.

Indem sie hierinnen begriffen / waren unversehens überzwergs Weges andere sechs Nymphen gegenwärtig / in blutrote Seide gekleidet / welche
umb und umb mit güldenen und silbergewirckten
Spinneweben oder Flor bekleidet / ihre rundeinge-
flochtene Haarlocken waren in dünnen vom Arabi-
schen Golde gesponnenen Haarhauben / gleich einer
Gugel / aufgeführet ; auf ihren Stirnen leuchteten
übertheure und künstlichgeschnidtene Demanten ; an
ihren Füssen hatten sie farbige Stiefeln mit dünnem
Golde überzogen ; jede führete in der Hand einen
Bogen und die Schultern war gewaffnet mit pfeil-

　　　　　gefüllten

gefüllten Köchern: In dieser Kleidung dantzten
sie etliche Reihen nach der obbelobten Music. Darbey dann insonderheit lieblich zu sehen der Füsse und
Stimen so gleichmässiges Ubertreffen/ daß nicht
wol zu urtheilen war/ ob sich die Stimmen nach jener höflichen Beweglichkeit/ oder deren Bewegung
sich nach der Stimmen Lebhafftigkeit/ bequemeten.

Indem sprang aus dem nechsten Geströttich ieh-
lingen ein weisser Hirsch hervor/ dessen schwartzge-
schckete Flecken zierlichen in die Schneefarbe eins
gesprenckelt waren/ welche dann dem schönen Thier
ein wolständiges Ansehen verursacheten. Sein hohes Gewethe schien lauter Gold zu seyn/ mit vielen Enden ausgespreitet. Summa/ er war so ge-
stallet/ so gut ihm die Felicia nach allem erdenckli-
chen Fleiß aussuchen können/ ihren Gästen ein lä-
cherlich Freudenspiel anzurichten. Als nun die
Nymphen den Hirschen ersehen/ haben sie ihn mit
ihren Reihen umbringet/ darneben auch den Dantz/
nach Geheiß der aneinanderklingenden Sättenspie-
le/ fortgesetzet/ und gleichwol mit stumpffen Pfeilen
auf das Wild hurtig zugeschossen/ welches als es
die Music inne worden/ machte es viel krummer
Sprünge/ hetzte auf und nider/ umb die losges-
druckten Pfeile abzuwendē/ daß über diesem Lustspiel
die gantze Gesellschafft in ein überaus lautbares
Gelächter gerahten. Als es aber dieses eine zimliche Weile getrieben/ dauchte es ihm besser/ wenn es
sich auf seine gerade und schnellflüchtige Beine
verliesse/ gab derowegen den Reißaus durch die
nechsteröffnete Sommerlaube. Die Nymphen/ so
ihm mit Lauffen/ Schreyen und Schiessen nachfol-
geten/ verloren sich gleichsfalls mit einem annemlichen Auflauff aus dem Garten/ welchen ein jedes
seines Theils Schäfer und Schäferinnen mit laut
lachendem Zuruffen vermehrete; insogemein aber
wurden sie alle über dieser Lustjagt je länger je frö-
licher.

Acher. Eben den Augenblick schwiegen auch die mu-
sicalischen Säitenspiele.

Die weise Felicia aber / damit auch diese Kurtz-
weil zu nützlicher Erbauung deß Lebens angewen-
det würde / that einen Versuch / ob jemanden von
denen Anwesenden so viel Gehirn im Kopffe hätte /
der verstünde / wo sich dieses auf den Schauplatz
aufgeführtes Freudenspiel hinzöge ; sprach deßwegen zu der Diana : Schönste Nymphe / kanst du
mir sagen / worauf die schöne Hirschjagt angesehen.
Meine Verständniß / antwortete Diana / ist viel zu
alber / als daß sie solte deine klugausgedachte Erfindungen erreichen / oder die tunckeln Räzel auflösen. Wolan / sagte Felicia / so will ich dir / was
für Weißheit unter diesem Schauspiele stecket / erklären.

Der Hirsch ist ein Bildniß deß menschlichen Hertzens / welches sich in seinen nur vermeinten klugen
Gedancken gutdäuchtet / das Reichthum / zeitliche
Güter und alles / was es nur wünschet / die Hülle
und die Fülle hat : Dasselbe ergibt sich denen sterblichen Regungen und Bewegungen / welche es mit
tödlichen Pfeilen verwunden. Aber / wann es durch
Beredung deß scharffsinnigen Verstandes ein Ding
mit Vortheil angreiffet / sich in alle Sättel schicket /
der wolgesitteten Erbarkeit befleissiget / so kan es
gar wol (doch nicht sonder Mühwaltung) die los-
gedruckten geradfliegenden Wollüstpfeile verhüten.
Wann man ihm aber je länger je hitziger nachsetzet /
muß es mit allen Kräfften entspringen und ausreis-
sen ; vermittelst desselben kan es sich von der Lebensgefahr entledigen / wiewol die verzweiffeltbösen
Regungen doch nicht allerdings ablassen / sondern
das flüchtige und sich zur Wehr setzende ernstlicher
und eiveriger anfallen werden / biß es endlich aus
diesem Weltgarten hinaussetzet / und sich mit der
Flucht rettet.

J vij   Wie

Wie hätts ich imer und ewig / wandte Diana ein/ ein so verworrenes und tieffverborgenes Rätzel errahten sollen / die ich die witzlosen Schäferfragen und Dorffschwäncke nicht verstehe / will geschweigen errahten kan.

Sylvagia / ihr in die Rede fallend / sagte : Mein mache dich nicht so geringe ; massen ich das Gegenspiel erfahren : Dann niemals ichtwas ist ausgegeben worden / das du nicht errahten hätest.

Es ist noch Zeit gnug übrig / sprach Felicia / wir können heute noch weiters verfahren ; sintemal auch diese Lust uns nicht weniger als irgend eine zur Frölichkeit leiten wird. Eine jegliche unter euch gebe ein Rätzel auf ; ich weiß so gewiß / als ich hier stehe / Diana wird sie alle nicht allein auflösen / sondern auch noch deutlich erklären. Der Vorschlag ware allen belieblichen / ausgenommen die Diana / welche ihr in keine Wege so viel zutrauete / daß sie solchet Aufgaben Wichtigkeit gewachsen wäre ; damit sie aber auch in dem Geringsten nicht der Felicia zuwider lebete / und den Syreno / weil sie verspürete / daß es ihm annemlichen / erfreuete / nam sie die angetragene Ambtsverwaltung gerne auf sich.

Sylvano / der ihm wegen Aufgebung der Rätzel einen trefflich berühmten Namen gemachet / hatte auf Gutachten der gantzen Gesellschafft den Vorzug / seine Worte waren folgende : Ich weiß sehr wol / allerschönste Schäferin / daß dich der milde Himmel mit gnugsamer Verständniß und Weisheit begabet / auch die allergeheimesten Fragen auszulegen / und ist nichts so tunckel / das dein hoher Verstand nicht ergründen könte ; dennoch kan ich nicht umbgehen / dir eines aufzugeben / damit deine Scharffsinnigkeit etwas ausübete / und aller Welt bekand gemachet würde ; nemlich dieses :

Nechst einem Schäfermann sich eine Jungfer reget/
Sie

Sie ist so schwach und gelb gleichwie besalbtes
Stroh /
Und ihrer Zungen Krafft ist niemals nicht beweget /
Ihr Hals ist Augenvoll und allewege froh.
Den Odem führet sie herumb / bald hoch / bald nie=
der /
Und ist ihr Angesicht auf keine Weis verkehrt.
Ihr Buhler schertzt mit ihr / sie spielet manche Lieder /
So / daß die Hirtenzunfft ihr helle Stim erhört :
Er küsst sie auf den Mund / so fängt sie an zu schreien /
Darüber einer diß / der ander jenes brummt /
Er greifft ihr in das Aug / so rasse der gantze Rei=
hen /
So bald er von ihr lässt / so ligt sie gantz ver=
stummt.

Dieses Rätzel zwar / wandte Diana ein / ob es
wol unvernemlich genug / machet mir nicht gar viel
zu schaffen. Angesehen / ich mich bester Massen ent=
sinne / daß du deine eigene Meinung / bey dem A=
hornbrunnen / weil keine unter uns gegenwärtigen
Schäferinnen dasselbe errahten können / selbsten ers
kläret. Die Jungfer / wie du dazumal sagest / ist der
Sack / welcher die Pfeiffe aufbliese / mit Anfügung
aller und jeder Stücke Erklärung / und alles dessen /
was bey solchem Schäferspiel vorzugeben pfleget.
Die gantze Gesellschafft belachten deß Sylvano
Vergessenheit / und verwunderten sich über der Dia=
nen behaltsames Gedächtniß. Sylvano / sich selbsten
rechtfertigend / bemühet sich zwar äusserst seine Un=
besonnenheit abzuleiten; jedoch muste er heimlich bey
sich selber lachen : Ich bekenn es / schrie er / ich bekenn
es / daß viel Irrthümer mit untergelauffen; jeden=
noch wird es ihr niemand unter uns gleichthun / mas=
sen unsere Diana jüngst ihren eigenen Syreno ver=
rahten hat.

Ey du hast dich trefflich verantwortet / sprach
Syre

Syreno; ich meine/du hätteſt deine Rachgier beſſer
angeleget/ wann du mir meiner Braut Vergeſſenheit zu einer andern Zeit/ als die wir ietzo umb Frölichkeit willen beyeinander/mit ehrenrührigen Worten vorgeworffen.

Genug/ fiel Sylvagia darzwiſchen/genug; iſt
doch alles recht geredet: Du aber Diana gib Antwort auf meine vorgetragene Frage/ vielleicht werd
die etwas mehr Nachdruck als der Sylvagia haben.

Es iſt ein Wald/ den ſchwartzes Blut erzeugt/
    In welches Froſt viel kleine Bäume ſind/
    Wann man darvon an einen Bogen bindt/
Verpichet ſie und zu der Brucken neigt/
    Die in der Mitt hat ausgehölte Seiten/
    So mag man ſie zur Klag' und Freude leiten.

Diana/ ſich zu ihrem Bräutigam wendend/ ſagte: Mein Syreno/ kanſt du dich nicht erinnern/ daß
mir dieſes Rätzel ſelbigen Abend/ als wir bey unſerm verwandten Uranio eingekehret/ aufgegeben
worden? Kanſt du dich nicht entſinnen/ daß es uns
der Marontio/ deß Ternaſi Sohn/ vorgebracht?
Ja/ ſo waar ich lebte/ ſagte Syreno/ hab ich die
Deutung vergeſſen. Und auch dieſes/ fuhr Diana
fort/ und deſſelben Auflöſung hab ich noch im fri-
ſche Gedächtniß. Der Wald iſt ein Pferdſchwantz/
wann denſelben die Haare/ durch die Bäume ver-
ſtanden/ ausgeriſſen werden/ brauchet man ſie zu
dem Fidelbogen/ auf die Geigen/ hier mit einer
Brucken verglichen/ die dann einen lieblichen und
traurigen Klang von ſich hören laſſen. Sylvagia
konte es nicht in Abrede ſeyn/ daß ſich die Sache ſo
verhielte; ſonderlich aber hätte ihr es der Maron-
tio/ als Erfinder deſſelben/ wegen ſeiner Güte vor
allen andern gerühmet/ ob er gleich noch eine zimliche Anzahl dergleichen hätte. Warlich ja/ ſprach

Belis

Belisa/ solche Gattung und noch viel schärffere findet man in unserem Dorffe/ unter welchen auch billich dieses zu rechnen/ welches ich jetzo aufgeben
will. Diana gib Achtung darauf/ was gilts/ ich
will dich anjetzo fangen. Raht/ was ist das?

> Welcher Vogel fleugt geschwind/
> Und verbleibt an einem Ort/
> Der sich nechst den Wolcken findt/
> Und bald an dem Inderport:
> Der sich von den Lumpen mäst
> Und besteht im schnellen Brennen/
> Der kan seine Feder kennen/
> Weiß auch dieses Vogels Nest.

Traun ja/ Belisa/ sprach Diana/ ist dieses das
schwerste unter allen/ welche bißanhero aufgegeben worden. Deren ich sonder Zweiffel keines errah-
ten/ wenn ich nicht zuvor derselben Auslegung angehöret. Du hattest den Mund kaum recht aufge-
than/ so hatte ichs schon errahten: Welches nach
meinem wenigen Erachten daher kommen/ weil es
leicht und am Tage/ daß es von männiglichen/ sonder einiges Kopffbrechen und mühsames Nachsin-
nen/ kan aufgelöset werden. Die Kinder wissen es
auf der Gassen/ daß der Vogel/ von welchem du
sagest/ die Gedancken deß Menschen seyn/ welcher
gewaltig schnell fleugt/ und niemals von jemanden
gesehen worden/ dann daß er nur aus seinem Gesichte und deß Leibes Beschaffenheit hergeleiteten Mut-
maßungen kätlich worden.

Ich gebe mich/ rieff Belisa/ ich gebe mich/ und ich
weiß nichts mehr vorzubringen/ als daß ich mich deinem geneigten Willen und Wolgefallen unterwerf-
fe. Ich will dich rächen/ fiel Ismenia ein/ mit meinem einigen Rätzel; ich weiß/ daß dasselbe auch den
vornemsten Schäfern zu schaffen genug gegeben.
Welches du Diana/ wañ ich es dir werde hersagen/

wol

wol nicht so leicht errahten wirst / als diese biß andero aufgegebene leichte Kinderpossen. Rahe / was ist das?

Sagt / wer ist der Meistermann /
Dessen Herr dient wie ein Knecht /
Der mit Schweigen rahten kan /
Und ist nach dem Narrenrecht
Angefesselt mit den Banden /
Doch bekand in allen Landen?

Ich wolte mich glückselig schätzen / antwortete Diana / wann ich von dir / freundlichliebe Gespielin Ismenia / überwunden werden solte; Aber gleichwie ich dich vielleicht an Schönheit und andern Tugenden übertreffe / also kan es mein Lob nicht vermehren / ob ich dir gleich deine vorgelegte Frage / mit welcher du mich / die ich dir verbunden / umbzuführen gedenckest / aufflöse. Es gehet jetzund in das andere Jahr / als ein Artzt von Lyon bey uns eingekehret / umb meinem Vatter / welcher damals schwerlichen franckete / zu seiner vorigen Gesundheit zu verhelffen. Derselbe hatte ein Buch bey sich / welches als ich es aufblätterte / und darinnen lesen wolte / führete er mir zu Gemüte / was für einen fürträglichen Nutz die Sterblichen an dieser Art Schrifften hätten. Ich vermeine / sagt ich zu ihm / daß die Bücher mit allem Recht können stumme Lehrmeister genennet werden / welche ohne einige gegebene Stimme uns viel guter Sachen einträuffeln. Er belobete mein ertheiltes Urtheil / gab mir darneben dieses Rätzel auf / in welchem sonderlich die Bücher künstlich herausgestrichen werden.

In Warheit / bejahete Ismenia / es ist unter den Götten kein scharffsinnigers Menschenkind als Diana. Zum Wenigsten ist niemand in dieser gantzen Versamlung / der so viel Hertze häte / daß er solches ausforderte; doch will ich dieses mitnichten von diesem

sem

sen adelichen Frauenzimer beglaubet haben; maß
sen mir unwissend / ob sie auch mit Rüstung / sich an
sie zu wagen / versehen.

Alcida / welche bißanhero still gewesen / an der
wolhörlichen Music sich ergetzet / den Schauspielen
und Schäferdäntzen zugesehen / vornemlich aber ihren Marcellio niemals aus den Augen gelassen / wolte auch eines in diesem Streit versuchen / und deß
Ausgangs erwarten / sagende: Diana nachdem da
alle diese Schäferinnen überwunden / würde es uns
sonder Zweiffel auch übel ausgeleget werden / wann
wir mit dir auch nicht eine Schantz wagen sollen:
Derowegen will ich dir auch ein Rätzel aufgeben /
ob ich wol versichert / du werdest es eben so leicht / als
die vorigen / errahten; iedennoch was taugt uner-
fahren: Dasselbe hat mich ein Schiffherr / als wir
von Neapolis nach Spanien segelten / gelehret; weil
mir es trefflich wolgefiel / hab ich es mir vest in mein
Gedächtniß einverleibet. Raht / was ist das?

Wer hat je ein Pferd gesehen /
   Das / ohn Haber / hundert Meil
   Lauffet schneller als der Pfeil /
Gleich dem leichten Windewehen /
   Es verrichtet Wundersachen /
   Kan auch ächzen / seufftzen / krachen /
Findet es bequemen Raum
   Auff den Matten an der Heide /
So spannt es den schwancken Zaum
   Aus dem dürren Eingeweide?

Diana / diesen übelverknüpfften Knoten aufzu-
lösen / bedachte sich in etwas / bey sich wolerwegende
und überlegende die darzugehörige Stück dieser
Erklärung. Letztlichen / als sie vermeinet / sie wolte das
Schwartze in dem vorgesteckten Ziel treffen / gab
sie ihr Gutdüncken folgends an Tag: Gnädiges
Fräulein / es erforderte es ja meine erziemende Un-
tertä-

terthänigkeit / daß ich dir die allzeitgrünen Sieges-
palmen demütigst überreichete / welche mir möchten
von diesen Schäferinen eingehändiget werden seyn;
allermassen / weil auch der / der von dir besieget worden / sich rühmen könte / daß er von einem adelichen
Verstande / scharffurtheileten reinen Gehirn sey ü-
berwältiget worden / also gar / daß er auch in Nie-
derlegung der Waffen und Ubergebung deß Sie-
ges grosse Ehre davonträge. Derowegen wann
durch das Pferd etwas anders als ein Fischer-
schiff / das seine Garne trucknet / verstanden wird /
geb ich mit beyden Händen zu / daß dein wolangese-
sonnenes Rätzel meinen Dorffwitz überstiegen / und
ich also desselben Auflösung nicht finden kan.

Die Sache ist heller als der klare Mittag / antwortete Alcida / daß du in Auflösung dieses Rätzels
gewonnen; ob du zwar vorgegeben / als köntest du
nicht viere zehlen / da wol andere Zehen darüber
kommen wären / die dieses nicht errahten hätten.

Freylich habe ich gerahten / sagte Diana; hab ich
es getroffen / so ist es nicht meiner Wissenschafft /
sondern dem wolwollenden und mir selten günstigen
Glück beyzumessen. Ich habe ja in Tag hineinge-
rahten; bin ich der Warheit näher kommen / so ist
es desto besser.

Worauf Alcida: Diese Warsagerin ist warlich hochzuhalten / massen nichts so Verirretes und
Verwirretes auf die Bahn kan gebracht werden /
das nicht derselben in allen zuläßlichen Scherereien
durchtriebener Verstand aufwickeln und erläutern
könte. Nun / du vielwissende Prophetin / erkläre uns
auch das nicht gemeine Rätzel / das dir meine liebe
Schwester Clenarda aufgeben wird: Doch weiß ich
nicht gewiß / ob sie es noch auswendig kan? Dann /
sich zu der Clenarda wendend / Schwester / sprach sie;
Erzeige mir diese Gewogenheit und gib dieser weisen
Schäferin das Rätzel auf / welches dir dermaleins

in unserer Stadt den Berintio und Clomenio/ unsere
Blutsverwandten/ aufgegeben/ als wir in dem Hause der Elisonia/ auf ein gutes Gespräch/ zusammenkommen waren. Clenarda wegerte sich dieses im
Minsten nicht/ zumal weil sie es noch im reissen Gedächtniß hatte; doch hielt sie in etwas inne/ sich
gleichsam besinnend/ hernach brachte sie ihre Frage
folgends an:

Sagt/ welcher Vogel stengt mit mehr als dreissig
Füssen/   (Tranck/
Ist haut-und federlos/ geneusst noch Speis noch
Er pfleget Freund und Feind mit Blitzen zu begrüs-
sen/
Es weben seine Füß' als wie die Weberbanck.
Die er hat umbgebracht/ begräbt er in das Meer/
Und nährt in seinem Bauch ein grosses Bettelheer?

Diana war mit der Antwort fertig: Ich bekenn-
es/ daß ich dieses Rätzel mitnichten errahten könte/
wann ich nicht dessen Auflösung anderswo vernom-
men/ massen mir solches ein Schäfer aus unserm
Dorff/ welcher einsmals über Meer gefahren/ erzehlet. Ich weiß nicht/ ob ich meinem Gedächtniß
allerdings trauen darff; doch halt ich darvor/ es sey
ein Schiff/ welches eine Galee genennet wird: Dies-
selbe/ wann sie von den wilden Wellen hin und her
gewieget wird/ ist dem verderblichen Untergang
am allernechsten: Die Wasserwogen schlagen es hin
und wieder/ die Verstorbenen wirffet es aus: Seine Füsse sind die Ruder/ die Flügel die ausgespanneten und aufgeblehten Segel/ die Blitze/ welche
es von sich stralet/ sind der feuerspeienden Stücke o-
der Falckeneten Kugeln. Es ist nichts mehr übrig/
sprach Clenarda/ als daß wir uns in einen Kreis zu-
sammensetzen/ und der Dianen gewonnen geben; sintemal niemand unter uns ist/ der nicht bezwungen
worden; hat sich also keine vor der andern etwas zu
                                                      rüh-

rühmen. Schönste Diana / du hast / so waar ich lebe /
einen herrlichen und scharffen angebornen Verstand;
deine Weisheit ist unvergleichlich / welche männiglich belustiget / und deine Tugenden machet dich bey
der Nachwelt verwunderlich. Und ich sehe keine
preiswirdige Belohnung / damit die Gunst deß
Himmels deine ansehnliche Aufdienungen beschencken könte / auser diesem / daß dir der Syreno vermählet.

Diese und dergleichen lustigmachende Gesprä-
che und höfliche Schertzübungen machte der Hochzeitfreude ein herrliches Ansehen. Felicia / sich über
die Weisheit / Sittigkeit und das hochverständige
Nachdencken der Diana verwundernde / zog alsobald
einen kunst- und kostbaren Ring von ihrem Finger /
in welchem ein theuerbewährter und von belobter Güte hochgeschätzter Edelgestein leuchtete; ob sie wol
diesen lange Zeit getragen / so beschenckete sie doch
mit demselben die Diana / zur Erwiederung so wol
angewendter Mühwaltungen / sagende: Diana /
Ausbund der gesamten Schäferinnen / dieses gering-
fügige Geschenck soll dir / zum Zeugniß meiner aufrichtigen Liebe / ein Geisel seyn / daß ich nichts
unterlassen werde / dir in allen vorfallenden Bege-
benheiten zu dienen. Verwahre und hebe diesen
Ring fleissig auf; dann es wird die Zeit kommen /
daß er dir fürträglichen Nutzen schaffen wird.

Diana bedanckete sich vor überliefertes schätzba-
res Geschenck höchstdemütigst / indem sie die Hand
der Priesterin so wolanständig zu küssen wuste / daß
es eine Lust zu sehen war: Syreno gleichfalls ließ
seine Danckbarkeit nicht unannemlich blicken / welcher auch nach abgelegten Dancksgebräuchen Folgendes redete: Eines hab ich heute in diesen wolauf-
gegebenen Fragen beobachtet / dessen ich keine Ursache sehe; nemlich wie allein die Weibsbilder sich im
Rätzelaufgeben gebrauchet und die Männer mau-
festill

seſtill geſchwiegen ; mit welchen ſie gnugſam zu
verſtehen geben / daß in dergleichen Luſtgeſprächen
ihr Verſtand viel zu gering ſey und den weiblichen
Spigfündigteiten nicht das Waſſer reiche / wie man
ihr Sprichwort ſagt.

Woraus Felis ſchertzweis ſagte : Mei: Eireno / verwundere dich nicht / daß uns die Weiber in
dieſem Fall übertreffen / da wir mit vielen andern
anzehlichen Tugenden beſeliget ſind / daß zwiſchen
uns und ihnen keine Vergleichung angeſtellet werden kan. Beliſa wolte deß Felis Antwort durchaus
nicht einfreſſen / vermeinende / es wäre lauter Ernſt/
daß er das lieblöbliche Frauenzimmer verrachten
wolte. Derowegen redete ſie der Weiber Wort/ſprechende : Warlich ja / Herr Felis / wir geſtehen gerne / daß uns die Mannsperſonen in vielen übertreffen / und eben damit geben wir unſere Hoheit am
Tag / daß wir willig und ungezwungen euch gehorſamen / die ihr vergeblich meinet / ihr wäret etwas
beſſer als wir. Maſſen in dem weiblichen Geſchlecht Perſonen gefunden werden / die auch dem
Ausband und Kern der Männer wo nicht weit vorzuziehen / jedoch in allen hohen Beſchaffenheiten zu
vergleichen. Denn ob das Gold gleich vergraben
würde / verleuret es doch nicht den Werth ſeiner
Gültigteit. Die Warheit iſt von ſo trefflichen Tugenden / daß ſie euch nöhtiget / und mit Zwangsmitteln darzu anhält / daß ihr uns müſſet (wem Lieb /
wem Leid ?) loben/rühmen und herausſtreichen ; die
ihr euch ſonſten vor Verrächter deß weiblichen Geſchlechtes ausſchreyet.

Viel anders Sinnes war Floriſta / ein tugendreiches und überkluges Schäfermägdlein / welches dermaleins in unſerm Dorff bey einem köſtlichen Hochzeitmahle / in Verſamlung vieler in= und ausländiſchen Schäfer / ein Loblied deß gantzen weiblichen
Geſchlechts geſungen : Zween Hirten ſpieleten mit
einer

einer Leyren und Cymbaln taufftlichlich mit ihr ein/
sie wuste die Verse mit so beweglicher und süßbeben-
der Stimme auszusprechen/ daß es nicht allein uns
Weibervolck erfreut/ sondern auch alle anwesende
Mannspersonen/ ob sie wol weidlich gezwaget wor-
den/ musten die anmutige Sängerin wider einigen
ihren Danck beloben und hochhalten. Wirst du in
diesem deinen unbesonnenen Vornemen halostarrig
verfahren/ soll mich keine Mühwaltung dauren/
daß ich dir dieses nicht zu Trotz völlig bersinge/ auf
daß du dermaleins mögst gescheid werden. Die in
Harnisch gejagte Belisa machte allen gnug zu la-
chen/ und verursachete mancherley Anleitungen zu
ausgegebenen und eingenommenē wolverstandenen
Schertzreden.

Letzlichen/ damit dem guten alten Herrn Eugerio die Gelegenheit eine so hertzerfreuliche Mufic
anzuhören/ welche sie aus der Belisen honigsüssem
Mündlein zu hoffen/ nicht entgienge/ redete er sie/
auf Einwilligung seines Sohnes Polydoro/ also
an: Schönste Belisa/ du thust recht und wol/ daß
du euer Geschlecht beschützest und ehrest so wird
auch verhoffentlich niemand in dieser gantzen Gesellschafft seyn/ der nicht das Lied/ von welchem du neu-
ligst gesaget/ mit Hertzenolust anhören wird; massen allen und jeden deine wollautende Stimme be-
kand/ welche jetzt auch der wolhörliche Inhalt deß
Gesanges umb so viel desto mehr begeistern wird.
Hierauf Belisa: Ich will diese Müh nicht aus-
schlagen/ wann nur Gott wolte/ daß ich mich auf
das gantze Lied besinnen könte; doch will ich die ersten Gesetze anfangen/ unterdessen werden mir die
andern verhoffentlich beyfallen. Als sie dieses gesa-
get/ wurd Arsileo gewar/ daß sich seine Gemahlin
zum Singen schickete/ alsobald ergriff er seine Ci-
ther/ umb ihre Stimme mehrers zu versüssen. Sungen und spieleten also mitteinander:

Der

(Der Floriſten Weiberlob.)

1.

Komm blind ergrimter Geiſt / komm mit erkanntem
    Und ſtimme mein Geſang !   (Klang
Sag mir die Ehrenwort zu ſchützen und zu ehren
    Die Edle Weiberſchaar /
Die / ſo mit Schand und Spott den Tugendruhm
    Die acht ich nicht ein Haar. (verwehren /

2.

Der du die Weiber ſchmähſt mit falſcherdichtem
    Gehſt auf verirrter Bahn.   (Wahn /
Hat etwan jenes Weib die erſte Sünd begangen
    Und alle Welt befleckt /
So hat das ander Weib das Heil der Welt em-
    Das alle Sünde deckt.   (pfangen /

3.

Ja / hätte / Schmäler / dich ein Weib / das du ver-
    Richt an die Welt gebracht /   (acht /
So könnt du Rabenzucht nicht nach den Augen ha-
    Für den verdienten Danck /   (cken
Der / die an ihre Bruſt gedrucket deine Backen /
    Und dir gab Speis und Tranck.

4.

O Mütter ſchauet doch / wiewol ihr eure Lieb'
    Aus herzlich holdem Trieb
Geleget und gewendt / für eure Marterſchmerzen
    Erdict er eure Schand /
Die Müh der Kinderzucht darff er mit Hönen ſcher-
    Verſchimpffend euren Stand.   (zen

5.

Wann etwan unſer Gott ein Creutz und Unglück
    Geſchickt nach ſeinem Raht /   (hat
So klagt das arme Weib / als ob ſie müſte leiden /
    Das / was den Mann betrifft.
Er hält ihr Wort für falſch und will ſich von ihr
    Aus lauter Ehrgifft.   (ſcheiden /

6.

Der / so ist arggewillt / richt sie aus seinem Sinn /
Und wo er dencket hin /
Da / meint er / sey die Frau mit gleichem Fehlgedan-
Ach wie viel besser ist /   (cken :
An Statt der bösen Eh in stetem Wehstand zan-
Der Ehstand nie erkiest.   (cken/

7.

Der Knecht und Diener Nam ist ihn̄ in dem Mund /
Und nicht im Hertzengrund.
So bald sie uns erlangt / so werden sie Tyrannen /
Die täglich fahren hoch /
Sie pflegen uns hernach mit Pochen anzuspannen
An ihres Willens Joch.

8.

Wañ sie noch Freyer sind / so hört man manche Klag /
Angst-Seufftzen-Threnenplag.
Sie können keine nicht ohn Liebesflammen schatzen
Und reden nur vom Tod.
Wer will betrogen seyn / kan ihrem Sterben trauen /
Sie essen doch noch Brod !

9.

Als auch dergleichen Wort mein Schäfer hat be-
Und im Gesang geführt /   (rühret
Hab ich kurtzrund gesagt : Ich geb ihm keinen
Glauben /

Er solte lassen ab /

Weil solche Trügerlist den Freyheitschatz berauben /
Der Hirtin werthes Hab.

10.

Wann man mit ihnen redt aus Freund- und Höf-
So ist die Schmach bereit /   (lichkeit /
Indem sie unbedacht uns freche Dirne nennen :
Die ihnen saget Nein /
Wann sie aus grosser Lieb als Beckeröfen brennen /
Die muß ein Wildfang seyn.

Wann

11.

Waß Unglück sich begibt/so tragen wir die Schuld;
　　Das macht die Frauenhuld/
Ist ihr gewohnte Red. Hört/ Troja Jammerflammen
　　Hat Paris angesteckt/
Und nicht/ die er entführt: Er hat der Griechen
　　Zu solchem Krieg erweckt.　　(Stammen

12.

Die Keusche fürchtet sehr deß Mannes Eiversucht/
　　Die ihrer Unschuld Flucht/
Er trachtet seinen Wahn im Wercke zu erfahren.
　　Soll dann dergleichen Sinn
Vermehren unsre Gunst/ wann man uns zu ver=
　　wahren
　　Stellt Hut und Wächter hin?

13.

Hat nicht deß Mannes Tod so manche Frau be=
　　Die sich nach ihm gesehnt/　　(thrent/
Daß sie im Leichenbrand aus Traurigkeit gesprun=
　　Man sag/ in welcher Stadt　　(gen/
Dergleichen Heldentod wird von dem Mann gefun=
　　Man ist der Augen satt.　　(gen?

14.

Das/ was Hippolyto so rühmlich hat gethan/
　　Erhebt man wolckenan.
Was von Lucretia mit Warheit ist geschrieben/
　　Kan nicht wol grösser seyn.
Dergleichen wird auch noch vom Weibervolck ge=
　　trieben/
　　Und jener ist allein.

15.

Ich lasse diesen Ruhm und sage vom Verstand/
　　Dem werthen Tugendband.
Wann uns die Männer nicht entfernet vom Stu=
　　Mit Schein deß Hauses Ehr/　　(dieren
Fürwar wir wolten sie noch in die Schule führen:
　　Das fürchten sie so sehr.
　　K ij　　16. Wann

16.

Wann man im Büchern list der losen Weiber   (Schand /
        Ist es also bewand ;
Daß bey dem Mannervolck nicht minders ist geschehen
        Sie halten ihr Partey ;   (ben)
Sonst solte man vielmehr in ihren Sitten sehen
        Falschheit und Trügerey.

17.

Wan man der Zeite Zeil mit reiffem Witz betracht /
        Ist minder nicht geacht
Das holde Frauenvolck / als eben Mannspersonen /
        An teuscher Helden Art /
An Kunst und Wissenschafft / die Tugend zu bethronen /
        thronen /
        Sind sie auf gleicher Fahrt.

18:

Es bleibet ja durch sie das grosse Weltgeschlecht /
        Für sie ist das Gefecht /
Hat etwan eine hier / die andre dort gefehlet /
        Ists eine Menschensach ;
Man frage / wann man will / was mancher Mann
        Wir folgen ihnen nach.   (verhelet /

Aller gegenwärtigen Hertzen und Ohren war
dieses Lobtlied eines so hochherrlichen Geschlechtes
recht belieblichen; bevoraus aber beseelte solches die
wolvernemliche Sängerin. Also ward Felix besse-
get ; Belisa aber durch Hülffe ihres Arsileo mit dem
immergrünen Lorbertrantze betrönet. Männiglich
in der gantzen Versamlung muste bekennen / daß alles das / was zu Ehren deß liebbringenden und lobwirdigen Frauenzimmers gesungen / nichts als die
Warheit selbsten wäre ; auch hat sich niemand über
die Länge deß Gesanges beschweret befunden. Was
etwan vom Betrug / Hinterlist und erdichteten Threr-
nen darinnen / haben sie mit einer einigen Schlufrede
widerleget / besahende / daß zwar in den Hertzen der
                                        Manns-

Mannspersonen ein vielstandhaffterer Glaube und
tieff eingewurtzelte Liebe sey/als mit Worten auss
gesprochen werden möchte: Arsileo aber belustigte
vornemlichen die Antwort/ welche die Florisa dem
Melibœo gegeben/ die sie dann unter andern auch
in ein Lied abgefasset. Dieses weil es an ihm selbsten anmutig und wolausgesonnen/ und dann ihn
noch eines anderen Gesanges erinnerte/ welchen er
von der Belisa einsmal gehöret und vor sein Leib-
lied hielte/ vermeinete er/ es würde auch der sonst-
freudenvollen Gesellschafft nicht verdrießlichen seyn.
Bat derowegen die Belisa/ sie wolte unschwer/ an
einem so heiteren Lusttage/ in einer so ansehnlichen
Gesellschafft auch noch dieses singen:/ Belisa hätt es
vor eine bäurische Unhöflichkeit gehalten wenn sie
dieses ihrem Ehherrn abgeschlagen/ und ob sie wol
von dem vorigen abgesungenen Liede noch in etwas
matt war/ jedennoch fieng sie wieder aufs Neue an
In die Säiten deß Arsileo zu singen:

1.

Melibœe hat jüngst gesungen/
Wie ihm Lieben hab gezwungen/
   Nichts zu wünschen als das Grab.
   Aber ich sprach: Laß doch ab;
Dann ich geb dir keinen Glauben.

2.

Er sagt: Hirtin nimm zu Hertzen
Meine Qual und Todes-Schmertzen.
   Du bist mein höchstwerthes Hab.
   Ich sprach: Schäfer laß doch ab;
Dann ich geb dir keinen Glauben.

3.

Er sprach/ schau doch mein Verlangen
Wie so banger Angst umbfangen/
   Und ich bin bey dir Schabab.
   Ich sagt: Schäfer laß doch ab;
Dann ich geb dir keinen Glauben.

K iij   4. Er

4.

Er sprach. Lässt du dann geschehen /
Daß ich muß den Tod ersehen
Vor der Gegenliebe Gab.
Ich sagt: Schäfer laß doch ab ;
Denn ich geb dir keinen Glauben.

5.

Er sprach: Wenn ich dich betrachte
Und die Hertzensfurcht erachte /
Bleib ich doch im gleichen Trab.
Ich sagt: Schäfer laß doch ab ;
Denn ich geb dir keinen Glauben.

6.

Er sagt: Sag / was dich ergetzet /
Weil die Liebe mich verletzet /
Die mir gibt den Hoffnungsstab /
Ich sag : Schäfer laß doch ab ;
Denn ich geb dir keinen Glauben.

Als Belisa die schöne Melodey geendet / und die Felicia allbereit einer ihrer Nymphen befohlen / was zu thun sey / die Hochzeitgäste mit einer neuen Freude zu überschütten. Die Nymphe hatte ihrer Frauen Anordnung dermaßen glücklich ausgerichtet / daß man bey den letzten Worten der Sängerin an dem nechsten Strom ein grosses Gethös der strudelschaumenden Wasser und ein Gerassel der Waffen vernommen. Nachdem sie nun alle ihre Augen dahingewendet und an das Gestade gelauffen / sind sie gewar worden / daß zwölff Schiffe den Strom herabgelauffen / jegliches mit zweyen ausgespanneten / aufgebläheten / mannichfarbigen / künstlich-und kostbargewebten Segeln. Sechs Schiffer / nemlich die erste Partey / führeten rote und weiß Segel / wie denn auch gleichfarbige Flaggen oder Fahnen : Die anderen sechse hatten schwartze Segel aufgezogen und safrangelbe Flaggen ausgesteg-

cket

ckel. Aller Ruder waren umb und umb mit Golde
überzogen / der gantze Schiffzug / so mit wolriechen-
den Rosen / Silberlilien und andern Kräntzblumen
bestreuet war / rückte in etwas fort. In jedem
Schiffe saſſen sechs Mauritanische Nymphen / eine
Part war weiß und rot / die andere schwartz und
gelb mit eingewircktem Gold und Silber prächtig
angekleidet / daß es alles an ihnen schimmerte und
flimmerte. Ihre Arm waren nebenſt der rechten
Bruſt entblöſſet mit gantz güldenen fünckelten Hand-
schuen aufs Beſte verwahret / in der lincken dröne-
ten ihre wolgefaſte Schilde / wie etwan vor diesem
die ſtreitbaren Amazonen abgebildet worden ; die
Bootsknechte waren Satyri und Sileni / mit Rosen-
kräntzen gezieret / und mit ſilbernen Ketten an die o-
bern Schiffgänge angeschlagen.

Die Flotte gieng gemach fort / von Stand an hörete man einen lauttönenden Klang der Trommel-
ten / die Heerhörner und Zincken mit einvermeng-
ten wolllingenden Säitenspielen halleten und schal-
leten / man ſtellete je zwey und zwey Schiff neben-
einander / und rückten alſo Par und Par in gutet
Ordnung fort. Eh man eine Hand umbgewendet /
hatten ſie ſich in zwo Schlachtordnungen geſtellet:
Aus jeglicher Partey gieng ein eintzeler Kahn hervor mit gegeneinander gerichteten scharffspitzigen
Schiffschnäbeln / die andern hielten unbeweglich in
ihrem gewonnenem Vortheil: In einem jeglichen
Schiffe war ein Waldgott mit seiner Part Lieberey bekleidet / der ſtund forn auf dem Schiff / in der
lincken führete er einen Schild / welcher von ſo langer
Gröſſe / daß es seinen gantzen Leib von der Fußſoten
an biß auf die Scheitel bedeckete / in der rechten
eine mit vielen Farben ausgemahlete Lantze. Nachdem man nun beyderseits Segel geſtrichen und ſtarck
aufeinander losgerudert / trafen je zwey und zwey
solcher Krieger aufeinander. Unterdeſſen tönete
X iiij   das

das Frolocken der Nymphen / das Geschrey der
Waldgötter/ der Klang der Trommeten / der Laut
der Heerhörner/ umb ein jeden seine Part zur Manns
heit anzufrischen. Die Bootknechte bearbeiteten sich
aus allen Kräfften mit den hefftigsten Stössen die
Kämpffer über Port zu werffen. Es war ein lächer-
liches Schauspiel anzusehen / wann die Waldgötter
feindlich losgiengen/ und mit den Gewehren einander zimliche Streiche versetzelen. Massen keiner/
wie sehr er sich auch bemühete / vermochte auf seinen
Füssen zu stehen / sondern wurd beydes durch die mit
Macht-rüttelnde und schüttelnde Ruder/ und das
Stossen der Spiesse / zuweilen auf den Schiffbo-
den/ zuweilen über und über in das Wasser hinaus
geworffen: Worüber dann das Jauchtzen der Nymphen und der Ton der nimmerfeyrenden Säitenspiele ein überaus grosses Gelächter verursachte/
daß das anligende Gestade lautbar wiederschallete.
Diese Waldmännlein / so offt sie ins Wasser gestossen und ein wenig herumbgeschwummen waren / stre-
cketen die Hände nach den Schiffen / und worden
von den Nymphen jeder seines Theils wiederhinein
gezogen/ bald gab die wiederholete Abstürtzung neue
Ursach zu einem neuen Gelächter.

Endlichen hat das Rudern der weissen und roten Liebereyen den andern einen hefftigen Puff bey-
gebracht/ und ist von dessen Verfechter/ seinem Wi-
dersacher/ mit solcher mannhaffter Behendigkeit zugesetzet worden/ daß er weichen müssen.

Auf erlangtem Sieg haben die Nymphen selber Party ihre Loblieder lautbar versüsset/ freudig verneuet/ und dem Gegentheil eine zimliche
Schamröte abgejaget. Zu diesem Vortheil ist nicht
wenig behülfflich gewesen einer von denen an den
Ruderbäncken sitzende Syleno / welcher alle andere an Leibesstärcke übertroffen. Derselbe verwiders
es Mensch schrie / so sehr er immer konte: Ist es wol
mögli

möglichen / daß ein ſo nichtswürdiger / hinläſſiger
und tugendloſer Menſch auf unſer Seite angetroffen werde / der auf wenige der Gegenpart ohnmäch-
tige Stöſſe gefallen / und entfliehen müſſen? O ihr
Nymphen / laſſet mich los / und verdammet die fei-
ge Memme an meine Statt zu dem Ruderfeſſel; ihr
ſollet mit Augē ſehen / wie ich will / vermittelſt meiner
Tapfferkeit / aus uns überwundenen Sclavē Siegs-
fürſten und jene zu ewigbleibenden Spott und un-
auslöſchlichen Schanden machen. Auf dieſes Groß-
ſprechers Pralen ließ eine Nymphe den Eiſenfreſſer
los : Er nicht faul / wuſte das Schild und die Stür-
ſtange mit prächtigen Geberden zu faſſen / und be-
tratt mit weiten Schritten deß beſtiegten Wahlſtatt.
Ohn Verzug wurden die Ruder auf beyden Seiten
wiederumb kräfftig angezogen / man traff auf einander / indem die Nymphen mit gewöhnlichem Freu-
dengeſchrey jauchzeten. Aber der Satyrus auf der
andern Seiten durffte ſeine Stange nicht lange auf
den verwegenen Rächer fremder Schande richten /
angeſehen / er ſeines eigenen Schiffers Gewalt nicht
ertragen und auf keinem Fuſſe veſtſtehen können /
maſſen ihm die arbeitſame Anſtrengung der Ruder /
mit ſamt dem Gewehr / ſo groß als er geweſen / mitten in das Waſſer hineingeſchmieſſen / allen andern
zum Beyſpiele / die mit ſchöngefärbten Prachtwor-
ten anderer Thaten vernichten / hingegen ihre Faul-
heit mit einem Deckmantel beſchönen / daß ſie ſich für
dergleichen eigenwillige Gefährlichkeit hüten und
einander mal beſſer fürſehen. Seine Nymphen lieſſen ihm eine zimliche Weile baden / doch / ob er wol
was ärgers verwircket / namen ſie ihm wiederumb
in ihren Rachen.

Die fünff ruckſtändigen ſchwartzen Schiffe / als
ſie den Ausgang dieſes Treffens ſahen / lieffen mit
Rudern und vollen Segeln auf die ändern zu und
griffen ſie feindlich an : Die weißrote Lieberey

K v   empfieng

empfieng die Einbrechenden mit ebenmäſſigem uns
verzagten Heldenmute. Die Sache gerieht zu einer groſſen und rechtgleichen Schlacht; die Nymphen warffen auf beyden Theilen anzehlich viel
weiſſe und anderfarbige/gleich als aus Stücken her-
ausgefeurete/ Kugel von Wachs/ welche in dem
Waſſer einen annemlichen Geruch von ſich gaben;
es wurd aber die Ordnung in ſo wolziemender Ge-
ſchicklichkeit behalten/ und die Schlacht mit ſo hertz-
behertzter Dapfferkeit geliefert/ daß jederman in
Zweiffel gerahten/ ob es Schertz oder Ernſt/ ob es
ein Spiegelfechten oder waares Treffen wäre. Letzlich ergaben ſich die ſchwartzen Kämpfferinnen den
weiſſen; dieſe ſprungen / als Uberwinderinnen/
in der anderen Schiffe/ und/ wie es in dem Königreich Valentz gebräuchlichen/ ländeten ſie mit ihrer
Muſic an/ Sieger und Beſiegte ſprungen an das
Ufer/ die ſchwartzen Satyri und Silent wurden
mit Siegespracht gefangen geführet/ und weil
ſo ſchöne Nymphen in der weiſſen Flote Botmäſſig-
keit kommen/ iſt ihres Theils eine hertzliche Freude
entſtanden. Sonſten war dieſer Amazonen Streit
deromaſſen luſtig zu ſehen/ daß ſich alle ſterbliche
Menſchen höchlich darüber verwundern müſſen.

Nach verlauffenem Schauſpiel wolte die Felicia
wieder nach den wolgelegenen Ruhbrunnen gehen/
welcher der Engerio ſamt der gantzen Geſellſchafft
gefolget. Als ſie dahin gelanget/ haben ſie daſelb-
ſten einen Schäfer angetroffen/ welcher unter wä-
renden Freudenſpielen in den Garten kommen/ und
ſich an die hellquellenden Springfluten gelägert.
Aus ſeinem Angeſichte/ wie ſie alle bedäuchtete/
leuchtete eine ſonderbare Freundlichkeit hervor; es
zeugeten auch ſeine wolgeſtatte Geberden/ daß er
kein unebener Hirte wäre.

Felicia/ welche ihn kante/ ſprach ihm alſo zu:
Turiano/ du hätteſt zu keiner bequemlichern und
fügli-

füglichern Zeit dich anhero verfügen können / damit
du nemlichen deine Schmertzen heiletest / und die
Frewde dieser Schäfer Versamlung mehretest. Was
dein innerliches Anligen betrifft und wie demselben
vorzukommen / wollen wir darnach reden / anjetzo a=
ber / weil es Zeit und Ort erfordert / wirst du uns
nicht verwegern / hören zu lassen / was du Gutes sin=
gen und spielen kanst. Ich sehe / daß du deine Cither
allbereit zu recht gesuchet / und diesem Chor der
Schönheiten etwas vorzusingen gewillet. From=
mer Schäfer / singe etwas von deiner Elvinia / es
soll dir von uns fleissigst vergolten werden. Dem
Hirten waren es böhmische Dörffer / daß die Felicia
seinen und seiner Liebsten Namen inne hatte / und daß
sie freywillig in Versprechung seiner Heilungē; und
damit er sich wegen so belieblichen Anerbietungen
gebührlichen danckbar erzeigete / wolte er lieber der=
selben Ansuchen nachkommen / als mit vielem Wort=
gewechsel die Zuhörer aufhalten. Als er nun sahe /
daß sie sich sämtlichen niedergelassen und die Ohren
spitzeten / sung er zu seinem Säitenspiel Folgendes:

1.

Wann der Lentz mit den bunten Blumen schmückt
   Unsre Berg' und die Thäler tapeziret /
Daß der Hirt seine Herd zu Feld geführet /
Die bevor Kält und Winder hat gedrückt /
   Singt die wachsame Nachtigall
   Mit so holdem und hellem Schall.
     Seyd ihr liebliche Brunnen
     Von der Quellen geronnen /
      Der Weide Gedeyen /
      Der Auen Befreyen?

Aber doch kommt der rauhe Winter wieder /
Wann nicht hört meine Hirtin meine Lieder.

2.

Wann der Wind in den falben Herbst beraubt
Unsrer Weid gelblich grünbekleedes Zieren /
Schweiget auch aller Vögel Tireliren /
Und der Baum steht mit kahlem Ast entlaubt /
Es zerrinnen die kürtzeren Tag
Mit der Nächte verlängerter Plag :
Daß das neblichte Lüfften /
Dampfft aus düsteren Grüfften ;
Verdunckelt die Sonne /
Die güldene Wonne.
Aber wann meine Hirtin schaut die Weide /
Kömmt der Lentz mit dem frohen Frülings-Kleide.

3.

Wann der Blitz blinckert nechst dem Sternenhaus
Und der Stral mit dem Donnerhagel rollet /
Daß der Hirt mit der Herd nach Heimat drollet /
Gantz erblasst ob dem Wind und Wolckenstraus :
Wirfft er Schlossen und schwere Stein'
Und verderbet Früchte' / Obst und Wein.
Oder schläget mit Schauren /
Daß die Bauern nur trauren /
Ihr mühsames Hoffen
Wird plötzlich getroffen.
Aber kommt meine Hirtin hier zugegen /
Muß sich bald alles Angstbetrüben legen.

4.

Wann ich itzt kling' und spiel' auf meiner Leyr
Zu Mittag in der ulmen Fittichschatten /
Springt der Finck und deß Zeisleins Liebesgatt /
Ja der Fisch hupfft für Freuden in dem Weir.
Dann die laulichte Frülingstufft
Hat beheitert die süße Lufft ;
Wir werden erfreuet /
Weil alles erneuet ;
Es mögen dort trauren /
Die wohnen in Mauren.

Aber

Aber nein: Sihet meine Hirtin saur /
So bin ich als getroffen mit dem Schauer,

5.

Wann sie wäscht ihre Hände bey dem Strand /
 Solte wol Phöbe selbst aus Eiver klagen /
 Seyn erblasst: Weil sie Ursach Leid zu tragen /
Gantz erstaunt ob der silberweissen Hand.
  Wo sonst schlüpffrige Fische gehn /
  Muß die eilende Flut bestehen,
   Zu träncken die Herden.
   Actäon soll werden
    Kein schüchteres Wilde /
    In diesem Gefilde /
Wann er sie anzuschauen wolte harren;
Nein / er soll als ein Marmorstein erstarren.

6.

In dem Wald schallt der Hund' und Jägerklang /
 Ihr Gesuch unsrer Nymphen Zunfft behaget /
 So die Spur nach der rechten Wildfahr fraget /
Und beharrt in so keuschem müssiggang;
  Ja / der Wasser Najaden Schaar
  Folgt der Jagenden Lustgefahr;
   Sie richten und stellen /
   Sie schiessen und fällen /
    Mit Garnen und Seulen /
    Mit Spiessen und Pfeilen.
Noch mehr Lust solte meine Hirtin bringen
Jenem Wald / wann sie wolt im selben singen.

7.

Dieses Lied sing' ich mit behäufftem Leid /
 Wo ich geh / wo ich steh in diesen Auen /
 Meine Treu heisst mich auff die Hoffnung bauen /
Die beharrt in der Winde Flüchtigkeit.
  Nunmehr jederman jammer' ich /
  Weil mein Schmertzen vermehret sich /
   Mein Weinen und Klagen /
   Mein schmuliches Plagen /
    R vij   Wir

Wird eines aus zweyen
Mir machen gedeyen:
Daß sie wird zu mir ihre Liebe wenden/
Oder ich werde dieses Leben enden.

Niemand kan mit Worten gnugsam außspre-
chen/ wie die wolgeführte Stimme und bewegliche
Singart deß Turiano die Hochzeitleute befriediget;
Selbige beyde waren sehrwohl beschaffen/ er war so
holdreich und freundlich anzusehen/ daß du vermei-
netest/ du hättest den transhärigen Sängerfürsten
Apollo gesehen und gehöret/ als er dermaleins in
Schäferkleidung vom Himmel herabgefahren; und
warlich/ so konte auch/ nach gemeiner Aussage/ niemand anders einer so vollkommenen Schönheit verglichen werden.

Montano/ welchen männiglich vermeinete über
dem Wunderwercke bestürtzet/ brach in diese Wort
heraus: Schönster Schäfer/ dieselbe deine Elvi-
nia/ von der du ein so anmutiges Lied/ mit so anmutiger Stimme/ gesungen/ ist dir mit Lieb und Gunst
vielfältig verbunden: nicht allein weil sie von einem so schönen Jünglinge/ einem so holdseligen
Schäfer geliebet wird/ sondern auch/ weil deroselben Gunstgewogenheit/ Tugenden und Schönheit
mit einem so kunstlöblichen Gedichte von dir gepriesen worden: Wird sie aber von dir einem so vollkommenen geliebet/ so kan sie ihr mit allem Recht ein-
bilden/ daß sie die Ehre habe alle ersinnliche Schönheiten der Welt zu besitzen/ und damit dieselben zu
ihrem Nutzen nach Hertzenswunsch gedeyen/ als ver-
mein ich/ werde ihr das Jagen ümlich bedienlichen
seyn/ umb welche willen du sie der Diana vergleichen wollen: Dann das ist die edelste Ubung/ und
ist nichts/ das der Nymphen und Jungfern Schönheit und Ansehen mehr vermehret. Ich weiß in meinem Dorffe einen Hirten/ welcher auch dem Sylva-
gio

gis und der Ismenia / die hier anwesend / bekand /
derselbe hatte sich in ein Schäfermägdlein verliebet /
Namens Argia / keine andere Tugend hatte sein
Liebesfeuer angeflammet / als die sonderbare Har-
tigkeit und Wissenschafft den Bogen zu spannen und
abzudrucken / welche auch so berühmt / daß ihr kein
einiges Wild oder Vogel / welches sie fällen wolte /
entschlupffen können. Derselben sang der Schäfer
Olympio (so hieß er) offtmals ein Lied fast gleichs
mässiges Inhalts zu Ehren / darinnen er ihre Behendigkeit und Schönheit belobete / ihre Grausamkeit
aber tadelte : Er dichtete / als hätte sich zwischen ihr /
der Diana / und den Cupido ein Streit erhoben /
welches am geradesten die Pfeile abdruckete ; wegen
der lustigen und sinnreichen Erfindung habe ich mich
nicht geschämet / dasselbe auswendig zu lernen.

Als dieses Montano erzehlete / sprang Ctenarda
hervor / sagende : Niemand wird uns verdencken /
wenn wir begehren / daß du uns das Lied / welches
dir so wol gefallen / mittheilest. Warlich mir / daß
ich von dem andern stillschweige / kan keine angeneh-
mere Dienstbezeugung wiederfahren / als wenn ich
dieses / so es anderst mit deinem Gefallen verrichtet
würde / hören solte ; dann ich mich der Jägerey mehr
beflissen als einiger anderer Ubung.

Ich gebe dir gar gerne Beyfall / antwortete
Montano / wann ich gründlich wüste / daß denen andern mein Gesang nicht zuwider wäre. Und wie
könte es / sprach Polydoro / an Statt der Schwester
jemanden verdrießlichen seyn / weilen alle begierig
anzuhören. Montano nam seine Cither / und sang
deß Olympi Lied also :

Ein hoher Ulmenbaum trug' in der frischen Rinden
Ein kunstgebildtes Hertz. Diana kluger Sinn
Hat samt dem Kind der Lieb' und meiner Schä-
ferin .

Geschos

Geschossen zu dem Ziel / so fernen Zweck zu finden.
Zur Wette setzte sie die Schönheit nechst deß blin-
den   (winn
Pfeil und deß Köchers Band / die er zu dem Ge-
Versprochen: Argia wagt ihre Freyheit hin /
Sich mit der Dienstgebühr dem Steger zu verbin-
den.
Der flügelschnelle Pfeil Diana traff das Mahl;
Gewinnend beyderseits / was zu dem Preis gesetzet.
Nun führt sie / gleich der Lieb den Bogen und den
Stahl.
Sie ist ob diesem Steg so stoltz in ihrem Sinn /
Daß sie mein freyes Hertz mit einem Schuß ver-
letzet /
Daß niemand nicht vor ihr sich retten wird forthin.

Auch dieses Lied hat allen und jeden eine unauß-
sprechliche Frölichkeit erreget / am Allermeisten aber
die unvergleichliche Wolanständigkeit deß Montano / vermittelst welcher er seine Regungen meisterlich außgedruckt. Nachdem nun die mercksamen Zuhörer alle deß Gesanges Abtheilungen wolerwo-
gen / selbige auf den Probirstein ihres scharffsin-
theilenden Verstandes gestrichen / entwachsen aller-
hand Zanckhändel unter ihnen. Felicia / vermer-
ckend / wie daß das von hinabgemattete Weltliecht /
ob so langen Anschauen deß unaufhörlichen Freu-
denlebens / gleichsam einen Eckel schöpffete / nach ihrem Schlaffgemach eilete / umb ihre sanfft abkühlen-
de Thetis zu umbfangen / hielt auch für rahtsam /
daß ihre Hochzeitgäste der Sonnen in diesem Fall
nachfolgeten und sich zur Nachtruhe bequemeten;
als sie nun dieselben mit gegebenen Zeichen zum Stil-
leseyn vermahnet / maffen sie ihnen noch eine wichtige Rede vorzutragen / hat sich das hochzeitliche Fest-
getümmel geleget / und die Säitenspiele sind alsbald verstummet. Felicia mit ihrer allzeit gewöhnlichen

lichen und angebornen Hoheit ihre Stimme regi-
rend sprach ihnen also zu : Wolgeborner Ritter /
Schäfer und Schäferinnen / ich berede mich sicherlich / ihr werdet euch / seit daß ihr in diese Behausung kommen / weder über meine wolgemeinte Liebs-
bezeugungen noch über dieser Nymphen treufleis-
siges Aufdienen mit Recht nicht zu klagen haben.
Ich bin so begierig gewesen / euch behülfflichen zu
seyn / so groß die Freude ist / die in meinem Gemüt
darüber erwachsen ; verspürende / wie von meiner
Wenigkeit eine so annemliche Freudenlust so hoch-
angesehenen Standspersonen erwecket worden / angesehen / ob ich gleich ein mehrers geleistet / hätte ich doch nicht in einer meiner gebührenden Dienstfertigkeiten euren hohen Tugenden und trefflichen
Verdienungen zur Gnüge aufwarten mögen. In
dieser gantzen hochlöblichen Gesellschafft sind noch
nicht allerdings vergnüget / Narcisso wegen seiner
Melisra Unfreundlichkeit und Turiano wegen seiner ungnädigen Elvinia. Dieselbe wolten zu diesem
mal mit meinen guten Verheissungen (welche unbe-
trüglich) verlieb nemen / massen ich ihnen ehestes
Tages zu ihrer vollkömmlichen und endlichen Wolfahrt zu verhelffen hiermit versprochen haben will.
Anietzo freue ich mich mit dem Eugerio / welcher ü-
ber seinen Sohne / seine beyde Töchter und Eidam
gantz wolgemut und wunderfroh ; und zwar nicht
sonder erhebliche Ursachen : Denn wegen dieser ist er
in so grosse Gefährlichkeit gerahten / umb dieselben
hat er so viel Ungemach ausgestanden / dergleichen
kein anderer erlieden möchte.

Als die Felicia ihre Rede beschlossen / ward Eugerio über der Matronen hohe Weisheit ausser sich
entzucket : Die andern Anwesenden waren allerseits
höchlich begnüget / bedanckten sich ihres Theils wegen der heilsamen an sie abgegangenen Vermah-
nung / mit Versprechen / sie wolten sich einander mal

besser

beffer fürsehen / und behutsamer ihr Leben anstellen.
Nachdem sie nun alle aufgestanden / haben sie die
Felicia in ihre Burg begleitet; ein jegliches hat sich
in sein eingeraumtes Zimmer begeben / mit bereite=
ten und beredeten Gemütern zu deß künfftigen Ta=
ges wiederangehenden Hochzeitfreude : Welche /
wie auch / was sich nachmals mit denen allen / dem
Narcisso / Turiano / Tauriso / Berardo begeben / ne=
benst angefügter Erzehlung der Helden=Thaten der
Portugallischen Danteo und Duardo / die wir umb
gewisser Ursachen in dieses Buch nicht eingebracht /
sollen mit andern lustigen und nützlichen Geschichten
in dem vierdten Theil dieses Wercks abgehandelt
werden; welches wir / mit Verleihung Göt=
licher Hülffe / chestes Tages in öffentli=
chen Druck geben wollen.

Ende deß fünfften Buchs.

Anhang.

Anhang.

GEgenwärtige zwey ersten Theile von
der schönen Diana haben die Fran-
zosen und Italiäner so hochgeachtet / daß
sie selbe in ihre Sprachen / und der Wol-
Edle / Gestrenge und Hochgelehrte Herr
Caspar Bart den dritten Theil in Latein
übersetzet ; wiewol andere Sprachen die
Reimarten nicht so glücklich nachkünsteln
wie wir Teutsche. Jedoch hat der übertreffliche Poet Margraf d' Urfe von der
Liebe Diana und Syreno ein sehr liebli-
ches Hirten-Gedicht verfasset / welches bey
Wiederauflegung dieses Werckleins ge-
dolmetschet beygebracht und dem vierdten
Theile / wann er anderst zu erhalten / gleichsfalls angefüget werden soll.

Lope de Vega Carpio schreibt in seiner
Arcadia am 460. Blat / Syreno habe in
dem Tempel deß eröffneten Betrugs (enel
templo del desengano) zum Gedächtniß
gestifftet ein Sinnbild / in welchem ein alter / verfallener und zerbrochener Keffig /
benebens einem daraus entfliehenden Vogel / gemahlet gewesen / samt dieser Ob-
schrifft:

Lange

Lange Zeit hat das Keffighaus zerbrochen
Und nunmehr mich Syreno freygespro-
chen.

Mir zweiffelt nicht / es werden dem Le-
ser etliche Gedichte Spanisch vorkommen /
weil dergleichen zuvor noch nicht geteut-
schet : Er geruhe aber zu bedencken / daß solche aus der Spantschen Sprache ge-
dolmetschet/ und die Reim-arten / so viel
nur seyn können / in den meisten verblieben. Die Nachfolge dessen/ so hier unartig
erachtet werden solte / stehet bey eines jeden Belieben.

Es ist aber zu mercken / daß die Gebän-
de / welche mit kleinen vier und fünffsylbi-
gen Verslein geschrencket sind / absonder-
lich zu der Music gehören / und ohne selbe
fast keine Lieblichkeit haben. Wie hiervon
zu lesen Ronsard en son art Poetique F 418.
und das CCIV Gesprächspiel/ wie auch
in gemein von allerley Kunstfugen der
Poeterey deß umb unsere Sprache wol-
verdienten Herrn Just Georg Schottels
Verskunst. Die Rechtschreibung hat in
diesem Buch nicht können beobachtet werden / weil es aus dem alten Exemplar gesetzet worden / und der dritte Theil den zwey-
en ersten gleich kommen müssen.

Etliches ist auch so leicht nicht zu verstehen / theils wegen deß Reimzwanges/
theils

theils wegen der Sachen selbsten / als am
169 Blat / ist zu lesen:

Die Henn' und Taub erkennt man an der
Stimm / (rauscht:
Wann umb sie her der falbe Eyer
Der Eichenbaum erzittert von den
Schlossen /
Mit Hagel ausgegossen.
Das Holtz zerspalt / der Ast ächtzt in dem
Hauen / etc.

Wer aber in deß Gaffarels Curiositez in
oüyes von der Vögel Geschrey und deß
Campanella Buch von Empfindlichkeit
aller Sachen (de sensu rerum) gelesen /
der wird urtheilen können / wie schicklich
dieses gesagt ist.

Zum Beschluß wollen wir folgende Gedichte / von eigner Erfindung / zu Erklärung deß Titels / beysetzen / und solche / wie
auch alles anderes / deß Lesers günstiger
Verbesserung und Schätzung untergeben.

Lustgedichte.

Gleichschliessende Satzreimen / in welchen die Liebe zu diesem Wercklein aus-
gebildet wird.

Dich lieb' ich felsenlaut /
Der du im Thal erschallst /
Der du die Frülingsfreud
Und Lieder wiederhallst;

Wann

Wann meine Hirten = Wort
　　So holde Stimm ermildet /
Und durch der Grufften Lufft
　　Die reinen Reimen bildet.
Was sihst du rauher Bock?
　　Du hörst auch / wie ich sing's:
Ihr Hämel weidet wol /
　　Und mastet guter Ding'.
Ich will euch samte Herd
　　Bald zu der Träncke bringen.
Ihr Pegnitz = Nymphen hört
　　Mein Schäferspiel erklingen?

2.

Beschaut / wie Strephon hier
　　Deß Schattens Ruh geneusst /
Wo dieser schlancke Fluß
　　Den grünen Thal durchgeusst /
Und lispelt an den Strand:
　　Sein Bett sind diese Matten /
Sein Haubtküß ist der Stein /
　　Und seine Deck der Schatten /
Denselben hat allhier
　　Das dicke Laub gehegt /
Und mit der Füttig = Flucht
　　Den Schäfersmann umblegt.
Wen solte dieser Baum
　　Nicht auszuruhen zwingen?
Ihr Pegnitz = Nymphen hört
　　Mein Schäferspiel erklingen!

Ju

3.

Im kleebewachsnen Thal
 Lag Strephon / wie gesagt /
Als er / verborgner Weis /
 Zu sehen vor behagt /
Wie jenseits am Gestad
 Diana sich ergetzet /
Und mit der Hand den Hals
 Im Waschen frey benetzet.
Was Wunder! Wallt die Flamm
 Auch aus der kalten Flut ?
Die diesen Schäfer brennt
 Mit heisser Liebesglut ?
Man kan durch das Gesicht /
 Mit trüben Traumen ringen.
Ihr Pegnitz - Nymphen hört
 Mein Schäferspiel erklingen !

4.

Es hatte mich der Traum
 Im blinden Schlaff verführt /
Daß ich / nach meinem Wahn /
 Diana Hals berührt.
Der Traum / der eitle Traum
 Hat mich sie machen küssen /
Mit unverschuldter Schuld /
 Und wider alles Wissen:
Der Lippen Wechselhauch
 Entzündet meinen Sinn;
Und den verlornen Wahn
 Nam leerer Lust dahin:

So speiset uns der Schlaff
      Mit nichterwarten Dingen.
Ihr Pegnitz - Nymphen kommt
      Diana Lob zu singen.

5.

Die mir der Trüger - traum
      Im Schlaff hat zugesellt /
Lasst mir auch / wann ich wach /
      Ihr Bildniß vorgestellt.
Den langen Hanenstab
      Trug sie in ihren Händen:
Deß Lentzens Blumenzier /
      Mit buntgewundnen Banden /
Umbgab den Hut von Stroh /
      Der ihre Locken deckt /
So heller als das Gold /
      Biß auf die Brust erstreckt /
Sich / von dem milden Wind
      Beschertzet / liessen schwingen.
Ihr Pegnitz = Nymphen kommt
      Diana Lob zu singen.

6.

Das liebe Lächelwort
      Hat ihre Huld gehaufft /
Der schön - gesunde Schminck
      War nicht mit Geld erkaufft.
So treugt der Traume währ.
      Ich mercke wol die Eichen /
Den Ort und alten Stein ;
      Doch wolte nimmer gleichen

Mein

Mein Traum besagtem Lust:
    Wiewol ich manches Wort
Aus brünstiger Begierd
    Verloren an dem Ort.
Es wird mir nimmer nicht
    Auf solche Weis gelingen.
Ihr Pegnitz-Nymphen schweigt/
    Diana Lob zu singen!

Gesprächreimen.

Diana:

Montano sag mir doch / warumb verwandest du
   Deß hohen Eichenbaums bethrent und harte
      Rinden.

Montano:

Es wächset ihm hierdurch die Freuden-ehre zu/
   Daß dieser Wunden Mal ihn kan in Lieb' ent-
      zünden.

Diana:

Wer kan mit Schmertzenweh in Freuden-Liebe
        schweben?   (Schuld.
   Mein Hamel rächet hier den Baumen sonder

Montano: *

Nein/ nein er raubt mir nicht/ was mir der Baum
        gegeben/   (erdult.
   Zu schmücken meinen Hut. Mein Stab es nicht

Diana:

Sag/ warumb ritzt du dann den hochbelaubten
        Stammen?
   Ob so behartem Werck' ermüdet deine Hand.

  *Besihe deß Kupffertitels ersten Grund.
        L   Mon-

Montano:

Ich widme dir den Baum / befreyt von allen Flam-
men :
Diana / so man nennt die Schöne / lis den
Rand !

Diana: *

Wer hat vormals gehört / daß ich in drey zertheilt
Wie Geryon der Ris. Ich bin nicht schön zu
nennen.

Montano:

Ja / dein Verstand / Gestalt und Geld / das alles
geilt /
Zwingt auch den blassen Reid dich Schön zu
benennen.

Lustgedicht von der Hirten Lie-
derart.

I.

Hoher Wort - und Wirdenpracht
Wird von Hirten nicht geacht.
Aller Höfe Huld und Hoffen
Hafft in falscher Höflichkeit :
Unser Heerden heere Weid
Steht der Treu und Einfalt offen.
Ein Gesang
Sonder Zwang
Kan die freye Lufft durchsässen;
Da die Kunst /
Ohne Gunst /
Muß mit strengen Sylben schliessen.

* Weil in der Baumschrifft der drey
Theile gedacht.

2. Hoher

2.

Hoher Wort - und Wirdenpracht
Wird von Hirten nicht geacht.
　Wie in Spring - und Röhrenbrun-
　　　nen
Sich das Waffer leichtlich hemmt;
Und hingegen niemals ftemmt /
　Was von Quellen kommt gerunnen:
　　　So zerrinnt /
　　　Was beginnt
Falschheit mit den Kläfferworten.
　　Rauher klingt /
　　Was man zwingt
An der Fürften hohen Porten.

3.

Hoher Wort - und Wirdenpracht
Wird von Hirten nicht geacht.
　Unfre leichte Schäferlieder
Fliessen / fonder Vorbedacht:
Was die stolze Stadt verlacht /
　Singet auf dem Dorff ein jeder.
　　　Hat der Ton
　　　Spott und Hohn
Als ein grobes Baurenlallen;
　　　So ist nicht
　　　Ausgedicht
Das / was allen wild gefallen.

Dancklied für die Zuschrifft.

1.

Ihr Hirten an dem Gold-gestät/
Und an der argen alten Strassen/
Darvon die Burg den Namen hat;
Ihr Preuscher und ihr Ille-sassen/
Was meint ihr/ warumb jetzt der Rein
Schein sonders munters Lauffs zu seyn?
Warumb die Schäferrüden bellen;
Und sich der Tag so schön will hellen?

2.

Wißt! daß uns gute neue Mähr'
Und Freundes-Gruß seyn angekommen:
Aus Nortgau von der Pegnitz her:
Dort hat ihr Ein-kehr jetzt genommen
Die Spanisch schönste Schäfertn/
Diana; die will fürterhin
Hieraus in diesen Landen weiden;
Fangt an/ sich Hoch-teutsch neu zu
kleiden.

3.

Dann Strephon/ der lobwirdig' Hirt/
(Der sonst der Spielend wird genen-
net:)
Den sie für ihren milden Wirth-
Und nunmehr besten Freund erkennet/
Der gibt ihr darinn Raht und That;
Versichert/ daß man frü und spat
Auch ihr wird mit Syreno preisen/
Als weit man ihr wird Ehr erweisen:

4. Uns

4.

Uns allen aber ligt jetzt ob /
Daß wir mit Dienst - und Gegengrüß=
Zu samtlicher Gesellschafft Lob /   (sen /
Ein Liedlein in den Brief einschliessen.
Ich meines Theils / aus Danckbarkeit /
Hab Tannenreislein zubereit /
Dardurch den Strephon und Dianen
Mir stets zur Huldschafft anzumah=
nen.

5.

Diß Wald=geschenck / die Teutsche Gab
Wird meinem Strephon nicht miß=
fallen;
Er weiß / daß ich nichts Liebers hab;
Und daß der Tannbaum sich vor allen
Gerad / aufrichtig / hocherstreckt /
Sein Haubt biß in die Wolcken reckt;
Gemahnt uns an altteutsche Degen /
Die nie an Mut und Leib erlegen.

Mit Wünschung glücklichen Gedey=
ens aus Straßburg übersendt
von dem

Aufrichtigen
Wahrmund von
der Tannen.

I.
Register.
über
die drey Theile der schönen
DIANA,
begreiffend
die Geschichte/ eigne Namen und
neue Spanischen-Reimarten:
Zu Behuf der Liebhaber Teutscher Poe-
terey/ nach H. J. G. Schottelius
Verskunste benamet.

Die erste Zahl bemerckt den Theil.
Die zweyte desselben Blat.
Das ✿ den Anfang eines besondern Ge-
bändes.

Das b. bedeutet biß. als 160. b. 170. ist so
viel/ daß die Geschicht von dem 160. Blat
anfängt/ und biß auf das 170. Blat fortgesetzet wird.
Wann aber nur eine gemeine Zahl allein
stehet/ so muß die vorhergehende/ den Theil
bedeutend/ darzu verstanden werden.

   Die Lieder/ welche fast gemeine Reimge-
bände haben/ sind dem Register nicht beygebracht.

Ab.

Regiſter.

Register.

Register.

Register.

Register.

L vj   Jahrs-

Orst

Register.

L vij　　　　　　　　　　fer-

Register.

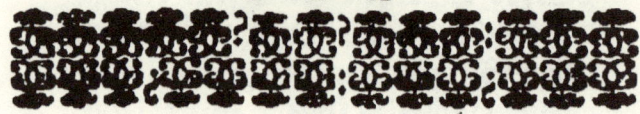

II.

Register der Gedichte.

Die erste Römische Zahl bemercket das Buch/ die zweyte das Blat.

A.

B.

C.

D.

Das

Register.

Dich

Hirt/

Register.

O Göt-

Register.

Wann

Register.

Mantiſſa Poëtica,

ad

Commendationem præcedentis Opusculi adjecta.

C L. Dilherrus l. 1. Elect.
c. 21 ::

N*Emo sub Pastorum nomine insipidos Rusticos intelligat.* Pastores fuere: Abraham, Moses & David : Isus & Antiphus, Priami Regis filii : *Hom. Iliad.* λ. 106. Ne igitur, *pergit idem,* cùm tantos Viros, Orbis terrarum universi dominos, Patriarchasq; sanctissimos potentissimosq; , agricolas & pastores fuisse legimus, Mopsum nobis, Tityrum, aut Corydonem, ob oculos ponamus : Sed justo rem pretio æstimemus, justâq; lance ponderemus. Ab illis enim, quod eo loco γεωργικὴ καὶ προβατευ‐ ικὴ haberentur, ad gentiles fuit deriva‐ tum.

I.

PLaudite Pastores ; sertum de flore re-
  centi
    Promite vos Dryades, spargite veris
      opus.
Dumá, DIANA venit, quæ quondam in-
  ventio Iberi,
    Et Kneffteiniades PULCRA DIA-
      NA venit.
Attamen, haud navis expers, nunc culti-
  or illa
    Verè Teutonicum torquet amore sonum.
STREPHONTIS labor est, sibi quem
  modò vindicat ista :
    STREPHONTIS meritò laus viget
      inde simul.

affectus testandi causâ
appofuit
Ioh. Hellwig, D.

M   Epi-

❀(❀)❀

II.

Epigramma
ad frotispicium Operis.

DIANA:

CVr lædis, MONTANE refer, cur vulnere
crustam
Alticoma quercûs? hac lacrymosa fluit.

MONTANUS:

Scilicet inde novum sumet sibi læsa decorem:
Læta cicatrice est arbor amica plaga.

DIANA:

Quis, sodes, hominum gaudebit vulnere hiulco?
Ultor adest vervex arboris innocuæ. a

MONTANUS:

Haud cupiet quernas frondes, quas contulit
arbor,
Qua petasum cingunt: Impedit hoc agolum.

DIANA:

Cur igitur cultro frondosum stemma lacessis?
Cur placet ingratus sic labor assiduo?

MONTANUS:

Dedico Stemma tibi: Vidin', FORMOSA

DIANA?

Te loquitur cortex; dignus amore dolor.

DIANA:

Nemo tripertita b me dixit nomine Nympham:
Nemo mihi tribuit corpora Geryonis.

MON-

a Respiciendum est schema tituli.
b Drey Theil der schönen Diana.

Es *formosa* animo , facie , & perdivite cenſu
Na tu FORMOSA es ; nec neget Invidia.

III.

Idyllion
ſive
Luſus ad Nemoralia
DIANÆ.

C Armina rauca placent, nexu ſuaviſſima
        rhythmi :   (ſaxa
  Carmina pauca placent, per reſpondentia
Prata renata vocant : revocat reſonabile
  Echo.
Fallor, an hirſutus me reſpicit hircus avena
Ludentem? cupidè carpit ſua paſcua vervex.
Plaudite Pegneſia! recitat mea fiſtula cantum.
  Fortè ſub umbroſa recubabat tegmine quer-
        cus   (error,
STREPHON, quâ ſerpit Pegneſi lubricus
Per valles virides, & murmure lambit are-
  nas.
Gramen erat lectus, pulvinar mobile ſaxum,
Umbriferum tegmê frondentia brachia rami.
Plaudite Pegneſia! reparat mea fiſtula luſum.
  In valle herboſa, ſic victus membra ſopore
Depoſuit STREPHON. Vidit priùs ille
  DIANAM,

M2   Ter-

Tergentem niveum sabuloso in littore collum,
Trans fluvium. (mirum hoc !) ex undis
   flamma resultans
Assurgit subitò, Pastorem concitat igne,
Traxitǵ ex falso, ruitura insomnia sensu.
Plaudite Pegnesia Nympha ! cantate DIA-
   NAM.   *NÆ:*
Visus eram pulchra contingere colla DIA-
Bassa sapepigi. (quid enim non somnia pos-
   sunt ?)
Adfuit innocuo culpa extulpanda pudori:
Et jam (falsus eram) labiis, vah! ora fo-
   vebam,
Halitus occulto perfuderant ossa calore.
Plaudite Pegnessa Nympha ! cantate DIA-
   NAM:
Finis erat somni, somni tamen haret imago,
Cen jam prasentes oculos ferebare DIA-
   NÆ
Permissum mihi, dextrâ agolum gestabat
   aduncum;
Stramineus petasus neglectos condere crines
Gaudebat, violis circumredimitus apricis.
Plaudite Pegnesia Nympha ! cantate DIA-
   NAM.
Blandula subrisit, frontis non emta venustas
Mulcebat Zephyros verbis. Sic somnia fal-
   lunt.   *(vi,*
Pòst iterum retuli gressum, quercumǵ nota-
Bisǵ iterum saxo volui recubare sub illo:

        Bisǵ

✻ (✻) ✻

Bisq́ eadem optavi pòst somnia. Inania vota!
Plaudite Pegnesia ! satis est laudâsse DIA-
NAM.

IV.

ΕΙΔΥΛΛΙΟΝ

in DIANAM

operâ STREPHONIS & CLAII,
auctiùs & correctiùs prodeuntem.

P*Allida jam Dictynna polo subduxerat ignæ*
flammantesq́ globos, faciemq́ facesq́ sub
*undas *
emersura trahens; senis aversata cubile
Tithoni, Titana ardens Aurora reverso
prævia, jam apricabat Eoo in colle capillos
atq; comam croceam, redeuntis nuncia lucis.
ore nitens roseoq́, aurum radiantibus auris,
purpureisq́ genis ridentia rura salutans.
Dum stratis me prata cient, vocat hirta capella,
et pecudes et oves, vigil et cum fratre Melampus.
Surgo, rura petens, curarum oblivia versans
mente: quatit solitū interea, septemplice cannâ
fistula dulce sonans & arundo canora, labellum.
Civica Musa, vale! campestris Musica, salve!
Est locus ad ripam Pegnesi, Chloridis almæ
regia, quò fama est ipsas secedere Divos,
& Venerem & Veneris, puerum, patremq́ Pri-
apum,

Pana-

Panaÿ, cum Satyris, spretoÿ, Helicone Camœnæ,
huc quoq; conveniunt (hîc pascua, potus & um-
bra)
eum grege Pastores, hîc dulcia secula condunt,
cantandoÿ, solent longos consumere soles,
herbarum floriumÿ, toris in gramine strati.
Hîc me, nata olim fluvii stagnantis amore,
Insula, frondoso tilia quam palmite opacant,
gramineum in gremium, subÿ, hospita tecta re-
cepit:
guttura dum volucrum mulcerent docta quietē
cantibus, & melicam vocem curvaret aedon.
   Civica Musa, vale! campestris Musica, salve!
Tempus erat, quo terra polo impregnata marito
parturit, annonæ spe solabunda colonum,
in viridi messem promittens auream aristā;
quoÿ, animati auris flores fragrantia spirant
balsama, mellilegiÿ, gregis labor astuat, & quo
fronde nemus, campiÿ, herbis, freta lata susurro
mulcent sensa, ac latitia fomenta ministrant.
Hactenus herbarum viridanti messe sepultus,
surgebam & placido florum pede colla preme-
bam,
murmuribus dum certarent me judice vivi,
dumÿ, levata rotis, sitientia flumine prata
lymfa rigare solens, guttarum funderet imbres.
Hoc oculos mihi delicium mulcebat & aures.
   Civica Musa, vale! campestris Musica, salve!
Carpo viam, quæ me fert ad lacrimabile bu-
stum,
rudera mœsta domûs, dejecta turbine belli.
                                   ô mi-

ô miseranda nimis turbata semina pacis!
Hæc erat, ah nostra hanc meruerunt crimina
labem!
Tantum sæva mali terris discordia sevit,
tot strages, tot prava tulerunt jurgia mortes.
Vah, quis ab urbe furor nostros se effudit in
agros
innocuos! peccant Reges, plectuntur Achivi.
Ossibus arva tument, tristi compluta cruore.
Impius à nobis miles stipendia poscit,
nos & nostra simul rapiens à limine prædam.
Pellimur à patriisq́; focis ad inhospita tesqua;
inde casæ dulces incensæ ad sidera fumant.
    Civica Musa, vale! campestris Musica,
        salve!
sed & chara vale tu fistula, nostra voluptas,
hoc ramo suspensa vale! cecinisse noceret.
Nunc resonat campis feralis Musica aheni,
docta ciere viros & Martem accendere cantu,
tympana nunc reboant, lituiq́; tubæq́; tremenda;
æmula terra polo quatit horrisonante tonitru
fulmina, saxa volant, plumbo sunt ænea canna
atq; inimica ferit ferro tentoria, mittens
rictu cædivomo castra in contraria mortem,
terribiliq́; sono flammarum disjicit imbres.
ô scelus! ô facinus, protractum è faucibus Orci!
Has tristi & similes volvebam mente querelas,
infausto monitus motusq́; emblemate belli.
    Civica Musica, vale! campestris Musica;
        salve!
Inde vago ad tilias converso lumine, forte

litte-

litterulas & verba incisa in cortice glabro,
mox oculis propior Pastorum nomina, cerno,
nec ignota mihi: Sirenus, rustica Siren,
& Silvanus erant, oblivia mœsta Dianæ.
Nuper in herbarum Pegnesi hac hospite ripa
ardor arundinei cantûs Diana resedit,
Formosa qua nomen habet, campestria Bella
bella ciens, cœtu Pastorum cincta Dueri.
ô nostros nimium faustis hoc numine campos!
cedite nunc noctes: nos hac Diana serenat;
quam Tagus ante Istro, Pegneso miserat Ister,
quamq; exornando certat cũ Strephone Clajus.

  Civica Musa, vale! campestris Musica,
     salve!

Evax! Tentonica Peithus par nobile Vatum,
quorum ope lymfarum Pegnesi Pegasus anter
audit, ut ipsa Erato putet hic fluere Hippocre-
     men;

qui patriam cantando ad sidera linguam,
ut quandam Uranien Pastores Arcades illi,
nomine quos referunt. Evax! Vernacula ver-
     nat,

dum sic uterq; serit flores, Pindumq; coronat.
Hinc Famæ Floræq; labor, dare florea serta
ambobus; & inde novus Pastorum nascitur
     ordo,

Pegnesus quos ipse notant & Fistula Syrinx,
Donum Pana loquens, Nymfamq;, Deiq; fa-
    verem.   (thus,
Me simul his sociat pars Florum flos Amaran-
Pastorumq; choris immistũ ad carmina mittit.
         Civica

※ (※) ※

Civica Musa, vale! campestris Musica,
salve!
ô tandem à nostris fera bellua Bella recedant
finibus, ac reducem excipiant nova jubila Pa-
cem!
O tum Pastorum natam melioribus annis
gentem, ac innocuam custodium cum grege vitâ
ô sine felle quies, ô mellis plena voluptas!
pascere oves, pasciâ, iterum terraâ gregumâ
muneribus, viridi sub palmite carpere somnum,
stridula ubi glomerat crispatis unda susurros
fluctibus, & ripas sed amico verbere cedit;
cum vitiis licito ac brutis confligere bello;
& narrare recurvanti sua carmina silva.
His tandem nox atra diem decedere cœlo
jussit & ad villam me tendere, sistere vocem.
Civica Musica, vale! campestris Musica,
salve!

Agresti Musâ deproperab.

FLORIDANUS.

V.

Dithyrambus Pastoralis.

Dithyrambis resonabo metris
Et gregem, fidos gregis & magistros,
Clio rurestres meditare laudes;

Incip

❁ (❁) ❁

Incipe Clio:
Illa beatior
Vitaque tutior,
Illa feracior
Vitaq́; ditior,
Quæ vita vitat crimina.

Sit cassa Pastoris casa;
Est casta Pastoris casa.
Aula sit altior,
Aula salacior,
Aula bibacior,
Aula voratior.
Caula venustior,
Curia mitior,
Litibus invia,
Litibus inscia!

Molliter in molli requiesco gramine Pastor,
Dum molli recubo supinus umbrâ
Classica tympana,
Raucaq́; cornua,
Non grata rumpunt somnia.
Convivia nostra
Emulsa coagula lactis,
Cerea pruna, pyrum, castaneæq́; nuces:
Bellaria nostra
Sunt fraga rubentia veris.
Fraga rubentia,
Pressa coagula,
Mihi bellaria,
Mihi convivia.
Mox sterto; suadent mihi somnia

Dapes en emtæ, quercea tegmina,
　Exercet ales dulcilinguis
Pone cubilia laſſa cantus.
　　　Dum pede ſaltat,
　　　Carmina cantat.
Hoc genus vitæ placuit gemellis
　Fratribus primis, placuit *Iacobo*,
Cui fuit curæ *Rachaël* venuſta,
　　　　　Eja bidentes?
Hic fuit primus, reor ut, *Sirenus*,
Hæc fuit dulcis, reor ut, *Diana*,
Et ſic inverſum redit in theatrum
　　　　　Fabula priſca.
Sic *Moſes* docuit patulæ ſub tegmine fagi
　Æthiopiſſeos ſylvas reſonare *colores*.
Lanigeras *Ieſſeus* oves in paſcua duxit
Florida, adhuc pubes, pellens nocumen-
　　　ta leonum.
　Et cantat *Regius infans*,
　Sapientisſimus omnium nepotum:
Memora mihi voluptas mea, mens mea
　　　memora,
Ubi tu quibusve pratis bona paſcua pecori
Statuiſti? ubi petulcæ, quibus arboribus,
　　　　　oves　　　　(gant?
Canis æſtuantis iram, pigra ſolſtitia, fu-
　Nec nos pœniteat calamo triviſſe label-
　　　lum,
Hic ubi leniſfluis *pegneſus* argnifer undis
Murmurat, & ſenſim cryſtallum mobile
　　　trudit;
　　　　　　　　Prata

❀ (❀) ❀

Prata , jo ! balant , faturis anhela
sylva juvencis ;
Provocant raucæ calamos cicadæ ,
Certat & *Strephon* ſtipulâ peritus ,
Strephon alternum redamant Camœnæ ,
dic mihi *Strephon* ?
Lativago quicquid rarò reperitur in orbe)
Ubique verò curſitat.
Hisce
Caſtam & formoſam noſtram
DIANAM,
Utcunq; Germanicè loquentem
Omnibus longè celeberrimis
Rheni , Danubii & Albis
PASTORIBUS
commendare voluit
Omnium Paſtorum viliſſimus
CLAIUS.

FINIS.

www.ingramcontent.com/pod-product-compliance
Lightning Source LLC
Chambersburg PA
CBHW021057030726
47496CB00006B/1879